希望の在りか

徳島新聞コラム「鳴潮」

富永正志

論創社

希望の在りか●目次

二〇〇三年（平成十五年）

映画「折り梅」 ……… 14
二列目のモラエス ……… 15
若者向け俳句教室 ……… 16
とくしま文学賞 ……… 17
林京子さんの原爆小説 ……… 18
青春デンデケデケデケ ……… 19
空襲が生んだ「イマジン」 ……… 20
出会いの大切さ ……… 21
元ハンセン病患者の悲しみ ……… 22

二〇〇四年（平成十六年）

消える映画館 ……… 24
小さな生命の詩 ……… 25
異動の季節 ……… 26
モラエス生誕百五十年 ……… 27
桜桃忌 ……… 28
森内俊雄「眉山」 ……… 29
見る阿呆より踊る阿呆 ……… 30
の・ボール野球 ……… 31
ボナール展 ……… 32
サガンさん逝く ……… 33
エイブル・アート ……… 34
十五歳の夏休み遍路 ……… 35
クローン猫 ……… 36

二〇〇五年（平成十七年）

自分の感受性くらい ……… 38
北海道移住 ……… 39
アカシア忌 ……… 40

小林多喜二没後七十年 41
パウロ二世と徳島 42
タブー視された桜の花 43
大村はまさん 44
お天気おじさん 45
城東高校の赤れんが塀 46
平和学習の大切さ 47
第一回こども県展 48
新町西地区に新ホール 49

二〇〇六年（平成十八年）

年賀状にともる灯 52
竹宮惠子展 53
モーツァルト生誕二百五十年 54
合併で消える地名 55
シベリア抑留 56
「飛鳥美人」損傷 57
岩城宏之さん死去 58

ビートルズ来日四十年 59
映画「白バラの祈り」 60
劣化ウラン弾 61
ナカちゃん死す 62
左手のピアニスト 63
小屋掛け公演 64
坂口安吾生誕百年 65
寂聴さんに文化勲章 66
腎臓移植 67
はらたいらさん死去 68
がけっぷち犬 69
灰谷健次郎さん逝く 70
知育より食育 71
金メダル級の勇気 72
教育基本法改正 73
映画「めぐみ」 74
ユズ湯 75
広島原爆資料館 76

二〇〇七年（平成十九年）

消える原っぱ ………… 78
湯川博士生誕百年 ………… 79
孫やさしいわ ………… 80
親子関係のキーワード ………… 81
谷川俊太郎さん作詞の校歌 ………… 82
第二の地雷 ………… 83
放射性廃棄物最終処分場 ………… 84
飯田龍太さん死去 ………… 85
漱石とひな祭り ………… 86
荒井天鶴さん死去 ………… 87
心のノート ………… 88
ハナミズキ ………… 89
尼崎JR脱線事故二年 ………… 90
百歳の「よしこの」 ………… 91
中原中也生誕百年 ………… 92
宇野千代と人形師天狗久 ………… 93

石川文江さんの太布織 ………… 94
フィンランドの教育 ………… 95
大庭みな子さん逝く ………… 96
河瀬直美監督 ………… 97
沖縄戦での集団自決 ………… 98
笹野儀一さん死去 ………… 99
鳥居きみ子の偉大さ ………… 100
阿部昭の海 ………… 101
河合隼雄さんの遺言 ………… 102
徳島は文化不毛の地？ ………… 103
阿久悠さん逝く ………… 104
コルビュジエの建築 ………… 105
藤田嗣治らの戦争画 ………… 106
森合音写真展 ………… 107
眉山の景観壊す新ホール ………… 108
吉行あぐりさん ………… 109
郵政民営化 ………… 110
ベトちゃん・ドクちゃん ………… 111
黒川紀章さん死去 ………… 112

祖谷の古民家にひかれて……113

人形浄瑠璃の可能性……114

阿波和紙とアート……115

「吉兆」の名が泣く……116

ベジャールさん死去……117

小島章司さんのフラメンコ……118

薬害肝炎訴訟……119

普通の家族が一番怖い……120

二〇〇八年（平成二十年）

阪神大震災の教訓……122

片岡球子さん死去……123

筒井茅乃さん逝く……124

チョコのほろ苦さ……125

犬たちの遺言……126

心の闇……127

明石海峡大橋開通十周年……128

岡部伊都子さん死去……129

車谷長吉さんの遍路体験記……130

母の日……131

美郷のホタル……132

太宰治の写真……133

一年一組せんせいあのね……134

小坂奇石書作展……135

石内都写真集「ひろしま」……136

城戸久枝さんの〝戦争〟……137

生田花世展……138

長寿社会をどう生きる……139

同人誌の存在意義……140

彫師・伊上凡骨……141

石川文洋さんの遍路旅……142

字幕の名工・秘田余四郎……143

映画「ひめゆり」……144

遠藤実さん逝く……145

ブッシュ氏に投げられた靴……146

二〇〇九年（平成二十一年）

新年の食卓 ………………………… 148
賀川豊彦献身百年 ………………… 149
米国初の黒人大統領 ……………… 150
箱廻しの復活 ……………………… 151
芥川賞を逃した名作たち ………… 152
見直される林業 …………………… 153
すべり台社会 ……………………… 154
ＬＥＤアート ……………………… 155
徳島駅と寂聴さん ………………… 156
壁と卵 ……………………………… 157
「蟹工船」ブーム ………………… 158
ケータイ中毒 ……………………… 159
戦争に奪われた青春 ……………… 160
寂聴さんの記念碑完成 …………… 161
水辺の〝楽校〟 …………………… 162
三木稔さんにアジア文化賞 ……… 163

ホタルの闇を守る ………………… 164
柏原千恵子さん死去 ……………… 165
三宅一生さんの被爆体験 ………… 166
フジヤマのトビウオ ……………… 167
太宰治と阿波踊り ………………… 168
お山の杉の子 ……………………… 169
小津安二郎監督 …………………… 170
高橋順子詩集「お遍路」 ………… 171
姿消す養蚕業 ……………………… 172
待てない社会 ……………………… 173
庄野潤三さん死去 ………………… 174
鞆の浦景観訴訟 …………………… 175
裁判員裁判初判決 ………………… 176
徳島音楽コンクール ……………… 177
言葉は人生の杖 …………………… 178
斎藤祥郎さん死去 ………………… 179
「村祭」の作曲者・南能衛 ……… 180
「阿波の歴史小説」三十周年 …… 181
悲しみを聴く石 …………………… 182

クリスマスだから考える ……… 183

二〇一〇年（平成二十二年）

佃實夫展 ……… 186
啄木と現代の貧困 ……… 187
立松和平さん逝く ……… 188
ヘッセの昆虫展 ……… 189
遊山箱 ……… 190
黒沢明生誕百年 ……… 191
桜開花 ……… 192
建築は人を呼ぶ ……… 193
全国学力テスト ……… 194
「寡黙なる巨人」の戦死 ……… 195
食卓の幸福 ……… 196
〝みどれの日〟 ……… 197
美しい椅子 ……… 198
島尾敏雄と琉球弧 ……… 199
電子書籍 ……… 200

アスベスト禍 ……… 201
巨樹の町・つるぎ町 ……… 202
増える常用漢字 ……… 203
ツバメの子育て ……… 204
梅棹忠夫さん死去 ……… 205
ベタベタの親子関係 ……… 206
「ミス徳島」のほほ笑み ……… 207
森毅さんの教育論 ……… 208
死刑は是か非か ……… 209
ビキニ環礁が世界遺産に ……… 210
河野裕子さん逝く ……… 211
同窓会 ……… 212
衰退する商店街 ……… 213
三浦哲郎さん死去 ……… 214
増える若者の自殺 ……… 215
長寿はめでたい？ ……… 216
中秋の名月 ……… 217
榊莫山さん死去 ……… 218
寂しい美術予算削減 ……… 219

二〇一一年（平成二十三年）

子規の諧謔に学ぶ ………………225
ホームレスの川柳 ………………224
手仕事のぬくもり ………………223
高齢者劇団旗揚げ ………………222
佐野洋子さん逝く ………………221
鳥居龍蔵記念館オープン ………220

七草がゆ …………………………228
二重被爆者 ………………………229
謎の多い阿波踊り ………………230
「ご用聞き」の復活 ……………231
柳澤桂子さんの幸福観 …………232
ダイエットの怖さ ………………233
大学入試でネット不正 …………234
東日本大震災 ……………………235
福島第一原発事故 ………………236
花見の自粛 ………………………237

森内俊雄「梨の花咲く町で」……238
キーンさん日本永住 ……………239
33個目の石 ………………………240
田植えができない悔しさ ………241
マーラー没後百年 ………………242
「東京へゆくな」…………………243
原発事故を予言 …………………244
音楽家としての生き方 …………245
夢見ることを恐れるな …………246
死に至る病 ………………………247
ミツバチの羽音 …………………248
和合亮一さんの震災詩 …………249
戦争の記憶が遠ざかる …………250
小松左京さん死去 ………………251
首相は脱原発表明を ……………252
司馬遼太郎と阿波踊り …………253
阿波踊りを愛した橋本夢道 ……254
電線の地中化 ……………………255
挿絵画家・小松久子さん ………256

安藤忠雄さんの教育論 257
フランクルと震災 258
チェルノブイリ・ハート 259
児玉教授の怒り 260
三女性にノーベル平和賞 261
岸上大作とデモの復活 262
足が未来をつくる 263
オウム裁判 264
「交際相手なし」過去最高 265
音の歳時記 266
三木稔さん死去 267
西へ西へと逃げてゆく 268
クリスマスの思い出 269
心のこもった仕事 270

二〇一二年（平成二十四年）

「方丈記」八百年 272
成人とは人に成ること 273

鳥のように飛ぶ 274
コルトレーンの祈り 275
徳島で没した薩摩治郎八 276
三木稔「あしたまた」 277
山下菊二展 278
建築の力 279
草間彌生展 280
橋下徹大阪市長 281
田中慎弥「共喰い」 282
第五福竜丸 283
ひな祭りの悲しい光景 284
増える「孤立死」 285
吉本隆明さん死去 286
震災復興願い歩き遍路 287
憲法は世界に誇る文化遺産 288
学力競争より助け合いを 289
原発事故と文明の岐路 290
海野十三の警鐘 291
吉田秀和さん逝く 292

新藤兼人監督死去 293
エンディングノート 294
空襲の無残な背中 295
半世紀ぶりの大規模デモ 296
うちわが復活 297
伝説の少女のスピーチ 298
余白の美 299
戦没画学生の絵 300
震災がれき 301
吉村萬壱さんの講演 302
三木睦子さん死去 303
ジョー・オダネル写真展 304
戦没作曲家・尾崎宗吉 305
中上健次没後二十年 306
女性ジャーナリストの死 307
カワウソが絶滅種に 308
農村舞台の魅力 309
老いの歌 310
グレン・グールド生誕八十年 311

日本語は難しい 312
虫の秋 313
スダチを知らない食通 314
山中教授にノーベル賞 315
在宅死もいいな 316
沖縄の女性たちの悲鳴 317
マララさんの勇気 318
エレベーターの日 319
森光子さん逝く 320
「徳島版画」十年 321
九十六歳のチェリスト 322
いい夫婦の日 323
頑張る街の書店 324
知的障害者のそば店 325
中村勘三郎さん死去 326
親子二代で「孤愁」完成 327
中沢啓治さん死去 328

二〇一三年（平成二十五年）

晴ればれと生きる ……… 330
九条は戦争が生んだ真珠 ……… 331
大島渚監督逝く ……… 332
七十五歳の芥川賞 ……… 333
就活の人間模様描く ……… 334
山田洋次監督「東京家族」 ……… 335
安岡章太郎さん死去 ……… 336

女子柔道界の暴力 ……… 337
テレビ還暦 ……… 338
ピロリ菌の除菌治療 ……… 339
出羽島アート展 ……… 340
日韓の対立を超えて ……… 341
峠三吉没後六十年 ……… 342
TPP参加表明 ……… 343
上を向いて歩こう ……… 344
方言も大切な観光資源 ……… 345
未来が美しくなくては困る ……… 346

複眼の視野とその世界　森内俊雄　348

あとがき　350

二〇〇三年 （平成十五年）

映画「折り梅」

「折り梅」って何だろう。そう思って見ているうちに、枝を折り曲げられても美しい花を咲かせる梅のことだと分かった。梅の生命力を痴呆性老人に重ねた松井久子監督の映画「折り梅」が県内各地を巡回している。

サラリーマン一家に夫の母が同居する。母は次第に言動が怪しくなり、アルツハイマー型痴呆症と診断された。嫁との衝突、崩壊寸前の家族。そんなある日、母に絵の才能があることが分かって、互いの心が開かれてゆく。

感動的な映画だった。母親役の吉行和子さんと、嫁役の原田美枝子さんの体当たりの演技がいい。会場のあちこちから、すすり泣きが漏れていた。

確かに介護は大変だし、映画のように誰もが才能を開花させるわけでもないだろう。しかし痴呆になったからといって人間が丸ごと壊れてしまうわけでもないのだ。相手を尊重し、心を開けば温かい気持ちが通い始めるのではないか。

「どこに預けたらいいの、どうしたら後ろめたさを感じずに済むの、と楽に生きられるマニュアルを求めている限り、生きている喜びは絶対に得られないだろう」。徳島で講演した松井監督の言葉だ。日曜というのに観客のほとんどが女性だった。男女共同参画と言いながら、介護の負担は今も女性の肩に重くのしかかっているのだろう。「折り梅」は、そんな女性たちに励ましを与える。

（2003・5・8）

二列目のモラエス

ホタルの季節が来ると、ポルトガルの文人・モラエスの名作「おヨネとコハル」を思い出す。愛する阿波女に次々と先立たれ、徳島の地で二人を追慕しながら暮らすモラエスの孤独な心情が胸にしみる作品だ。

小雨の降る夏の夜、おヨネとコハルの墓参りをして自宅に戻ったモラエスは、玄関の鍵穴が暗くて見えず、途方に暮れてしまう。そのとき幻想的なホタルが現れ、その明かりで家に入ることができた。

モラエスは、思わずこうつぶやく。「あれはおヨネだろうか、コハルだろうか」。

「徳島の盆踊」もそうだが、モラエスの作品は死者がこの世とあの世を自由に往還するなど、優れて現代文学的だ。ドイツ文学者の池内紀さんの近著「二列目の人生 隠れた異才たち」にもそのモラエスが登場する。

池内さんはモラエスとラフカディオ・ハーンを比較し、モラエスの文章の方がずっと新しいと称賛する。またハーンは神秘の国日本を褒めたたえる一方、日本人への嫌悪と不快を書簡に書き続けたが、モラエスは「でんちゅう」を着て、日本人になり切ろうとした、と。

"二列目の人生" とは記念写真で二列目にいる人のこと、つまりスポットライトは浴びないが、一列目をしのぐ異才のことである。十六人の隠れた才能を面白く紹介したこの本、梅雨の夜のホタルの光のように、人生の鍵穴を照らしてくれるかもしれない。

（2003・6・17）

若者向け俳句教室

　徳島新聞の新企画「ヤングカルチャー」面が今月からスタートした。日曜ヤング欄に載っていた詩と短歌の投稿欄「ポエムランド」「三十一文字の小劇場」に加え、「大高翔の俳句教室『季節のひとかけら』」が初登場している。

　金賞に選ばれたのは、阿部晋也さん（大学生）の「てんとう虫背中を開いて飛びにけり」。"背中を開いて"が「傷を開く」ように飛ぶことをイメージさせる、と評しているのが、いかにも大高さんらしい。

　期待の若手女流俳人として全国的に名を知られる大高さんは、阿南市生まれ、千葉県在住の二十五歳。城東高校卒業時に出版した第一句集「ひとりの聖域」には、青春の"傷"を開くようにして詠んだみずみずしい句がぎっしりと詰まっていた。

　たとえば「十六歳は時限爆弾花ぐもり」「星流る涙のかわくよりはやく」「登校拒否額紫陽花を見ていたり」。当時、大高さんはこう語っている。「傷があるから優しくて強い人間になれる。私に俳句というもう一つの世界がなければ、灰色の受験生活を送っていたと思う」。

　徳島には小学生対象の子ども俳句や三十代、四十代の若手で作る「ジャスミン俳句会」の活動がある。さらに「大高翔の俳句教室」で、その二つの間の年齢的な空白が埋まった。徳島から大高さんに続く若手俳人が育つのも夢ではない。

（2003・6・27）

とくしま文学賞

「とくしま県民文芸」の名称が、今年から「とくしま文学賞」に変わる。賞の事務局が県から昨秋オープンした県立文学書道館に移管されるのに伴うもので、小説の選考委員も森内俊雄さんから山本道子さんにバトンタッチされることになった。

山本さんは一九七三年に「ベティさんの庭」で芥川賞を受賞した小説家。東京生まれだが両親が海南町出身で、子供だった戦中戦後の一時期、徳島に疎開していたという経歴は、森内さんと共通する部分があって興味深い。

森内さんは選考委員を務めた十年間に、三度しか最優秀を出していない。橋本幸也さん（22）の「見上げれば曇り空」、尾原由教さん（35）の「アメリカ蝉」、佐野詩織さん（15）の「金魚のまばたき」である（年齢は受賞当時）。妥協を潔しとしない選考だっただけに、最優秀作品はいずれも素晴らしい出来栄えだった。

極めつけは、昨年の「金魚のまばたき」だ。作者の佐野さんは当時、徳島文理高一年生。稀有な才能が、世間を驚かせた。発表から日にちがたっても、「まだ興奮が続いている」と、森内さんはうれしそうに話していた。

佐野さんの受賞は、きらきらした若い才能が徳島にも潜んでいることを強く印象づけた。森内さんからバトンを受け継ぐことになった山本さんの手で、今後どんな才能が発掘されていくのか、楽しみだ。

（2003・7・2）

林京子さんの原爆小説

忘れなければ生きていけない記憶。それを一つ一つ丹念に呼び起こし、書きつづるのは、想像を絶する過酷な作業に違いない。作家の林京子さんは、今も被爆体験を書き続けている現役作家である。

一九四五年八月九日、林さんは長崎の原爆で被爆した。当時十四歳。長崎高等女学校の三年生で、兵器工場に学徒動員中だった。七五年の芥川賞受賞作「祭りの場」には、感情を押し殺した冷徹な文章の背後に、原爆への怒りと悲しみがにじんでいた。

恩師や友人の死を悼んだ長編小説「やすらかに今はねむり給え」で谷崎潤一郎賞を受賞した九〇年、神奈川県逗子市のお宅にインタビューにうかがったことがある。そのとき林さんは読者から抗議の手紙をもらったことを話してくれた。「思いだしたくない人がたくさんいる八月九日を掘り返すのはやめてほしい」と。

それでも書き続けるのは、「ちょっと体調を崩すと被爆のせいじゃないかとおびえ、出産、子育ての段階では子や孫の命にかかわってくる。八月九日は過去のことじゃなく、今もずっと続いているからなんです」。

戦後五十八年がたち、日本にはイラクへの自衛隊派遣問題など、戦前の時代に逆戻りしそうな動きすら見える。被爆者の痛みを忘れたとき、悲劇は再び繰り返されるのだろう。

きょう六日、広島は五十八回目の原爆の日を迎える。

（2003・8・6）

18

青春デンデケデケデケ

今夜、徳島中央公園鷲の門広場にテケテケテケテケのエレキサウンドで一世を風靡したザ・ベンチャーズがやってくる。少し前の本欄でもそのことに触れ、「たまには浮世の憂さを忘れてデンデケデケデケといこう」と書いた。

テケテケではなく、デンデケと書いたのは、一九九一年に直木賞を受賞した芦原すなおさんの小説「青春デンデケデケデケ」が印象に残っていたからだ。大林宣彦監督によって映画化もされたので、ご存じの方も多いのではなかろうか。

なんとも愉快な小説だった。舞台は芦原さんの故郷である六〇年代半ばの香川県観音寺市。ベンチャーズの「パイプライン」に電気が走るような衝撃を受けた高校生が、苦心の末にロックバンドを結成する。祖谷が登場することにも親近感を覚えたが、田舎の高校生のユーモラスで切ない青春が、見事にとらえられていた。

メンバーの一人は、夏休みに必死でアルバイトをして手に入れたピカピカのドラムセットを前に、「これたたいてもええんやろか」と涙ぐむ。なるほど、そんな時代だった。エレキギターさえなかなか手に入らなかったが、それでも大抵の人が我慢のできた時代だった。

ベンチャーズの演奏を聞いて、そんな青春時代を懐かしむ中年世代も多いだろう。その陽気なサウンドに続き、あすからいよいよ徳島市の阿波踊りが始まる。

（2003・8・11）

空襲が生んだ「イマジン」

「想像してごらん、国家なんてないんだと。国境なんて人間が勝手に決めたものなんだ……」。シンプルな歌詞と美しいメロディーで愛と平和を訴える故ジョン・レノンさんの名曲「イマジン」は、妻オノ・ヨーコさんとの合作だったと英国のサンデー・タイムズ紙が報じた。

より興味深いのは「イマジン」誕生の背景に、少女時代のオノさんの日本での空襲体験があったということだ。それで思いだしたのは、一昨年秋の国際美術展「横浜トリエンナーレ2001」に野外展示されていたオノさんの作品「貨物車」である。

無数の銃弾を浴びた一両の貨物列車。スピーカーから不思議な音楽と鳥のさえずりが流れ、日が落ちると屋根にあいた弾痕からサーチライトの光が真っすぐ夜空に伸びる。

平和へのメッセージをこめた「貨物車」は、一九七〇年のビートルズ解散時に「ジョンを奪いビートルズを解散させた東洋の女」と中傷されたオノさんのイメージを力強い存在感で覆した。

七一年に発表された「イマジン」は、三十年以上も世界中で愛され続けている。日本でも米国のアフガン空爆が始まった一昨年十月、ラジオ番組で中高生のリクエストが急増した。「イマジン」の静かな平和への訴えはイラクでは戦闘終結宣言後の米兵の死者が戦争中を上回った。「イマジン」の静かな平和への訴えはブッシュ米大統領の耳に届かないのだろうか。

（2003・9・5）

20

出会いの大切さ

瀬戸内寂聴さんの「旅」をテーマにした特別展「寂聴の旅」が、きょうから徳島県立文学書道館で始まる。

作家になって初の海外旅行となった一九六一年の旧ソ連から、長編小説「釈迦」の取材に何度も足を運んだインドまで、さまざまな旅を通して瀬戸内文学における旅の意味を探る企画だ。出家する以前の、サングラス姿で旅をする若いころの写真もあって興味深い。

もう一つの話題は、瀬戸内さんが郷里徳島市で八一年に開いた寂聴塾の塾生で、ガラス作家の野田雄一さん（48）＝富山市在住＝が師の展覧会に合わせてきょうから県立文学書道館で個展を開くことだ。

野田さんは木屋平村出身で、日本の代表的なガラス作家の一人である。

ノーベル化学賞の田中耕一さんが富山市の名誉市民になったとき、同市の依頼で田中さんに贈るガラス作品「宇宙卵」を制作して話題を呼んだ。個展にはその「宇宙卵」シリーズを含め、光によって幻想的な輝きを放つ五十点を展示する。

寂聴塾の塾生だった当時は徳島大の学生だった野田さん。瀬戸内さんの「迷ったときは険しい道を選びなさい」との言葉に刺激を受け、芸術の道を選んだ。

人生もまた旅にたとえられる。その旅の途上で野田さんは瀬戸内さんに出会った。人との出会いの大切さをまた旅にたとえられる。その旅の途上で野田さんは瀬戸内さんに出会った。人との出会いの大切さを思わずにはいられない。

（2003・9・20）

元ハンセン病患者の悲しみ

塔和子という詩人をご存じだろうか。瀬戸内の国立療養所・大島青松園で暮らす元ハンセン病患者で、四年前、十五冊目の詩集「記憶の川で」で高見順賞を受賞した人である。

その塔さんの日常を描いたドキュメンタリー映画「風の舞 闇を拓く光の詩」が一昨日、徳島市での人権フェスティバルで上映された。もう二十四、五年も昔のことだが、塔さんとお会いした日のことを懐かしく思いだした。

徳島市で開かれた詩集の出版記念会の席だった。塔さんは広い座敷の真ん中にいて、初対面のあいさつをすると童女のような笑顔が満面に広がった。ヒマワリが咲いたようだった。徳島の詩人仲間と過ごすわずかな時間を、心から楽しんでいるように見えた。

笑顔の奥には、元ハンセン病患者としての想像を絶する怒りや悲しみが隠されていたはずである。〈痛まなければ私はないのか〉と詩の中でうたっている。〈透明な空間で／くっきりと立つことは／孤独を光らせたまま在ることだから／ひまわりの孤独が立っている／薔薇の孤独が立っている／私の孤独が立っている〉。

熊本県の黒川温泉のホテルで、元ハンセン病患者の宿泊を拒否する騒ぎが起きた。一連の報道を見ながら、塔さんもどんなにか悲しかっただろう。自分の中にホテルの支配人はいないか。熊本の問題が私たちにそう問いかけている。

（2003・11・24）

二〇〇四年（平成十六年）

消える映画館

多くの映画ファンに親しまれてきた徳島市籠屋町の徳島松竹が三月末で閉館するという。かつては寅さんやハリー・ポッターなどの上映館としてにぎわっただけに、「時代の流れ」では片付けられない寂しさを感じる。

同町周辺での映画館閉館は、最近では二〇〇二年三月のOSグランド、〇三年六月の徳島東映に続いて三館目。ビデオなどの普及もあるが、やはり〇一年末に北島町にオープンしたシネコンが決定的な打撃を与えたようだ。

徳島松竹閉館後、周辺に残るのは徳島東宝、東宝シネマだけとなる。集客力のある映画館がこれだけ次々に消えては、新町・籠屋町商店街の空洞化がいっそう進むことも懸念される。

内閣府の「文化に関する世論調査」によると、一年間に映画館やホールに足を運んで映画や演劇、音楽、美術を鑑賞した人は前回調査（一九九六年）の54・4％から50・9％に落ち込み、家庭で映画や音楽を楽しむ傾向にあることが分かった。

不況の影響もあるのだろう。確かに家庭で楽しんだ方が安上がりだし、気兼ねもいらない。しかし、映画館の大スクリーンで映画を見た後の豊かな感動や充足感は得られない。

映画館が消えるということは、ワクワクするような夢やあこがれが消えることである。市民の足が映画館から遠のき、徳島市が夢のない街になってしまわないか心配だ。

（2004・1・28）

小さな生命の詩

どんなにつらかっただろうと思う。一年七カ月もの間四畳半の部屋に監禁され、学校にも行けず、食事も十分与えられないまま衰弱していったとは……。

大阪でまた小学六年生の男の子が虐待死する事件が発覚した。愛情をたっぷり注いでくれるはずの母親から、残酷な虐待を受けて死んでいく。こんな悲しいことがあっていいはずがない。

〈ずっと笑わない奴だったね／そうだね／いつも／小石を見つめているような眼をしていてさ／たのしくなかったのかな〉（森口啓子「とんぼ」より）。徳島市内の県立文学書道館ロビーでこんな詩を見つけた。トンボの姿に託して人の気持ちを思いやる、虐待とは対極の詩が心に響いた。

森口さん（30）の詩と津田幸好さん（79）の写真を組み合わせた展覧会「小さな生命の詩」の会場。津田さんの写真は、眉山にすむ小さな虫たちをカメラに収めたものだ。

きれいなチョウやテントウムシばかりではない。見事に木の小枝に化けた尺取り虫など、お世辞にも美しいとはいえない小さな虫にも、たっぷりと愛情を注いでいるのが分かる。

「もう少し暖かくなったら、また眉山に入りたい」と津田さん。おじいさんと孫ほど年の違う二人の作品が出合って、命のハーモニーを奏でる。現代のすさんだ社会から失われていくものの姿をそこに見た。

（2004・3・8）

異動の季節

　教員や官公庁幹部の異動記事が、新聞をにぎわす季節になった。新年度まであと十日余り。桜が咲くまでのこの時季、職場や飲み屋で人事談議に花が咲く。

　意に沿わない部署への異動が決まった人もいれば、家族と離れて、県外へ単身赴任することになった人もいるだろう。異動は勤め人の宿命であり、さまざまな哀歓がつきものだ。

　詩人の中桐雅夫さんに「会社の人事」と題した、そのものずばりの作品がある。詩らしからぬタイトルは、〈戦いと飢えで死ぬ人間がいる間は／おれは絶対風雅の道をゆかぬ〉（「やせた心」）とうたったこの詩人の剛直な姿勢から来ているのだろう。

　飲み屋でひとしきり同僚と人事の愚痴をこぼした会社員は、夜の街に転がり出る。〈やがて別れてみんなひとりになる、／早春の夜風がみんなの頬をなでていく、／酔いがさめてきて寂しくなる、／煙草の空箱や小石をけとばしてみる。〉。

　サラリーマンの悲哀を見事にとらえた詩は、こんな印象的なフレーズで締めくくられる。〈子供のころには見る夢があったのに／会社にはいるまでは小さい理想もあったのに〉。

　おれのことだ、と思った人もいるだろう。だが、この詩には不思議と人を慰め、励ます力がある。人生には出世より大事なことがあるではないか、と。

　元気を出そう、そうすればいつかいいこともある、と。

（2004・3・21）

モラエス生誕百五十年

握り締めた赤ん坊の手が、ゆっくりと開かれていくようだ。堅かった木の芽が膨らんで、緑の萌え出る季節になった。この世に新緑くらい優しく、美しい色はないだろう。

「緑、緑、緑一色！」。初めて徳島を訪れたときの印象をモラエスはそう書いた。「激しく眩惑するかのように不意に襲ったこの緑の印象は、しかしながら、快いものであった」（「徳島の盆踊り」）。

もっともモラエスが訪れたのは今ごろの季節ではなく、一九一三年の七月。陰影の濃い黒々とした緑であったはずだが、神戸という大都会から訪れたばかりのモラエスは、圧倒的な緑によって心が純化されたという。住まいのあった眉山のふもと、徳島市伊賀町あたりの緑だろう。

今年はそのモラエスの生誕百五十年。ラフカディオ・ハーン（小泉八雲）の没後百年でもあり、県立文学書道館で「モラエスとハーン」展が開かれている。遺品や原稿を通して、同時代の日本で暮らした二人を比較検討する本格的な文学展だ。

「モラエスが愛した徳島の街を十キロほど歩き、私も徳島に愛を感じました」。こう話したのは、同展のために来県したポルトガルのアルメイダ・レイテ駐日大使である。

レイテさんの目にも徳島の新緑は優しく、美しく映ったことだろう。これから五月にかけて、徳島は最もいい季節を迎える。

（2004・4・20）

桜桃忌

山形県でサクランボの盗難が相次いでいる。熟した実ばかり五キロほどが乱暴にもぎ取られているという。農家の人のショックはいかばかりだろう。

誰だったか、テレビで「昔も泥棒はいたが、農家が手塩にかけて育てたものを盗むような罰当たりはいなかった。日本人のモラルも地に落ちたものだ」と嘆いていた。なるほど、そのとおりだろう。

〈私の家では、子供たちに、ぜいたくなものを食べさせない。子供たちは、桜桃など、見た事も無いかも知れない。食べさせたら、よろこぶだろう。父が持って帰ったら、よろこぶだろう。蔓を糸でつないで、首にかけると、桜桃は、珊瑚の首飾りのように見えるだろう〉。

これは、太宰治「桜桃」の一節。飲み屋で桜桃を出された「父」は、子供の喜ぶ顔を想像しながら、桜桃をまずそうに食べては種を吐き、「子供より親が大事、と思いたい。子供よりも、その親のほうが弱いのだ」などとつぶやく。

家に帰れば少し成長の遅れた長男がいる。悪ぶってはいるが、本当は心優しい「父」なのである。

少なくとも、サクランボを盗むようなけちくさい人間は太宰の小説には出てこない。死後五十六年たった今も愛され続けるゆえんだろう。

きょう十九日は桜桃忌。太宰治の命日である。菩提寺の東京・三鷹、禅林寺には若い太宰ファンが大勢集う。

（2004・6・19）

森内俊雄「眉山」

夏場の自転車通勤は汗びっしょりだが、途中に一カ所 "癒やしのスポット" がある。かちどき橋の上から眺める眉山だ。眉のように優しい山の形と新町川の取り合わせに心が和む。

〈眉山は救いの山である〉と書いたのは、作家の森内俊雄さんである。父が藍住町、母が徳島市出身の森内さんは、一九四五年、八歳のとき大阪で空襲に遭い、徳島駅近くに疎開していた。

そこで徳島大空襲に遭った森内さん一家は、焼夷弾が降る中、新町橋を渡って眉山に逃げ込み、九死に一生を得た。その体験をつづった「眉山」は七三年、芥川賞候補になった。

〈あのときからすでに二十七年がたつのに、私はいまだに母に手を引かれて火の中を走っている夢をみる〉（「眉山」）。空襲の悪夢は、大人になっても森内さんを脅かし続けた。立ったまま新町川の水に揺れている死体、防火用水に漬かって息絶えた死体。そんな惨状も描かれている。

徳島大空襲の死者は約千人、負傷者は約二千人に上る。この空襲で徳島市中心部は一面の焼け野原と化した。きょう七月四日は五十九回目の記念日。犠牲者の冥福を祈り、平和への誓いを新たにする日である。

徳島の子どもたちは、イラクと同じような米軍の空爆が徳島でも行われたことを知らないだろう。平和な夏空が失われないよう、子どもたちに空襲の体験を伝えたい。

（2004・7・4）

見る阿呆より踊る阿呆

　阿波踊りの季節になると思い出す俳句がある。〈十万の下駄の歯音や阿波おどり〉。藍住町出身のプロレタリア俳人、橋本夢道の代表作の一つである。

　きれいにそろった女踊りの下駄の歯音は、アスティとくしままでの選抜阿波踊り大会前夜祭でも聞いた。両手を真っすぐ上に上げ、無数の下駄が軽やかにステージをける様子は洗練の極みでもある。

　きのう発行された徳島新聞の阿波踊り特集に、戦後の復興期の踊りの写真が載っていた。女踊りの手がどれもこれも肩より下に下がっている。美しく見せることより、踊ることで平和の喜びを爆発させた時代だった。

　洗練が始まったのは、有名連が続々と誕生して技を競い合うようになってから。一時期、阿波踊りのショー化がよく批判されたが、ショー化されていなければ踊りのスタイルも確立されず、やぼったいままに終わっていたかもしれない。

　見られて奇麗になるのは、恋愛中の女性も阿波踊りも同じである。岸風三楼に〈手をあげて足をはこべば阿波踊〉という有名な句があるが、手を上げて足を運ぶだけでは、ただのロボットだ。

　とはいえ、阿波踊りの本当の楽しさが〝見る阿呆〟より〝踊る阿呆〟にあることもまた事実である。たとえ〈阿波踊らしく踊れてをらずとも〉県外からの観光客には、ぜひ踊る阿呆になってもらいたい。

（稲畑汀子）。

（2004・8・13）

の・ボール野球

松山生まれの俳人、正岡子規は無類の野球好きとしても知られた。明治三十一年には、「ベースボールの歌」と題して短歌の連作を作っているほどだ。

〈うちあぐるボールは高く雲に入りて又落ち来る人の手の中に〉。わくわくしながら打球の行方を目で追う子規の心情がいきいきと伝わる。幼名の「升（のぼる）」にちなんで、「野球（のぼる）」という雅号まで持っていた。

子規の弟子である河東碧梧桐（かわひがしへきごどう）は、ベースボールを最初に「野球」と訳したのは子規であると書き、さらに司馬遼太郎が小説「坂の上の雲」で子規説を唱えて、この説が定着したとされる。

ところがその後、「野球」の名づけ親は旧制脇町中学（現・脇町高）の中馬庚（ちゅうまんかなえ）校長であったことが判明。これが正式に認められ、故・中馬校長は一九七一年に野球殿堂入りを果たした。

「野球」の命名をめぐる子規と中馬校長の縁で、松山ではきのう、脇町高、松山東高両校野球部の五十歳前後のOBによる「の・ボール野球」が行われた。「の・ボール野球」とは、外野手がグラブを使わないなど、明治時代の野球ルールを再現したものという。

松山の空高く、それこそ雲に届くくらい白球が舞い上がったことだろう。観客の中には子規や中馬校長もいたはずだ。「の・ボール野球」というレトロな言葉の響きが、何とものどかで楽しい。

（2004・9・6）

ボナール展

台風の襲来が一段落して、急に秋らしくなってきた。空の色が濃い青から透明感のある水色へと変わりつつある。

"色彩の魔術師"といわれるフランスの画家、ピエール・ボナール展（徳島県立近代美術館）の展示作品にも、秋空のような水色があった。美しい色彩が織り成す画面は生気に満ちていて、この画家が心から楽しんで絵を描いていたことをうかがわせた。

ボナールは二十世紀前半の新しい絵画の潮流から距離を置き、パリからも離れて独自の表現を探求した画家として知られる。南仏の風景や妻マルト、室内の静物など、身近な題材を愛情をこめて描き続けた。

とりわけ五十年間描いたといわれる妻マルトの絵には、会場で幾つも出合った。モデルのように構えたポーズではなく、うつむきかげんに服を着替える姿だったり、バスタオルを胸に当てた横向きの裸婦だったり。その何げない姿に、画家の穏やかな愛情がにじみ出ている。

そんな目で見ていたからか、晩年のボナールの写真には胸をつかれた。植物の生い茂る庭で、上着のポケットに両手を入れて呆然と立っている。一九四二年、妻が死去した年の写真である。大柄のボナールに、老いと孤独が忍び寄っている。五年後に八十歳で亡くなるまで、最愛の妻を失った悲しみから立ち直ることはなかったと伝えられる。

（2004・9・16）

サガンさん逝く

「悲しみよこんにちは」で一世を風びしたフランスの女性作家フランソワーズ・サガンさんが亡くなった。死亡記事を読んで驚いたのは、六十九歳という年齢である。

九十歳か百歳くらいになるのではないかと思っていた。無理もない。衝撃的なデビュー作となった「悲しみよこんにちは」を書いたのは一九五三年、十八歳のとき。五十年も前から有名だったので、錯覚を起こしたのだろう。

「悲しみよこんにちは」は、父親の再婚をめぐって、傷つきやすい少女の心を描いた小説である。フランスの批評賞を受賞したあと世界二十数カ国で翻訳され、"天才作家"と騒がれた。

シラク大統領は早速、哀悼の意を表している。「彼女の死で、フランスは最も輝かしく、心を動かされる作家の一人を失った」と。ラファラン首相も「サガンさんは"ほほ笑み"だ。メランコリーで、謎で、距離を置いた、それでも楽しい微笑だ」と称賛した。

さすが芸術の国フランスである。コメントがしゃれている。日本では、こうはいかない。第一、著名な作家や芸術家の死を悼んで、首相がコメントを出したことがあっただろうか。せいぜい相撲を見て、「感動した」と叫ぶくらいが関の山だろう。

フランスと日本。政治家の文学や芸術に対する関心の違いが、イラク戦争への距離の取り方にも表れているように思う。

（2004・9・26）

エイブル・アート

誰か自分の存在に気づいてほしい。そして知ってほしい。自分はここにこうして生きているということを。あらゆる創作活動の原点には、そんな動機が隠されている。

きのう徳島市内の文化の森で始まった徳島障害者芸術祭「エナジー2004」を見て、あらためてそう思った。今年で十年目を迎えた同展には、第一回の倍以上の二百一点が展示され、文字どおり出品者の強いエネルギーが満ちていた。

エナジー大賞に選ばれた木村健さんの「サナトリウム2004」は、カラフルな色と形で構成された抽象画の大作だ。木村さんは筋ジストロフィー症の患者である。点描で丹念に描かれた受賞作には、どれだけの時間とエネルギーが費やされたことだろう。

絵筆を口にくわえたり、足の指にはさんで描く人も少なくないという。パンフレットに名前が載るだけでうれしく、いつまでも大事に持っている知的障害者もいる。

残された体の機能を使ってフルに人間性を解放した作品は「エイブル・アート」（可能性の芸術）とも呼ばれ、画家のパウル・クレーらにも影響を与えてきた。先進国には精神障害者の作品を専門に置くギャラリーもあるが、日本での理解はまだまだだ。

美術の既成概念を打ち破り、見る人の魂を激しく揺さぶる。徳島のエイブル・アートもそんな方向に向かってほしい。

（2004・10・6）

十五歳の夏休み遍路

　共同通信社の政治記者が選ぶ今年の「永田町流行語大賞」に、小泉純一郎首相の「人生いろいろ」が選ばれた。国会で政治家になる前の年金加入問題を聞かれ、口走った言葉だ。

　人生いろいろ。小泉首相のおかげでダーティーなイメージがついたが、ヨンデンプラザ徳島で開かれた写真展「四国八十八カ所　十五歳の夏休み遍路」には、さわやかな「人生いろいろ」があった。

　不登校だった東京の中学三年生、岡田光永君が夏休みの二カ月間、八十八カ所を一人で歩いたときに撮影した写真を展示していた。遍路道で出会った老遍路の笑顔、台風の夜、家に泊めてくれた漁師夫婦との別れ……。稲刈り風景の写真までであったのは、都会育ちの少年の目に、よほど新鮮だったのだろう。

　岡田君の遍路旅は十二日深夜のテレビ番組「ドキュメント04」でも放映された。お接待を受けて感激したり、台風の中を歩いていて地元の人にしかられたりしながら、たくましく自立していく。そんな素直さが心にしみた。

　岡田君はいま、不登校の生徒が集まる「相談学級」に通い始めている。不登校というと白い目で見られがちだが、学校になじめない子の方が優しかったり誠実だったりすることも少なくない。

　人生いろいろ。一度つまずいても別の道がある。歩かされる道よりも、自分で選んで歩く道の方がはるかに輝く。

（2004・12・17）

クローン猫

世界初のクローン動物、羊の「ドリー」が誕生したのは一九九六年。その愛くるしい表情とは裏腹に、クローン人間の誕生にもつながる技術の成功が世界に衝撃を与えたものだ。

それから八年。今度は米国の企業がペット用クローン猫の販売を始めた。初の購入者となった四十代の女性は、飼い猫が死ぬ前にクローンづくりを契約。元の猫と口中のほくろの位置までそっくりで、「お風呂に張った水で遊ぶ癖まで同じ」と満足しているという。

気持ちは分からないでもないが、何となく違和感を覚える話だ。一匹五百万円という値段のせいばかりではないだろう。生と死があまりにも軽々しく商品化されていることへの抵抗感である。

つい先日も、怖い調査結果が新聞に出ていた。子供の五人に一人が、死んだ人が生き返ることがあると考えているという。核家族化が進んで、おじいさんやおばあさんの死を身近に実感できなくなったせいだろうか。あるいは、いつでもリセット可能なテレビゲームの感覚から来ているのだろうか。

人は死んでも生き返る。その認識が生と死の境界線を軽々と越えさせ、日常茶飯事となった殺人事件や、安易な集団自殺にもつながっているだろう。

この世に生を受けたものは、例外なく死を迎える。だからこそ生は輝くのである。そのことを子供たちにしっかりと教えたい。

（2004・12・27）

二〇〇五年 (民九十四年)

自分の感受性くらい

〈ぱさぱさに乾いてゆく心を／ひとのせいにはするな／みずから水やりを怠っておいて／気難かしくなってきたのを／友人のせいにはするな／しなやかさを失ったのはどちらなのか〉。茨木のり子さんの詩「自分の感受性くらい」を読むと、いつも背筋を正される。

成人の日の十日、全国で百五十万人、徳島県内で一万人が大人の仲間入りをした。大人になるというのは本来、この詩のように甘えを捨て、精神的に自立した人間になるということなのだろう。

だが、豊かな時代は、なかなかそうもいかないようだ。新成人を対象にした大手時計メーカーの調査によると、叫びたい言葉の一位は男性が「お金が欲しい」、女性が「愛してる」だった。これではあまりに寂しすぎる。

成人式で時折、話題になる服装の問題。これも今年は県内六十七会場のうち半数近い三十一会場で華美にならないよう指導したという。周囲の過保護やおせっかいも自立を阻んでいるようだ。

全員が振りそででも自分は洋服にする。世の風潮や流行に流されていては自分の人生を生きることができない。新成人には、そんな強い決意を持ってほしいと思う。

茨木さんの詩は、自戒をこめてこう結ばれる。〈駄目なことの一切を／時代のせいにはするな／わずかに光る尊厳の放棄／／自分の感受性くらい／自分で守れ／ばかものよ〉。

（2005・1・11）

北海道移住

二、三日続いたポカポカ陽気はどこへやら、今冬一番の寒波襲来だそうである。こんなときは雪深い北国の人たち、特に仮設住宅で暮らす新潟の被災者についつい思いがいく。

北島シネマサンシャインで公開中の吉永小百合さん主演の映画「北の零年」も厳寒の北海道が舞台になっている。明治三年の庚午事変で淡路島から北海道への移住を命じられ、原野を開拓した徳島藩の稲田家家臣とその家族の苦難の物語である。

映画には登場しないが、このときの移住者には稲田家の知行地だった脇町の出身者も含まれていた。

しかも、これをきっかけに徳島からの移住者は明治から大正にかけて約五万人、西日本最大の北海道移住県になっていく。

明治の中ごろには、徳島県知事が県民の三分の一に当たる二十万人の北海道移住計画まで立てていたというから驚きだ。徳島からの移住者は、北海道の大地を切り開いて藍作などに挑んだという。その苦労たるや並大抵ではなかったはずだ。「北の零年」には人形浄瑠璃の人形が登場するが、多くの移住者が郷土の芸能を通して故郷をしのび、苦労に耐えていたのだろう。

かつて県立文書館で開かれた特別展「北海道開拓と徳島の人びと」にも、人形浄瑠璃の衣装が展示されていた。「北の零年」に描かれた稲田家家臣の苦難は、徳島からの移住者の苦難でもある。

（2005・1・31）

アカシア忌

「春の収蔵品展」という暖かそうなタイトルに誘われて、県立文学書道館に足を運んだ。文学関係では、徳島市出身の詩人・野上彰展をやっていた。

野上彰は東京五輪の合唱曲「オリンピック讃歌」の訳詞や森繁久弥さんのヒット曲「銀座の雀」の作詞で知られる。徳島市の新町橋南詰めに立つ「蛇は飛ぶ　金色に／ああ／アカシアの並木には／朝の神神の／化粧がこぼれてゐる」という詩碑でもおなじみだ。

野上彰展では、川端康成が揮毫した詩碑の原本が目を引いた。野上は囲碁誌の編集長時代に川端と知り合い、師と仰いだ。眼光鋭い川端の神経質そうな印象に似合わず、どっしりと味わい深い書だ。

一九六七年、野上が五十八歳で亡くなると、川端が葬儀委員長を務めた。

展示を見ながら、野上をしのぶ「アカシア忌」が徳島市内で何度か開かれていたのを思いだした。二十年以上昔の話である。野上夫人の律子さんや息子さんも、東京から駆けつけた。詩碑建立に奔走した故・田中富雄さん（当時「徳島作家」主宰）や多くの詩人が集まり、詩の朗読や合唱で野上をしのんだ。

清らかな、いい会だった。野上への敬愛が会場に満ちていた。いい時代だったとも思う。むき出しの競争意識や我欲がなく、世の中に謙虚さとつつしみがあった。騒々しいだけの時代は寒い。

（2005・3・7）

小林多喜二没後七十年

小林多喜二といっても、今どれだけの人がピンとくるのか知らない。「蟹工船（かにこうせん）」などの名作を残した昭和初頭のプロレタリア作家である。

一九三三年、治安維持法による言論・思想弾圧の嵐が吹き荒れる中、多喜二もまた逮捕され、その日のうちに拷問死した。ペンを持つ右手の指の骨は折られ、太ももは赤黒く内出血して二倍もの太さに腫れ上がっていたといわれる。

その多喜二の生誕百年、没後七十年を記念した記録映画「時代（とき）を撃て・多喜二」（池田博穂監督）を県郷土文化会館で見た。ゆかりの人々の証言や資料を通して、命がけで言論弾圧と戦った二十九年の生涯（何という若さだろう）が浮き彫りにされていた。

映画を見ながら、小樽文学館にあったデスマスクの無念の表情を思いだした。投獄された息子に手紙を書きたい一心で字を習い始めた母セキの、稚拙な文字にも心打たれた。

七十年前の話だが、過去のことではない。戦時下最大の言論弾圧事件「横浜事件」は有罪確定から六十年近くを経て、再審開始が確定したばかりだ。政府が今国会への再提出を目指している人権擁護法案も、「表現の自由、報道の自由を抑圧する」として日本ペンクラブが反対を表明した。

平和憲法の足元にも火がつき始めている。ひどい拷問に耐えて、言論の自由を守ろうとした多喜二に学ぶことは今も多い。

（2005・3・17）

41　2005 年（平成 17 年）

パウロ二世と徳島

三日に死去したローマ法王ヨハネ・パウロ二世は、平和外交にも大きな足跡を残した。特に一九八一年の初来日時、広島での平和アピールが心に残る。

「広島を考えることは核戦争を拒否することである」「戦争は人間の仕事です。死そのものです」。とてつもなく大きく、遠い存在だった法王と徳島を結びつけたのは、徳島少年少女合唱団の歌声だった。

九二年、バチカンのサン・ピエトロ大寺院で行われた「世界平和祈願ミサ」。「日本の合唱団をミサに招きたい」との法王の希望で、上田収穂さん率いる徳島少年少女合唱団が特別出演した。

約一万人の信者を前に歌ったオリジナル曲「平和への祈り――徳島ミサ」は、世界各国にテレビ中継された。演奏終了後、法王は団員一人一人のほおをなでながら「心が洗われました」と日本語で祝福した。

徳島少年少女合唱団がたびたび海外公演に招かれるようになったのも、このテレビ放映がきっかけだった。だから、上田さんは法王死去のニュースに接したとき、涙をこらえることができなかった。

「平和への祈り――徳島ミサ」は八七年、ウィーン公演が絶賛され、現地の作曲家から贈られた曲だ。団員たちはいつも戦争の死者を悼んでこの曲を歌う。法王の平和を愛する気持ちは、これからも徳島の少年少女たちの心にしっかりと受け継がれていく。

（2005・4・6）

タブー視された桜の花

もし桃源郷というものが実在するとすれば、徳島市内の文化の森の裏山あたりもその一つだろう。

ピンクの桜は言うに及ばず、純白のコブシやユキヤナギ、鮮やかな黄のレンギョウが咲き乱れ、まさに春らんまんである。

桜の花の盛りもいいが、ハラハラと散る落花の風情もまたいい。きょうは小中学校の入学式。特にピカピカのランドセルを背負った小学一年生には、桜吹雪がよく似合う。

古来、短歌にも盛んに詠まれた桜だが、戦後は桜をうたうことがタブー視された時代もあった。以前、美馬市脇町出身の歌人、奈賀美和子さんが徳島新聞に寄せたエッセーにそう書いていた。桜の散りぎわの潔さが、戦死を美化する日本の軍国主義に利用されたのだった。

〈すさまじくひと木の桜ふぶくゆゑ身はひえびえとなりて立ちをり〉岡野弘彦。戦時中に学徒出陣を体験した岡野氏は、「随分ながい間、桜の花に心をうばわれまいとして、さからいつづけてきた」。そして、後年になって詠んだのがこの作品、と奈賀さんは記す。

戦後六十年の日本では、海外での武力行使に道を開こうとする憲法改正の動きが強まってきた。韓国や中国で、日本の教科書検定や国連安保理常任理事国入りに反対する反日デモが激化しているのも気がかりだ。

美しい桜の花が、再びタブー視される時代が来ないことを祈りたい。

（2005・4・11）

大村はまさん

　人生を全うするとは、こんなことを言うのだろう。九十八歳で亡くなった国語教育研究家の大村はまさんである。

　五十年以上も教師を務め、退職後は全国各地を講演して回った。晩年は車いすに乗り、亡くなる数日前にも東京の学校で講演したというから頭が下がる。鳴門教育大学にも何度か講演に訪れ、珠玉の言葉が徳島新聞に残されている。

　多いのは、教師のプロ意識の欠如を指摘した言葉だ。〈学力がどうのこうのと聞くたびに心が痛む。本気になって教えなければ〉〈子どもの心を一番閉ざすのは、勉強でも何でも、子どもがしたことを教師がすぐ価値判断することだ〉。

　生徒に優劣を意識させない教育を実践した大村さんならではの言葉だろう。学力低下の原因が「総合学習の時間」や学校五日制にあるのではなく、子どもの学習意欲や教師の指導力低下にあることを、大村さんはちゃんと見抜いていたのである。

　もちろんプロ意識の低下は教育の世界に限らない。医療ミスの絶えない病院、トラブル続きの航空会社や自動車メーカー。豊かさの中で、仕事に対する誇りや他者への思いやりをなくしたのだろうか。

　鳴教大の「大村はま文庫」には、生徒とのやりとりなどを書いた学習記録ノートが保管されている。その数、千二百冊。徹底したプロの仕事である。

（2005・4・20）

44

お天気おじさん

「せ」を「しぇ」と発音するのは阿波弁の特色の一つだろう。今はそれも薄れつつあるようだが、一九七〇年前後に県外で学生生活を送った筆者などは、「先生」を「しぇんしぇい」と発音して友人によく笑われたものだ。

以来、意識して発音の矯正に努めたが、この人だけは堂々とテレビで阿波弁をしゃべり、茶の間の人気者になった。「お天気おじさん」こと、日和佐町出身の気象評論家、福井敏雄さんである。

「桜じぇんしぇんが……」、「梅雨じぇんしぇんが……」。甲高い一本調子のユーモアあふれる語り口、人懐っこい笑顔が福井さんのトレードマークだった。大阪管区気象台の予報官などを務め、退職した八〇年から関西テレビなどに出演。徳島の魅力を全国に紹介する県の「阿波特使」も務めていた。

ずいぶん長い間、テレビで見かけなくなったと思ったら新聞で訃報に接した。生前の人気をしのばせる二段の見出し、少しはにかんだような顔写真。亡くなってなお、人を悲しませるよりも、ほのぼのとあたりを照らす温かさは、生前の人柄そのものだ。

今はテレビのお天気キャスターも、若くてきれいな女性に取って代わられた。もちろん彼女たちは「桜じぇんしぇん」などとは決して言わない。テキパキとして聡明な印象だ。でも、福井さんのような味はなくなった。これも時代だろうか。

（2005・5・2）

城東高校の赤れんが塀

あらためて眺めてみると、深みのある美しい赤だ。百年以上の風雪に耐えた城東高校北側の赤れんが塀の一部が、ユーカリの古木とともに現地保存されることになった。

校舎の全面改築を機にすべて取り壊される予定だったが、同窓会などの要望で一部残すことにしたという。塀は一九〇二年（明治三十五年）、前身の県立徳島高等女学校が創設された際に造られ、徳島市の中心部が焦土と化した徳島大空襲の戦火も生き延びた。

〈戦災で焼失して昔の徳女のおもかげは何もとどめなくなったが、校舎のまわりに張りめぐらされていた赤い塀の一部だけが、昔のままに保存されている。当時、赤い煉瓦塀はとてもしゃれて見えたものだ〉

こう書いたのは、徳女の卒業生で作家の瀬戸内寂聴さんである〈自伝「花ひらく足あと」九八年、徳島新聞〉。瀬戸内さんが在籍したのは、戦争の足音が次第に高まり始めた時代。〈男の先生が一人、二人と出征してゆくのを見送った〉とも書いている。

赤れんが塀もユーカリの木も、当時まだ女学生だった瀬戸内さんとともに戦争の時代を見つめてきた。取り壊してしまえば、不幸な時代の記憶も失われただろう。

保存したのは卒業生らの母校への愛着である。瀬戸内さんも喜んでいるだろう。若い後輩たちに、平和の大切さを長く伝える赤れんが塀であってほしい。

（2005・5・11）

平和学習の大切さ

戦後六十年もたてば、ここまで戦争に対する想像力が失われてしまうのだろうか。

二月に行われた東京の青山学院高等部の英語の入試問題に、沖縄戦に動員されたひめゆり学徒による戦争体験の証言が「退屈で飽きてしまった」とする文章が出題されたという。ひどいことをするものだ。元学徒たちの気持ちを思うと胸が痛む。

語り部の一人、宮良ルリさんの講演を徳島県立21世紀館で聞いたのは九年前。看護婦として戦場に駆り出された女学生たちの悲惨な最期を語る宮良さんの話を通して、戦争の残酷さを思い知らされたものだった。

沖縄のひめゆり平和祈念資料館には、女学生二百人余の遺影がひっそりと並んでいる。いつどこで、どのように死んでいったのか。一人一人の死亡時の状況が、胸に迫る構成だ。そのほとんどが十代の、まだあどけない少女たちである。

こんな悲劇を知らなければ、英語の入試問題に挑んだ多くの受験生たちが、元学徒の証言を「退屈」なものと思い込み、耳を貸さなくなるだろう。一方、二年前の本紙には、平和学習を兼ねた修学旅行で沖縄を訪れた脇町・江原中学の生徒たちの、こんな感想文が載っていた。

「宮良さんが体験したようなことが起こらないように、起こさないように戦争の体験を子供の世代に伝えていくべきだ」。平和学習の大切さをあらためて思う。

（2005・6・15）

47　　2005年（平成17年）

第一回こども県展

子供のころ、自分はどんな絵を描いていただろうか。県郷土文化会館で開催中の第一回こども県展を見ながら、久々に童心に帰って楽しかった。

絵画部門で県知事賞になった加茂名南小一年、宮﨑一輝君の絵の前で足を止める。画面いっぱいに描かれた、迫力満点の阿波踊り。十月三十日付本紙のインタビュー記事で「どんな絵をかきたいの?」との質問に「絵の具でかきたい」と元気いっぱい答えていたのも楽しかった。

書写部門で県知事賞の福島小四年、佐々木温子ちゃんは、作品が思いどおりに仕上がらないとき、涙ぐみながら書き続けるという頑張り屋さんだ。「夢は習字の先生」と話す笑顔が晴れ晴れと輝いていた。

徳島新聞社長賞の県立聾学校小学部二年、阿部菜々子ちゃんの絵も、人間より大きなザリガニが躍る楽しい作品だ。「絵をかくのが大好き」という菜々子ちゃん。大人になっても描き続けて、絵を一生の友達にしてほしい。

今年、入選しなかった子も落ち込むことはない。誰だって調子の出ないときや、ついていないときもある。入落より大事なのは精いっぱい取り組む姿勢だから。絵や習字は心を豊かにしてくれる。殺伐とした世の中だから余計にそう思う。生まれたばかりの「こども県展」をみんなの力で育てたい。

（2005・11・14）

新町西地区に新ホール

徳島市が文化センターに代わる音楽・芸術ホールを新町西地区の再開発事業と一体的に整備する方針を明らかにした。

構想から十二年、ようやく動きだしたのはいいが、市議会での答弁にはあきれてしまった。特に練習室の必要性。旧動物園跡地に造る場合は必要だが、新町西地区なら「阿波おどり会館やシビックセンター、県郷土文化会館などの近隣施設を活用できる」という。

著名な演奏家やオーケストラの団員に「うちは練習室がありませんので、阿波おどり会館へどうぞ」とでも言うつもりなのだろうか。手がかじかむ雪の日や雨の日もあるだろう。楽器ケースも濡れる。コントラバスやチューバは運ぶだけでも骨が折れる。

第一、演奏前にそんな負担を強いて、いい演奏が期待できるとは思えない。少しまともなホールなら、どこでも音響に配慮したリハーサル室や練習室を備えている。徳島市はホールの規模を明らかにしていないが、建設可能なスペースは、それほど広くないのだろう。

それで市民がわくわくするようなホールができるのかどうか。数十年は使う県都のホールである。中途半端なものしかできないのなら建設場所も含めて再検討が必要だろう。耐震強度偽造問題を持ち出すまでもなく、安く上げることばかり考えているとろくなことはない。

ホールには夢がなくてはならない。

（2005・12・8）

49　2005年（平成17年）

二〇〇六年（总第八期）

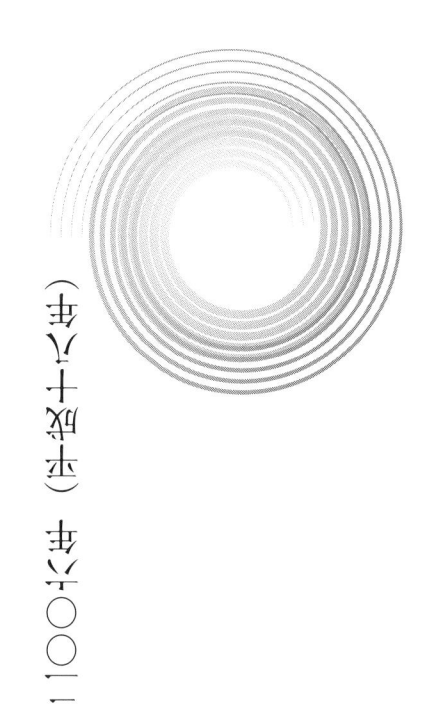

年賀状にともる灯

今年は大手百貨店の初売りが好調で、東京では過去最高の売り上げを記録した店もあったという。商魂たくましいのはいいが、正月らしいのどかさは年々薄れつつあるようだ。

忙しい、忙しいとぼやきながら、日本人は結局、忙しくしているのが好きなのかもしれない。ただ、「心」を「亡」くす忙しさの中には、精神の危機が潜んでいることも忘れずにいたい。

正月らしさは、かろうじて年賀状が運んでくれる。俳句雑誌「航標」を発行する今枝立青さんは、こんな愉快な句を送ってくださった。〈あざらしの顔へも阿波の初日かな〉。晴れ晴れとしたナカちゃんの顔が目に浮かぶようだ。

作家の森内俊雄さんは、毎年、漢字一字をはがきに大書して送ってくださる。今年の漢字は「灯」だった。寒々とした時代にともす温かい希望の灯である。

その灯は、働く二十代を描く本紙地方面の連載「青春の譜」にも見いだせた。「都会では味わえなかった生きる手応えがこの町にはある」。神奈川県から移り住んだ上勝町臨時職員、佐藤いづみさん（26）の言葉だ。

保健師の富尾純子さん（27）が過疎地の美馬市木屋平支所を職場に選んだのも「住民とより密着した場所で仕事をしたい」一念からだった。いい大学、いい会社ではなく、人とのつながりに喜びを求める。そんな若い世代の生き方がすがすがしい。

〈注〉ナカちゃん＝徳島県南部の那賀川河口にすみついたアゴヒゲアザラシの愛称。

（2006・1・6）

52

竹宮惠子展

母親はよく中原淳一の夢見るような少女画を模写していた。勤め人の父親もまた、旅に出るとスケッチ画を描いて帰る人だった。

そんな環境で育った娘が、幼いころから広告のチラシの裏に絵を描いて遊び、やがて人気漫画家になるのは、ごく自然なことだっただろう。「風と木の詩」「地球へ…」などの作品で知られる徳島市出身の漫画家、竹宮惠子さんの世界展が県立文学書道館で開かれている。

初日の講演会も展覧会場も竹宮ファンの熱気であふれた。東京から駆けつけたという女性もいた。竹宮さんは、ほおを紅潮させながら「亡くなった母や父も、会場のどこかに来てくれていると思う」と講演で語った。

漫画家になるため二年で中退した徳大教育学部時代の友人も会場を訪れ、旧交を温めたという。「幼いころからの私を知る皆さんが集まり、一つの輪になったことがうれしい」と、竹宮さんは何度も感謝の言葉を口にした。特に母親の思い出を語るとき、一瞬、言葉を詰まらせたように感じたのは気のせいだろうか。会場には赤ちゃんのころの写真などと並んで、母親が女学生時代に模写したという少女画も大事そうに展示されていた。

故郷で開かれる展覧会には、故郷ならではの温かさがある。死者も生者もにぎやかに集い、同窓会のような楽しい時間が流れている。

（2006・1・11）

モーツァルト生誕二百五十年

書き出しの文句がなかなか決まらない。それが道を歩いているときなどに突然ひらめく。小説家のそんな文章を何度か目にしたことがある。

モーツァルトの音楽は、書き出しどころか、全編、天から降り注ぐような啓示に満ち満ちている。頭の中に音楽があふれて、楽譜に書きとめるのさえもどかしいといった印象だ。天才と呼ばれるゆえんだろう。

長調的な明るさの中に、ふと紛れ込む哀切極まりない旋律。そんなモーツァルトの音楽を評して、評論家の小林秀雄は「モオツァルトのかなしさは疾走する。涙は追いつけない」(「モオツァルト」)と書いた。

音楽ファンなら誰しも深夜に一人モーツァルトを聴き、心を癒やされた経験があるだろう。音楽療法にもよく使われている。交響曲40番、ピアノ協奏曲20番、クラリネット五重奏曲、未完の「レクイエム」など、名曲を挙げれば切りがない。

あすはそのモーツァルトの誕生日、今年は生誕二百五十年に当たる。これを記念して、県内でも二十九日の徳島交響楽団ニューイヤーコンサート(徳島市文化センター)、二月五日のN響メンバーによる室内楽演奏会(大塚国際美術館)など、モーツァルトを取り上げた演奏会が続く。

ライブドア、輸入牛肉、耐震強度偽装。嫌なニュースばかり聞かされる耳の汚れを、たまにはモーツァルトで洗い流したい。

(2006・1・26)

54

合併で消える地名

富士山ろくの山梨県上九一色村が、町村合併で姿を消した。オウム真理教の拠点施設があったこと で全国に名をはせた村である。

地下鉄サリン事件などに使われた猛毒サリンも、ここで作られたとされる。合併の背景には、村の 財政事情があったようだ。ただ、村名の消滅が、オウムと闘った村民の誇りやオウム事件の風化を早 めないか、気がかりだ。

〝平成の大合併〟によって徳島県内でも長い歴史や文化を持つ町村名がずいぶん消えた。古代から続 いた「麻植郡」は「麻植市」ではなく「吉野川市」になった。鷲敷、相生、上那賀、木沢、木頭の五 町村が合併して生まれた「那賀町」からは、ブランド名に使用される「木頭」を除いて、みんな消えた。

そんな中、阿波市が昨年四月の合併で消えた吉野、土成、市場、阿波の旧町名を復活させることに なったのは大いに賛成だ。「現行の住所表示は分かりにくい」「伝統ある町名を残すべきだ」と住民の 66％が町名復活を望んでいた。

合併後のこうした変更は全国でも珍しいという。板野、阿波両郡にまたがる合併だったため、一体 感の醸成を狙いに旧町名をなくしたようだが、合併協議会のメンバーに旧町名への強い愛着があれば、 こうはならなかっただろう。おかげで、変更に要する経費は約五千万円。〝駆け込み合併〟の代償はあ まりにも大きい。

（2006・3・4）

シベリア抑留

できれば、生きて故郷の土を踏みたかっただろう。終戦後、シベリアに抑留されていた徳島市・津田出身、井上眞二さんの遺骨が六十五年ぶりに遺族のもとに帰った。

一九四一年、旧満州（中国東北部）に出征した井上さんは、四五年の終戦で旧ソ連軍の捕虜となり、シベリアに送られた。二年後、三十歳で現地の病院で死亡したが、収集された遺骨の一柱がDNA鑑定で井上さんのものと分かった。

当時、シベリアに抑留された日本兵は約六十万人。うち五万五千人が飢えや寒さ、過酷な強制労働などで亡くなったとされる。しかし、身元が判明するのはまれで、徳島県人では井上さんが初めてという。「感無量だ」。その一言に弟、邦衛さん（86）の思いがにじむ。

シベリア抑留で思い出すのは画家の故・香月泰男さんだ。抑留中、生まれ育った山陰の町、山口県三隅町を繰り返し夢に見続けた香月さんは、復員後、六十三歳で亡くなるまでシベリア体験を描き続けた。骸骨のような捕虜の顔、鋭くとがった指。黒と土色で描かれた五十七点の〈シベリヤ・シリーズ〉が抑留の過酷さを訴える。

井上さんもまた、香月さんのように故郷の風景を夢に見ながら亡くなったのだろうか。「戦争を認める人間を私は許さない」（立花隆著「シベリア鎮魂歌——香月泰男の世界」）。生前の香月さんの言葉は今も重い。

（2006・3・9）

「飛鳥美人」損傷

奈良県明日香村の高松塚古墳といえば、「飛鳥美人」と呼ばれる女子群像など、国宝の極彩色壁画で有名だ。一九七二年に壁画が見つかったときには、考古学史上最大の発見といわれ、考古学ブームを巻き起こした。

その壁画が、石室で作業をした文化庁などの不注意で、一センチ四方、損傷していたことが分かった。さらに悪いことには、関係者がこっそり補修して、四年間も事実を隠していたというのだから、開いた口がふさがらない。

「修理して隠ぺい工作までしたのは犯罪行為だ」。壁画を発見した調査責任者、網干善教関西大名誉教授が激怒したのも当然だろう。

二〇〇一年には、菌などの飛散を防ぐ防護服を着ないまま作業をするというマニュアル違反を犯し、翌月、石室内にカビが大量発生したが、これも保存対策検討会に報告していなかった。

文化庁の〝隠ぺい〟工作は、今に始まったことではない。早い時期に壁画の劣化を知りながら、その事実を公表せず、何の対策も取っていなかったことも分かっている。カビの原因についても、地球温暖化などのせいにしていたというのだから、何をかいわんや、である。

壁画の修復・保存に向け、来年には石室解体工事も予定されているが、文化庁がこの体たらくでは、誰に文化財保護を任せればいいのか。「飛鳥美人」の行く末が思いやられる。

（2006・4・17）

岩城宏之さん死去

その名が国民に広く知られるようになったのは、テレビCMへの出演がきっかけだった。「違いが分かる男の……」というコーヒーのCMだ。

NHK交響楽団正指揮者を務め、七十三歳で死去した岩城宏之さん。音楽ファンの間で今も語り草になっているのは、一昨年と昨年に世界で初めてベートーベンの九つの交響曲全曲を続けて指揮した年越しのコンサートである。

高齢で、しかもがんを克服したばかりの岩城さんは、酸素吸入器などを携えた三人の医師が見守る中、休憩をはさみながら九時間、タクトを振り続けた。「ベートーベンのためなら死んでもいい」。そんな執念が、最後まで過酷な演奏を支えた。

「第九」を振り終えた際の聴衆のどよめきは、尋常ではなかったと伝えられる。ドボルザーク「新世界より」など、名曲コンサートの乱立を批判し、現代作品を積極的に取り上げたのも岩城さんの功績だ。

初演した現代曲は二千五百曲。県内では一九九九年、阿南市夢ホールの開館記念行事で武満徹作品を披露している。今にして思えば、その時の演奏を何としても聴いておくべきだったと悔やまれる。

「音楽は空中に消えてしまい、二度とつかまえることができない」。そう言ったのは天才ジャズサックス奏者エリック・ドルフィーだ。岩城さんの音楽も、もうつかまえることができなくなった。

（2006・6・15）

ビートルズ来日四十年

年を取るわけだ。一九六六年六月二十九日にビートルズが来日して以来、あすでちょうど四十年という。

当時十五歳、中学三年だった筆者は、白黒テレビにかじりついて、日本武道館でのライブを見たものだ。一万人を超すファンの絶叫で音楽はほとんど聞こえず、文字どおり「見た」としか言いようのない熱狂的なライブだった。

高校受験の年だというのに、友達との話はビートルズのことばかり。わずかな小遣いをためては「ラバー・ソウル」や「リボルバー」といったLPレコードを買いに走った。そのずしりとした重さは、まさにビートルズのサウンドそのものだった。

しかし、今とは違って当時の誰もがビートルズの来日を歓迎したわけではない。来日前、ビートルズ側が「公演会場は一万人以上収容の屋内施設」と要望したのに対し、武道館の正力松太郎会長は「使わせてたまるか」と発言。抗議の電話が殺到する騒ぎとなった。

「あんなのは音楽じゃない」と、まゆをひそめる大人がいたからこそ、若者にとって、ビートルズは既成の価値観への反抗と自由のシンボルになったのだろう。

自宅への放火殺人容疑で逮捕された奈良県の高校一年生も、勉強以外に夢中になれる少年らしい何かが欲しかったのではないか。ビートルズにあこがれた四十年前を振り返って、そんな思いがしきりにする。

（2006・6・28）

59 2006年（平成18年）

映画「白バラの祈り」

　第二次世界大戦中のドイツで、ヒトラー政権に立ち向かった実在の女子学生を描いた映画「白バラの祈り――ゾフィー・ショル、最期の日々」を徳島市のふれあい健康館で見た。

　ミュンヘン大学で哲学を学ぶゾフィーは、学生の抵抗組織「白バラ」の一員として大学構内でヒトラー批判のビラをまき、兄とともにゲシュタポ（秘密警察）に逮捕される。人民法廷で大逆罪を宣告され、即刻、処刑されるが、最後まで信念を貫き通した二十一歳の女性の真っすぐなまなざしが深く心に届いた。

　戦後六十年を経た今も、ドイツでは「ヒトラー――最期の12日間」やこの「白バラ……」など、ナチス・ドイツの戦争犯罪を告発した映画が続々と公開されている。そのドイツとよく比較される日本が、いまだに首相の靖国神社参拝や歴史認識問題で中韓両国との間に波風を立てているのとは大きな違いだ。

　今年五月、ナチスによるホロコースト（ユダヤ人大虐殺）の舞台となったポーランドのアウシュビッツ強制収容所を訪ねた折には、ヨーロッパ各地の中高生であふれていた。一方、日本では広島、長崎への修学旅行が随分減ったと聞く。

　「白バラ……」の観客も若い人はごくわずかだった。北朝鮮のミサイル問題では、政府・自民党から敵基地への先制攻撃論まで飛び出した時期だけに、日本の行く末が一層気にかかる。

（2006・7・13）

60

劣化ウラン弾

「人間はいったい何をしているのか」。長崎原爆の日のきのう、伊藤一長長崎市長は平和宣言をそう切り出した。広島、長崎への原爆投下から六十一年たった今も、世界には三万発もの核兵器が存在する。

核廃絶が進まない現状へのいら立ちと怒りを、長崎市長はそんな言葉で表現した。

世界では今も大勢の被爆者が生み出され続けている。米国が戦車を撃ち抜く目的でつくり、湾岸戦争やイラク戦争で大量に使用した劣化ウラン弾が原因だ。

先日、徳島市内で講演した元米兵、デニス・カインさん（35）も一九九一年の湾岸戦争に従軍し、イラク南部で使用された劣化ウラン弾の放射線を浴びた一人だ。湾岸戦争では米兵二十五万人が被爆し、一万一千人もの帰還兵が亡くなったという。

まき散らされた放射線は、半永久的に消えることがない。湾岸戦争後、イラクでは白血病や小児がん、無脳症など、先天性異常の赤ちゃんが増え続けている。イラク南部のサマワに陸上自衛隊が派遣されたときも、残留放射線が問題になった。

「広島、長崎に原爆を落としたとき、アメリカは病気だった。今はさらにひどい病気にかかっている」。カインさんは、そう言って劣化ウラン弾の全面禁止を訴えた。どうしようもない人間の愚かさが問われ続けている。

（2006・8・10）

61　2006年（平成18年）

ナカちゃん死す

　幼児虐待や親殺し・子殺しなど、殺伐とした事件が相次ぐ中、県民は明るい話題を求めていたのだろう。昨年末に発表された「2005年　県内10大ニュース」のトップに、那賀川にすみ着いたアゴヒゲアザラシのナカちゃんを選んでいる。

　それも「後藤田正晴元副総理死去」を抑えての一位というのだから、ナカちゃん人気のすごさがうかがえる。那賀川で初めてその姿が確認されたのは昨年十一月。以来、テレビや新聞であのとぼけた顔を見る度に、気持ちが和んだものだった。

　子供から大人にまで愛される、こんなスーパーアイドルは、そうそう現れるものではない。それだけに、突然のナカちゃんの死のニュースは少なからぬショックを県民に与えた。

　全長一八八センチ、体重一〇〇キロ、胸回り一一〇センチ。死んだ時のナカちゃんの体格である。こんなに大きいものとは知らなかった。那賀川はよほど餌が豊富で、すみ心地がよかったのだろう。とはいっても、本来は北極圏にすむ動物である。冬場はしのげても、徳島の夏の暑さが、やはり体にこたえたのかもしれない。多くの県民にかわいがられ、親しくなったばかりに、北の海に帰りそびれたのだろうか。

　死骸はとくしま動物園で解剖されたが、死因は結局分からずじまいだ。犬や猫と同様、物いわぬ動物だけに、その死がいっそう哀れに思われる。

（2006・8・30）

左手のピアニスト

舘野泉さんは「左手のピアニスト」と呼ばれる。脳出血で右半身が不自由になり、左手だけで演奏活動を続けているからである。

異変は二〇〇二年に起きた。フィンランドでの演奏会。右手の動きが突然、左手から遅れ始めた。懸命に最後の曲を弾き終えると、ステージに崩れ落ちた。

「ピアニストとしての寿命も終わりだ」と宣告された気がした。左手のための曲がないわけではない。しかし、「そんなもの、くそ食らえだ」と舘野さんは思った。

たとえば、戦争で右手を失ったピアニストのために書かれたラベルの「左手のためのピアノ協奏曲」。絶望から立ち直るのに一年半を要した。左手だけで十分、豊かな世界が表現できると分かってきた。

親友たちも新曲を書いてくれた。演奏活動を再開したのは二年半前。ピアノが弾けるというだけでうれしかった。大都市での立派な演奏会には、あまり興味がなくなったという。

その舘野さんが二十二日夜、北島町の創世ホールでリサイタルを開いた。最初の曲は、ブラームスが編曲したバッハの「シャコンヌ」。左手で一音一音、慈しむような演奏を聴くうちに、胸が熱くなってきた。

単に左手による演奏という理由からではなく、舘野さんの音楽に、生きる喜びが宿っているからだろう。演奏後、深々とお辞儀をするピアニストを、満場の拍手が包んだ。

（2006・9・24）

小屋掛け公演

さわやかな秋晴れに誘われて、徳島中央公園へ阿波人形浄瑠璃「小屋掛け公演」を見に出かけた。

江戸時代から戦前まで、人形浄瑠璃の舞台として徳島市や吉野川流域の藍作地帯で人気を集めたこの「小屋掛け」。復活四年目の今年は、色鮮やかな襖絵を自在に操る「襖からくり」の出し物もあり、見物客から盛大な拍手がわいた。

本紙文化面に連載された大和武生四国大教授「阿波人形浄瑠璃物語」によると、県南では地元のアマチュア人形座が神社境内の農村舞台で上演。一方、現金収入のあった徳島市や藍作地帯では、淡路のプロの人形座が、「小屋掛け」で入場料を取って興行していた。

小屋といっても、当時は横二十七メートル、縦四十二メートルの立派なもの。うどんや田楽、酒なども販売していた。「観客の側も、ひいきの太夫や人形遣いといった芸人ばかりでなく、勧進元（興行主）にまで幟や『花』と呼ばれる祝儀を贈るという華やかさであった」と大和さんの連載にある。

娯楽に乏しかった時代、小屋掛けの人形浄瑠璃は庶民の最大の楽しみだったのだろう。そういえば、子供のころの秋祭りの夜、神社境内のスクリーンに映し出されるチャンバラ映画を、家族とともにワクワクしながら見たことを思いだす。

食べる物も着る物もろくになかったが、いま思えば幸福な時代だった。

（2006・10・8）

64

坂口安吾生誕百年

〈生きよ、堕ちよ〉。敗戦の翌年の一九四六年、坂口安吾（一九〇六〜五五年）は「堕落論」を発表して一躍、時代の寵児となった。

〈（中略）堕ちる道を堕ちきることによって、自分自身を発見し、救わなければならない〉。こんな刺激に満ちた言葉が、戦後の混乱期を生きる日本人を励まし、元気づけた。

〈戦争に負けたから堕ちるのではないのだ。人間だから堕ちるのであり、生きているから堕ちるだけだ。

虚飾を捨て、人間の実相を見つめる。それ以外に本当の救いの道はない。安吾はそう言いたかったのだろう。人間の弱さ、愚かさ、悲しさを丸ごと肯定して、大いなる人間賛歌を書きつづった安吾らしい一節だ。

太宰治、織田作之助らとともに「無頼派」と呼ばれた安吾だが、書くものは太宰よりもスケールが大きく、大人の風格を持っていた。きょうはその安吾の誕生日。生誕百年の記念日に当たる。

「堕落論」の発表から六十年。あらためて読み返してみると、その精神がいつの間にか忘れられ、経済発展のみが生きる目標になったところに、戦後日本の不幸があったのではないかと思えてくる。

子供のいじめ自殺を含め、自殺者は八年連続三万人以上。もし安吾が生きていれば、こう言うだろう。〈人間は、生きることが全部である。死ねば、なくなる〉（「不良少年とキリスト」）。

（2006・10・20）

寂聴さんに文化勲章

徳島市出身の作家、瀬戸内寂聴さん（84）が文化勲章に決まった。県人の受章は初めて、久々の明るいニュースである。

徳島県立文学書道館長としての仕事や講演で、京都の寂庵と徳島を頻繁に行き来する瀬戸内さん。

しかし、故郷とのつながりができたのは一九八一年、徳島市で寂聴塾を開いてからだった。すでに五十九歳になっていた。

二十一歳で結婚、一女をもうけたが、間もなく離婚。夫と子どもを捨てて上京したことが世間の批判を浴び、「石もて故郷を追われた」と瀬戸内さん。「日のあるうちは帰ってくるなと父親に言われたくらいだから、徳島の人には、ずっと良く思われてなかったと思うの」。

そんな話をしてくれたのは十二年前、県文化賞を受賞したときだった。「でも、私は徳島が嫌いじゃなかったし、年を取るにつれて懐かしくなる。県文化賞の受賞で、古里との縁が一層深まったと思う」と言い、こんな自作の俳句を披露した。〈秋晴やふるさとに今日迎えられ〉。

今回、文化勲章と聞いて、まず浮かんだのも「古里に錦を飾れる」との思いだったという。古里もまた、そんな瀬戸内さんを温かく迎えるだろう。

あす午後二時から徳島市のアスティとくしまで開かれる「おどる国文祭プレフェスティバル」に出席する瀬戸内さん。古里に錦を飾る晴れやかな瞬間が、もうすぐ訪れる。

（2006・10・28）

腎臓移植

徳島県内で初めて腎臓移植手術に成功したのは一九八六年、徳島市内の民間病院だった。社会部の記者として、そのニュースを取材したので、当時のことは今もよく覚えている。

移植を受けたのは、腎不全で透析を受けていた四十四歳の女性。腎臓を提供したのは、二歳年上の姉だった。「まるで生まれ変わったような気分」「ここに入っている〝姉〞を一生大事にしていきたい」。妹はそう言って腹部をいたわるようになでた、と記事にある。

当時、県外では腎臓移植が行われていたが、他県で手術を受けることへの不安や家族の滞在費がかさむことなどから、県内での移植手術開始が待たれていた。それだけに、移植成功のニュースは腎不全で苦しむ患者に大きな希望を与えたものだった。

あれから二十年。残念なことに、いま新聞をにぎわせているのは、宇和島徳洲会病院の腎臓移植問題だ。臓器売買事件に始まり、がん患者らの腎臓を移植するなど、新たな疑惑も浮上している。

背景には臓器提供者（ドナー）不足もあるようだ。しかし、だからといって、がん再発の恐れがある腎臓まで移植していいということにはならないだろう。

県内初の腎臓移植に成功した姉妹の喜ぶ顔は、今もはっきりと思いだせる。一部の病院の暴走によって、腎臓移植そのものにブレーキがかからないか、それが心配だ。

（2006・11・6）

はらたいらさん死去

六十三歳と少し早すぎる死を迎えた漫画家のはらたいらさんは、講演で何度も徳島を訪れている。

高知の出身だけに、特別な親しみを感じてくれていたようだ。

一度だけ、取材させてもらったことがある。一九九二年、企業連に加わって、初の阿波踊りに来県したときだった。当時はテレビ番組「クイズダービー」の名物回答者として人気絶頂だったが、ちっとも偉ぶることなく、踊りの感想を上機嫌でしゃべってくれた。

故郷のよさこい鳴子踊りを踊った足で、徳島に駆けつけたはらさん。「いやあ、すごい熱気ですねえ。徳島に着いて、ぶっつけ本番で踊ったんだけど、鳴り物を聞くと、自然に体が動いちゃいました。観客の声援もうれしかった。思わず手を振って応えてしまいましたよ」。

鳴子踊りとの違いについても語っている。「鳴子踊りは若者の踊りになりましたからねえ。こちらは子どもからお年寄りまで、一緒になって踊っているのがいい。お祭りはこうじゃなくちゃだめですよ。伝統の重みを感じました」。

批評精神あふれるナンセンス漫画が得意だっただけに、いま振り返っても目の付けどころが素晴らしい。はらさんの「遺言」を忘れることなく、阿波踊りの良さを大事にしていかなければと思う。

それにしても、死亡記事の笑顔くらい悲しいものはない。はらさん、どうか安らかに。

（2006・11・12）

がけっぷち犬

多くの県民が胸をなで下ろしたのではないだろうか。徳島市加茂名町の眉山北側斜面の崩落防止用コンクリート枠（高さ約四十メートル）の中で動けなくなっていた犬が、無事救出された。

住民が犬を発見してから六日目。その間、犬は飲まず食わずの状態で、命の限界が近づいていた。

しかも、救出劇はテレビ中継され、全国的な話題にもなっただけに、救助に当たった徳島西消防署のレスキュー隊員らもほっとしたことだろう。

ただ、助かってよかったと思う半面、モヤモヤした気分も残らないではない。一匹の犬が大がかりな救出劇で救助される一方、飼い主の無責任さなどが原因で、大量の犬や猫が毎年、殺処分されているからだ。

県動物愛護管理センターによると、新たな飼い主が見つからないまま、昨年度に県内で殺処分された犬と猫は七千七百匹余。人口当たりの処分数は全国ワースト三位だった二〇〇四年度に続いて上位を占める見通しという。

コンクリート枠の中で日々衰弱していく犬の姿は新聞やテレビで見ることができても、殺処分され、死んでいく犬や猫の姿は見えない。だから、罪の意識をそれほど感じずに、犬や猫を捨てられるのだろう。

いじめによる小中学生の自殺が相次ぐ昨今、子どもたちにとって、今回の救出劇が、せめて命の重さについて考えるきっかけになれば、と思う。

（2006・11・23）

69　　2006年（平成18年）

灰谷健次郎さん逝く

おととい七十二歳で死去した児童文学作家、灰谷健次郎さんの講演を聞いたのは二十五年前の一九八一年だった。徳島市文化センターで『やさしさ』について」と題して話した。

ひたむきに生きる子どもと若い教師の交流を描いた「兎の眼」など、感動的な作品で知られる灰谷さん。講演も、子どもの優しさとそれに気づかない大人の罪を鋭く突く内容だった。よほど感銘を受けたのだろう。講演要旨を三回にもわたって文化面に掲載している。

特に、知的障害のあるおおみや君と、さえこちゃんのエピソードが印象深かった。こんな話だ。二人はいつも手をつないでいる。さえこちゃんは、手のぬくもりでおおみや君の心の動きが分かる。そんな能力がある。

なぜか。さえこちゃん自身、くちびるが割れた兎唇の障害を持っているからだ。そのために悲しい思いをしてきた。おおみや君に優しいのは、障害のある自分が優しさのない世界では生きられないからだ……。

そんな話をして、灰谷さんは「私たちは優しさ、優しさと言いながら、優しさの通らない社会をつくっているということを考えていただきたい」と訴えた。

「愛国心」を盛り込み、国会で審議中の教育基本法改正案が目指すのは、おおみや君やさえこちゃんが必要とする「優しさ」だろうか。一番に聞いてみたい人が、いなくなった。

（2006・11・25）

知育より食育

「食育」というのは、最近生まれた新語とばかり思っていたが、そうではないようだ。百年以上前の一八九八年（明治三十一年）に出版された「食物養生法」という書物の中で、初めて使われたというから相当古い。

出版したのは福井県生まれの薬剤師、石塚左玄氏（一八五一―一九〇九年）。「体育も知育も才育もすべて食育にある」と「食育」の大切さを説いている。

時は流れて、その「食育」が随分軽視される時代になった。政府が先日まとめた初の「食育白書」によると、家族が毎日一緒に夕飯の食卓を囲む割合は25・9％。四世帯のうち一世帯しかない。夫の残業や女性の社会進出、子どもの塾通いなどが背景にあるのだろう。

白書は子どもの不規則な食生活にも触れている。朝食を食べない子は疲れたり、いらいらする率が高い。一方、毎日食べる子ほど学校のテストで高得点を取る傾向があるとして、「食育」の大切さを訴えている。

そういえば、今の子どもがキレやすいのは食生活と関係があるとの指摘も以前からあった。塾通いの子どもが一人で食べる「孤食」が、家族のコミュニケーションを奪っているのも深刻な問題だ。

こんな日本に誰がした、と「食育」の元祖、石塚氏は草葉の陰で嘆いているに違いない。食が壊れれば体も心も壊れる。「知育」よりもまず、「食育」である。

（2006・11・26）

71　2006年（平成18年）

金メダル級の勇気

人口八十万人というから、徳島県と同じくらいだ。中東の小国カタールで、アラビア半島初のドーハ・アジア大会が始まった。

内戦状態にあるイラクの二十年ぶり出場など、「平和」をアピールする大会になったのは喜ばしい。

そして、もう一つ話題を呼んでいるのが女性のスポーツ進出。日本では当たり前だが、カタールのようなイスラム圏では事情が異なる。女性には顔と手以外の肌の露出が禁じられている。女子テニスなどの試合が行われるようになったのも数年前のこと。最初は服装が「スキャンダル」と受け止められたそうだから、水着姿などは、もってのほかだったのだろう。

そのタブーが、今回のアジア大会で破られた。アミーナ・ファハロ選手（15）が競泳に出場。肩とひざ下を出した水着姿で懸命に泳ぎ切り、一人遅れはしたものの、試合後「ベストを尽くした」とすがすがしい表情を見せたという。

地元では「裸同然で反イスラム的」などの批判もあったようだが、「女性に門戸を開きたかった。この国を開放的、近代的にしたい」とアミーナ選手。古い伝統が守られる一方で、彼女のような若い力が、新たなイスラム社会を切り開いていくのだろう。

競泳出場にはハマド首長の後押しもあったとされるが、先陣を切るのは容易なことではない。アミーナ選手の勇気に金メダルを贈りたい。

（2006・12・4）

72

教育基本法改正

東京都の公立小学校の女性音楽教師は、子どもの多様な感受性を伸ばす自由な音楽教育と、校長からの「君が代」のピアノ伴奏命令の間で悩んだ結果、ピアノ伴奏を拒否した。

究極の選択を強いられた彼女は、精神科医で関西学院大教授の野田正彰さんにこんな手紙を送ったという。『『君が代』のない所へ行きたい。それが死後の世界だとしても』。教師が追い詰められる現状を見つめた「子どもが見ている背中」（岩波書店）を刊行した野田さんが、三日付本紙読書欄のインタビューで紹介した話だ。

教育基本法改正案についてもこう批判している。「教育とは『する』もので、国家から『させられる』ものではない。戦後教育の基本にあったその理念を忘れ、国民全体が大きく判断を誤ろうとしている」。

同案を審議している参院特別委員会の地方公聴会が、きのう徳島市で開かれた。日の丸・君が代の強制につながりかねない「愛国心」が盛り込まれたことへの批判も出たが、与党は八日の参院本会議での採決・成立を目指しているという。

それなら何のための地方公聴会か、といった疑問がぬぐえない。教育基本法の改正には、教育現場からの批判も強い。衆院と同様、数の力で強引に成立させるべきではないだろう。

子どもは、大人が考える以上に敏感だ。政治家の背中をじっと見ている。

（2006・12・5）

映画「めぐみ」

テレビで見慣れているはずの映像が、新鮮な衝撃を伴って胸に迫る。ドキュメンタリー映画の持つ力だろうか。

北朝鮮による横田めぐみさん拉致事件をテーマにした「めぐみ――引き裂かれた家族の30年」を東京で見てきた。娘を取り戻すための活動に生涯をささげる横田滋さん・早紀江さん。その必死の姿を追い、米国在住のカナダ人ジャーナリスト夫妻が撮った話題の映画だ。

初めて見る映像もあった。横田さん夫妻が自宅で言い争う場面。そして、滋さんが配布するチラシを通行人がたたき落とすシーン。どれだけの怒りと悲しみが夫妻を襲ったことだろう。北朝鮮による「めぐみさん死亡」発表後の記者会見は、何度見ても胸が詰まる。

《慣れし故郷を放たれて/夢に楽土求めたり》。透明感あふれる歌声で、めぐみさんがテープに残したシューマン「流浪の民」。拉致事件を予感させるような歌詞にも驚く。はるか北朝鮮の地で両親を思い、何度この歌を口ずさんだことか。

「娘を取り戻すため三十年という途方もない苦闘の日々を送った両親に感動した」というカナダ人監督夫妻。ぜひ徳島でも上映して、多くの人に見てもらいたい映画だ。

北朝鮮の核問題をめぐる六カ国協議が、近く再開される見通しになった。今度こそ拉致問題にも道筋をつけ、映画の続きをハッピーエンドにしてほしい。

（2006・12・11）

ユズ湯

きのうは「冬至」。風呂にユズを浮かべて、ぜいたくな時間を楽しんだ人も多かったのではなかろうか。

昼が最も短くなるこの日、ユズ湯に入り、カボチャを食べると風邪をひかないといわれてきた。この日を境に寒さは厳しさを増すが、日は徐々に伸び始める。そこに希望を見いだすのも、古来、自然とともに暮らしてきた人間の知恵なのだろう。

冬至が過ぎれば一年も残すところ一週間余り。水原秋桜子は〈残る日の柚子湯がわけばすぐ失せぬ〉と詠んだ。一九四五年、終戦から四カ月後の作。食べ物がろくになかった時代にも、日本の豊かな自然は、敗戦に打ちひしがれた人々にユズの恵みを与えていたようだ。

この句について、長男の水原春郎さんは、こう鑑賞する。「〈一つ二つとユズが浮かんだ〉湯に首までつかり、この一年の激動に思いをはせる。ああ、あと数日で今年も終わるかと寂しい気がしないわけではない」。

愛媛生まれの俳人、坪内稔典さん宅は、ユズ湯ではなくミカン湯という。夫人の実家がミカン農家だそうで、「わが家の風呂には大量の蜜柑がぷかぷかと浮かぶ」（『季語集』岩波新書）とある。なんとも楽しそうな光景だ。

ちまたにあふれる情報に振り回され、とかく自分を見失いがちになるこの時代。たまにはゆっくりとユズ湯につかり、自分と向き合うのも悪くない。

（2006・12・23）

広島原爆資料館

石井町の会社員、澤佳世子さん（36）は今年の十月、広島の原爆資料館を訪れた。夫と小学三年生、一年生の娘さんと一緒に。

澤さん自身、原爆資料館は小学生のころの家族旅行を含めて三度目だが、夫と娘さんは初めて。いつか家族で、と思っていたそうだ。資料館では娘さんたちの耳元で、戦争の歴史の上に今の平和な生活があることを説明しながら回ったという。

二十五日付暮らし面のペンるーむ特集「わが家の重大ニュース」に載っていた投稿だ。目にとまったのは、筆者も今年、それも澤さんと同じ十月に資料館を訪れたからだった。訪問は二度目だが、今回は、市民が描いた原爆の絵の展覧会と出合った。

自らのつらい被爆体験よりも、助けを求める人々に手を差し伸べられなかったことへの激しい後悔、自責の念。絵に添えられた言葉の一つ一つが胸に迫った。

澤さんの投稿はこう結ばれていた。「テーマパークなどに行く楽しい旅行もいいけれど、今回の家族旅行は、それぞれの胸に残る『大きな宝物』となりました」。何とも頼もしいお母さんだ。被爆者の高齢化が進む中、平和への願いは、こうして親から子へ、子から孫へと受け継がれていくのだろう。

フセイン元大統領の死刑執行を最後に、激動の二〇〇六年がゆく。来年こそ穏やかな一年になることを願いつつ、皆さん、よいお年を。

（2006・12・31）

二〇〇二年 书方(下卷)

消える原っぱ

徳島、美馬両市が、キャッチボールのできる公園を整備するという。年末のスポーツ面にそんな記事が出ていた。

親子がボール投げに興じたかつての風景を取り戻そうとの狙いだ。安全のため移動式ネットを購入したり、プロ野球選手らを招いてキャッチボール教室を開いたりする。

県内各地にぜひ広がってほしい試みだが、裏を返せば、それだけ原っぱがなくなったということなのだろう。青々と雑草の茂る空き地は宅地やスーパーになり、貸し駐車場として、コンクリートで固められた。そうして子どもたちは、人間として生きていくのに必要な、最も大切なものを失った。

〈きみは原っぱで、自転車に乗ることをおぼえた。野球をおぼえた。はじめて口惜し泣きした。春に、タンポポがいっせいに空飛ぶのをみたのも、夏に、はじめてアンタレスという名の星をおぼえたのも、原っぱだ〉。

詩人の長田弘さんは、そう言って、子どもの遊び場の喪失を嘆く（「原っぱ」）。

政府の教育再生会議が近く「ゆとり教育の見直し」を盛り込んだ第一次報告をまとめるという。学力の向上ばかり言ってないで、もっと伸び伸びと外で遊びなさいくらい言えないものか。壊れかけた人間を再生するために。

長田さんの詩はこう結ばれる。〈何もない原っぱには、ほかのどこにもないものがあった。きみの自由が〉。

（2007・1・6）

78

湯川博士生誕百年

相対性理論で知られるアインシュタイン博士が、米国の研究室に湯川秀樹博士を訪ねたのは、一九四八年のことだった。部屋に入るなり、湯川博士の手を握り締めてこう言った。

「何の罪もない日本人を原爆で傷つけてしまった。許してほしい」。涙をボロボロ流しながら謝罪の言葉を繰り返すその姿に、湯川博士は、学者としての良心を見た。

アインシュタイン博士は、広島・長崎に投下された原爆が自身の理論を基に開発されたことや、米大統領に核兵器開発を勧告する文書に署名したことに、激しい自責の念を抱いていたとされる。

湯川博士が中間子理論の功績で日本人初のノーベル賞（物理学賞）を受賞したのは、翌年の四九年。このビッグニュースは、敗戦で自信を失いかけていた当時の日本人に大きな希望を与えた。

米ソ両国の核開発競争が激化するなか、湯川博士は核廃絶運動にも打ち込む。アインシュタイン博士の遺言状とされるラッセル＝アインシュタイン宣言に名を連ね、八一年に亡くなるまで、スミ夫人とともに核廃絶・世界平和を訴え続けた。

「一日生きることは、一歩進むことでありたい」。そんな言葉を残した湯川博士の、あすは生誕百年。北朝鮮やイランが核開発を進め、日本でも憲法改正に突き進もうとする現在、「湯川博士生誕百年」の持つ意味は、とてつもなく重い。

（2007・1・22）

孫やさしいわ

「孫やさしいわ」というのをご存じだろうか。食べると体にいいとされる食品の頭文字をつないだ言葉だ。

「ま」は豆、「ご」はごま、「や」は野菜、「さ」は魚、「し」はシイタケなどのキノコ類、「い」はイモ、「わ」はワカメなどの海藻類。これらの食品を満遍なく取るのがいいそうだ。

納豆のダイエット効果を取り上げた関西テレビの「発掘！あるある大事典Ⅱ」で実験データの捏造が発覚し、番組が打ち切られることになった。みそ汁やレタスを取り上げた回にも捏造疑惑が浮上し、ずさんな番組作りが常態化していた可能性があるという。

とんでもない話だが、この種の番組が放送される度に全国のスーパーから納豆が消えたり、寒天が消えたりする「右へ倣え」の国民性にも問題がある。テレビ局側が姿勢を改めなければならないのは当然だが、われわれ消費者も冷静に判断する目を養いたいものだ。

それに、食事は楽しくなければつまらない。だからといって食べたいだけ食べ、ダイエット食品でやせようなどと思うのは虫が良すぎる。そう自分に言い聞かせて、できるだけ歩くことを心がけている。

きょう二月一日から生活習慣病予防週間が始まる。糖尿病死亡率が十三年連続で全国トップの本県にとっては、特に心したい週間だ。「孫やさしいわ」で汚名を返上したいものである。

（2007・2・1）

80

親子関係のキーワード

「誰だって自分を否定されるのは嫌だと思うし、つらく悲しい」「世界中誰一人私を必要としてくれないのか」。

埼玉県で三年前、いじめを苦に自宅マンションから飛び降り自殺した中学二年の女子生徒の作文が、きのうの本紙に掲載されていた。自分は誰からも必要とされていない。そう感じることくらい、つらいことはないだろう。

作文を読んで、先日、徳島市内で聴いた浜崎隆司・鳴門教育大教授の講演「親子関係 どうつくる?」を思い出した。浜崎教授は、キーワードとして存在感、重要感、信頼感の三つを挙げた。

ありのままの自分を受け入れてくれている。大切に思われている。子どもが求めているのは、そうした存在感、重要感で、この二つが満たされていると自分に自信ができ、人が信じられるようになるという。

「逆に、自分の存在を否定されると他人を信じなくなり、人を殺したりするようになる」と浜崎教授。

「しかし、溺愛しても子どもは感謝しない。わがままになり、暴力を振るうようになる。親が後ろから見てくれているという安心感。それがあれば、人生、何があっても切り抜けていけるんです」。

親は何か結果を出したときにしか子どもを評価しない。そうではなく、普段に「お母さんは、あなたが必要なのよ」と言うことが大事だという。心にとめておきたい言葉だ。

(2007・2・5)

81　2007年（平成19年）

谷川俊太郎さん作詞の校歌

詩人の谷川俊太郎さんは、幼いころ海が嫌いだった。軽い心臓弁膜症で、医者から泳ぎを禁止されていたからだ。

学校に上がっても「我は海の子 白波の……」という歌を「我はノミの子 シラミの子……」と大声で歌っていた。心臓はよくなったが、泳ぎは上達しなかった。海の詩が少ないのはそのためだが、「生命と海との切り離すことの出来ぬむすびつき」だけは深く感じながら育ったという（エッセー「私の海」）。

その谷川さんが、美しい海が自慢の県南の高校の校歌を作詞した。日和佐、海南、宍喰商業の三高校を統合して、三年前に開校した海部高校だ。〈コバルトの海と空とにひそむ／限りない自然の力／眼に見えぬ絆がむすぶ人と地球／世界はどうしてこんなに美しい……〉。

二十一歳のとき、詩集「二十億光年の孤独」でさっそうとデビューした谷川さんらしいスケールの大きな詞だ。作曲は、シンガー・ソングライターの小室等さん。先日、地元住民に初めて披露し、好評を博した。

県南は多くの文化人を生んできた。書家の小坂奇石さん、画家の菊畑茂久馬さん、イラストレーターの橋本シャーンさん、フラメンコの小島章司さん……。明るい陽光に満ちた黒潮文化圏が、自由でおおらかな気風をはぐくんだのだろう。

谷川さんの校歌もまた、個性的な若者を数多く育ててくれるに違いない。

（2007・2・8）

第二の地雷

第二の地雷と呼ばれる爆弾がある。クラスター弾だ。一発の爆弾の中に数十から数百の子爆弾が内蔵され、空中で飛び散って広範囲に被害を与える。

最近では米軍がイラク戦争などで使ったほか、イスラエルもレバノンでの戦闘で大量に使用した。不発率が高く、爆弾と知らずに触った子どもを殺傷し続ける恐ろしい兵器だ。

ノルウェーで開かれた国際会議で、クラスター弾の使用・製造・移転・備蓄を禁じる国際条約の来年中の策定を目指す「オスロ宣言」が採択された。しかし、軍事大国の米国や中国などは会議に参加せず、日本も不支持を表明した。

米国に気兼ねしてか、クラスター弾を自ら保有しているためなのか、真意は定かでないが、いずれにしても情けない話である。米軍がイラク戦争で使ったときも「米国は民間人が巻き添えにならないよう努めてきた」などと米国を擁護した。

その結果、イラクでは子どもが不発弾で命や手足を失うケースが相次いでいる。こんな残酷な兵器の使用を容認するなど、平和憲法を持つ国のすることではない。

地雷の廃絶運動でノーベル平和賞を受賞した米国人女性、ジョディ・ウィリアムズさんは言う。「教育には百億ドルしか使わないのに、戦争や武器に一兆ドルも費やす今の世界は、恐ろしいほど間違っている」。日本政府も、肝に銘じるべきだろう。

（2007・2・26）

放射性廃棄物最終処分場

青森県六ヶ所村の核燃料再処理工場周辺で暮らす人々を描いた鎌仲ひとみ監督のドキュメンタリー映画「六ヶ所村ラプソディー」を徳島市シビックセンターで見た。

予想に反して、会場は若い人たちでいっぱいだった。やはり高知県東洋町の高レベル放射性廃棄物最終処分場問題が、徳島県民にとっても人ごとではないからだろう。

映画は反原発に偏らないよう、さまざまな立場の住民を描き出す。核施設に頼らない村づくりを目指してチューリップ祭りを開いている女性、再処理工場が稼働すれば無農薬米を買わないと消費者に言われて悩む農家の女性、一家を支えるため工場に使用済み核燃料を搬入する元漁師……。

淡々と描きながらも、画面からにじみ出すのは放射能汚染に対する住民の重苦しい不安だ。英国の再処理工場周辺で小児がんが十倍になったり、海洋投棄された放射性物質が魚介類を汚染している現実も教えられた。

東洋町が最終処分場の文献調査に応募したのを受け、原子力発電環境整備機構が調査に必要な事業認可を経済産業省に申請した。誘致が決まれば、六ヶ所村から放射性の強い「核のごみ」を受け入れることになる。

日本初どころか、世界にも前例のない試みだ。南海地震の心配もある。いくら安全だと言われても、「ああそうですか」と簡単にうなずくわけにはいかない。

（2007・3・1）

飯田龍太さん死去

はや三月になった。今年は暖冬だったせいか実感に乏しいが、例年なら三月の声を聞いただけで、気持ちが明るくなったものだ。

〈いきいきと三月生る雲の奥〉。戦後を代表する俳人として活躍し、先日、八十六歳の生涯を閉じた飯田龍太さんの句だ。ただ単に三月になるのではない。生まれる、とドラマチックにとらえて、文字どおり「いきいきと」した躍動感を感じさせる。

生涯の大半を山梨の山峡で暮らし、故郷の大自然を俳句に詠み続けた人ならではの句だろう。〈かたつむり甲斐も信濃も雨のなか〉、〈春の鳶寄りわかれては高みつつ〉。清澄な叙情と格調の高さが持ち味だった。

俳壇に衝撃を与えたのは一九九二年、父・飯田蛇笏の死後に受け継いだ俳誌「雲母」を父の没後三十年、通算九百号を潮に終刊にしたことだ。以後、後進の育成に専念し、実作の一線からも身を引く。その無欲無心の潔さがさわやかな印象を与えた。

著書「現代俳句の面白さ」（新潮選書）にはこう書いている。「秀れた俳句は、もとより作者の有名無名に関わりない」。とかく名前で評価しがちなわが国にあって、これもまた潔い。

自然の中で生きる鳥や木や草花は、もともと人間のような物欲や名誉欲を持たないものだ。それがいかに自由で、すがすがしいことか。飯田さんは誰よりもよく知っていたに違いない。

（2007・3・2）

漱石とひな祭り

夏目漱石にこんな俳句がある。〈端然と恋をして居る雛かな〉。徳島県出身の若手俳人、大高翔さんの近著「漱石さんの俳句―私の好きな五十選」（実業之日本社）で知った。

同書によると、漱石は明治二十八年（一八九五年）に英語教師として松山に赴任したとき、正岡子規の影響で俳句に熱中するようになった。冒頭の句は、その翌年の作とある。

「雛」とは、ひな人形のこと。徳島市立徳島城博物館で開催中の「ひな人形の世界」展には、江戸時代を中心に、気品のある人形がずらりと並んでいる。正面を向いて整然と並んだ男女のひな人形を眺めていると、本当に「端然と恋をして居る」ように見えてくる。

漱石の想像力に刺激された大高さん。「わたしだってこどものころは、自分がいなくなったら、人形たちがこっそり、話したり動いたりしているんじゃないかと思ったりしたものだ」と書いている。

ひな人形は、懐かしい子ども時代に帰るタイムトンネルのような役割を果たしてくれるようだ。そういえば徳島城博物館の展覧会場も、居合わせた女性グループの〝おひなさん談議〟でにぎやかだったこと。

きょうは桃の節句。徳島市中心部の商店街では、この日に欠かせなかった徳島ならではの遊山箱を店頭に飾る祭りも始まった。一店一店見ていると、だんだん華やいだ気分になってくる。

（2007・3・3）

荒井天鶴さん死去

戦後の県内書壇をリードしてきた書家の荒井天鶴さんが亡くなった。九十二歳。急性心筋梗塞だった。

戦後間もなく徳島書芸院を創設。近・現代の詩や短歌、俳句などを題材にした「近代詩文書」を県内に根づかせた。故・久保幽香さんらを育てた功績の大きさは、計り知れないものがある。全国的にも一目置かれる存在だった。

亡くなる直前まで来月、徳島市内で開く個展の準備をしていたというから、そのエネルギッシュな活動ぶりには最後まで驚かされた。睡眠時間は、若いころから三、四時間。十時間を書に、残りの時間は思索に充てていた。

一作一枚主義で、どんな大作でも書き直しをしない。その代わり、書き出すまでに時間をかける。長い思索の時間は、そのために費やされた。自分をぎりぎりまで追い詰め、「切羽の岸」に立って筆を持つ。気分が高揚して無我の境地に入ったとき、書が一気に成る。そう語っていた。

妥協を許さない自己探求の厳しさが、カミソリのようなシャープな線を生んだ。作者の思想や感情を表現するのが本当の書、と言い、書壇をこう批判した。「みんな素材に感動して書いていない。書家に今、芸術家がいないのはそこですよ」。

きのうの葬儀は涙雨になった。大勢の弟子や友人が荒井さんの旅立ちを見送った。しかし、その作品には来月の個展でまた会える。

（2007・3・25）

心のノート

満開の桜に祝福されて、県内四大学で早々と入学式が行われた。週明けには小中高校の入学式もある。まだ何も書かれていない、まっさらのノート。新入生の心の中は、そんな状態だろうか。

化学品メーカーのクラレが、新小学一年生を対象に「将来就きたい職業」を聞いたところ、男の子はスポーツ選手、警察官、運転手・運転士などの順、女の子はパン・ケーキ・お菓子屋、花屋、教員などの順だった。男女とも一位は不動という。

しかし、そうしたあこがれの職業も、成長するにしたがって変わってくる。今春、高校に入学するという知人の娘さんと話す機会があり、就きたい仕事を尋ねると、「児童相談所の職員」というリアルな答えが返ってきた。

「親から虐待を受けている子どもがかわいそうで、少しでも心の支えになりたい」という。十五歳の心のノートに、そんな職業名が書かれていたことに驚きもし、頼もしくも思った。

つい最近も、若い父親が生後二カ月の赤ちゃんに熱湯をかけ、死なせる事件があったばかりだ。そうした虐待事件は、今後ますます増えこそすれ、なくなることはないだろう。容易な仕事ではないが、目標に向かって進んでほしいと思う。

まっさらの心のノート。そこに書き込まれるのは、「いじめ」の絶望感などではなく、将来への希望に満ちた言葉であってほしい。

（2007・4・8）

ハナミズキ

小松島市の花ハナミズキがきのうの本紙一面を飾っていた。〈さみどりのほどけて白き花水木〉西岡美江。まさに、そんな風情の清楚さだった。

筆者も小松島支局の記者時代に、ハナミズキの写真を撮って本社に送ったものだ。紙面がまだモノクロだった時代。花の白をうまく出そうと暗室で格闘したのが懐かしい。

当時は「ハナミズキは小松島の花」といったイメージが強かったため、その後、東京に転勤して驚いた。高層ビルが立ち並ぶオフィス街にハナミズキの並木があった。小石川植物園でも、白とピンクの見上げるような大木に出合った。

明治時代末の一九一二年、当時の尾崎行雄東京市長が米国に桜を寄贈。小石川植物園にあるのは、そのお返しに米国から贈られたハナミズキの一部という。なぜ東京にハナミズキが多いのか、それで納得がいった。多いどころか元祖だったわけである。

日本から贈られた桜が、日米友好のシンボルとしてワシントンのポトマック河畔を彩っている話は有名だ。それにならって、被爆地の広島市でも、「和解」の象徴として、市内の河畔にハナミズキの並木を造る活動に取り組んできた。

米国市民に種や苗木の寄贈を呼びかけ、植樹が始まったのは三年前。今年はチラホラ花もつけ始めているという。ハナミズキの清楚さは、平和のシンボルとしてもふさわしい。

（2007・4・21）

尼崎JR脱線事故二年

悲しみは、何年たてば癒えるのだろう。それとも、一生、癒えることはないのだろうか。

百六人の乗客と運転士が亡くなった尼崎JR脱線事故から、きょうで二年を迎える。生活の立て直しに必死だった一年目よりも今年の方がつらい。そんな乗客らの言葉に出合って、この二年間に流れた尋常ならざる時間の濃密さに胸が苦しくなる。

十九歳の長男を亡くした悲しみを折り鶴を折ることで耐える五十一歳の母親。「く」の字に曲がった車両から虫の息で出てきた女の子の安否を今も気にかけ続ける現場近くの工場の男性従業員。頸椎損傷で手足が不自由になりながら、「事故を乗り越えたい」と車いすで就職活動をする女子学生もいる。

事故車両に乗務していた車掌（44）はおとといの早朝、初めて事故現場を訪れた。事故後ずっと適応障害で入院していたという。「遺族に謝りたい。自分の身をさらしたい」と決意して犠牲者に手を合わせた。

車掌の訪問を遅いと感じても恨みはないと話す遺族。一方、共同通信社が行ったアンケートでは、事故で引責辞任したJR西日本の元幹部三人が子会社の役員などに〝天下り〟したのを、遺族の八割が「問題ある」と答えている。

癒えることのない遺族の悲しみ。それに見合う痛みをどれだけわが身に引き受けられるか。その誠実さのみが、再発防止へとつながる。

（2007・4・25）

90

百歳の「よしこの」

　速いリズムの三味の音に乗って、ゆったりとした節回しで歌われる阿波踊り「よしこの」。三味線の弾き語りは至難の業で、大勢いた芸者さんの中でも、うまく歌えたのは二、三人だったとされる。

　美声を見込まれ、お鯉さんの「よしこの」が初めてレコード化されたのは一九三二年、二十四歳のとき。以来七十五年間歌い続けて、誰が言ったか「よしこの名手」と呼ばれるようになった。バチも握れないようなリウマチの痛みをこらえて、磨きに磨いた「よしこの」だった。

　「夢は百歳のよしこの」。九十を過ぎたころから言い続けてきたお鯉さんの夢が、誕生日のきのう、ようやくかなった。観客でぎっしりと埋まった県郷土文化会館の大ホール。華やかなライトを浴びたお鯉さんは、声を振り絞って、一世一代の「よしこの」を披露した。

　いまだつやを失わない軽やかな歌声。阿波踊りも加わり、熱を帯びる会場の手拍子。お鯉さんの顔に満足そうな笑みがはじけて、「百歳のよしこの」は最高潮に盛り上がった。

　昨年は県民栄誉賞、この日は徳島市名誉市民の称号を授かった。それも名誉なことには違いないが、大衆とともにあったお鯉さんの勲章は、何と言っても観客の大きな拍手と声援だろう。あんなに温かい拍手は聞いたことがない。

　おめでとう、お鯉さん。やったね、「百歳のよしこの」。

（2007・4・28）

中原中也生誕百年

　長髪にまるい帽子、夢見るような大きな瞳。詩人の中原中也（一九〇七〜三七年）と聞いて、誰もがまず思い浮かべるのは、あのあどけない少年のような肖像写真だろう。

　十八、九のころ東京・銀座の写真館で撮ったとされるが、作家の大岡昇平は「詩集の表紙や挿画になるうちに修正され——特に瞳が拡大され——美化されて行った」と書いている。『何だ、こりゃあ』といったら、彼はくさって、それから自分の写真を見せなくなった」（『新潮日本文学アルバム』）。

　とはいえ、中也が目のくりっとした童顔であったことは間違いないようだ。〈汚れつちまつた悲しみに／今日も小雪の降りかかる……〉。無垢な詩のイメージと相まって、あの写真が中也の人気を高めたのは確かだろう。

　それにしても、悲劇的な生涯だった。十七歳で同棲した女優は文芸評論家・小林秀雄の元に走り、見合い結婚で生まれた長男は二歳で病死。精神錯乱状態に陥って、三十歳の若さで病没した。

　その中也の、きょうは生誕百年。故郷の山口市などでは盛大に記念イベントが開かれる。〈これが私の故里だ／さやかに風も吹いてゐる（略）あ、おまへはなにをして来たのだと……／吹き来る風が私に云ふ〉。

　中也の代表作の一つ「帰郷」の一節。読むたびに、叱咤激励してくれる。中也が長く読み継がれてきたゆえんだろう。

（2007・4・29）

宇野千代と人形師天狗久

作家の宇野千代が阿波の人形師・天狗久のお弓の頭と衝撃的な出合いをしたのは一九四二年（昭和十七年）、中央公論社の嶋中雄作社長宅だった。

深い愁いを秘めたお弓の表情が忘れられなくなって、宇野は徳島に天狗久を訪ねる。当時、徳島新聞の記者で天狗久と親しかった久米惣七さんの仲介で芸談を聞き、「人形師天狗屋久吉」を発表。これが宇野の出世作となった。

久米さんが保管していた宇野からの手紙や天狗久の芸談、頭などを紹介した「宇野千代と人形師天狗久」が、徳島市内の県立文学書道館で開かれている。二人が出会ったのは宇野四十四歳、天狗久八十四歳の時。宇野は哲学者のような天狗久の言葉に深く心を揺さぶられていく。

「藝といふものは、人間の一生で、これでええといふのがその人のお了ひでございます」。天狗久の芸談を聞いて、宇野はこう書いた。「毎日毎日、ただ一つのことをし続けて来た人の、何といふ自信でせう」。

宇野が天狗久から学んだのは、頭や人形浄瑠璃のことだけではなかった。七十年間、来る日も来る日も同じ畳の上に座って頭を彫り続けた天狗久。宇野もまたそれにならって、毎日机の前に座り、原稿を書くことを続けたという。

宇野の生き方にまで大きな影響を与えた天狗久。二つの魂の幸福な出会いが、ひたひたと胸を浸す。

（2007・5・4）

石川文江さんの太布織

全国でも那賀町の木頭にしか伝承されていない古代布「太布」（楮布ともいう）。その展示会「楮布織展」を鳴門市撫養町木津の珈琲店バンサンへ見に行った。

古来 "働く布" と呼ばれ、穀物の袋や衣服に使われた楮布。時代は移って、店内のギャラリーでは現代の暮らしに合ったテーブルセンターやクッション、ショルダーバッグなどが展示・即売されている。

和紙の原料にもなるコウゾの仲間、カジの樹皮から紡いだ糸で織られた製品は、ざっくりとした手触りで、生成りの自然な色合いが美しい。使えば使うほど、布の強さも感じられるという。大量生産品にはない、ホンモノの良さだろう。

展示会を開いているのは板野町の石川文江さん（34）。木頭には、戦後途絶えていた太布織を復活させた伝承会があるが、作家として独立しているのは全国でも石川さんだけだ。

沖縄での学生時代に芭蕉布と出合い、卒論のテーマにするうちに木頭の太布を知った。卒業して三年間、木頭に住み込み、近所のおばあちゃんから糸作りなどを学んだ。根気の要る二十近い工程のうち、カジの枝を蒸す作業は自宅でできないため、今も現地に足を運ぶ。

「木頭のおばあちゃんが楮布の良さを伝えてくれたように、私も伝えていければ」と石川さん。もっと多くの人に知られ、評価されていい楮布である。

（2007・5・19）

フィンランドの教育

フィンランドは子どもの学力が世界一の国として知られる。その秘密を探るため、元教育大臣ヘイノネン氏に聞いたNHKのBS特集「未来への提言」は、日本の教育にも大きな示唆を与えてくれた。

フィンランドの教育改革は一九九四年。当時、教育大臣になった二十九歳のヘイノネン氏は、教育現場に大幅な裁量権を与える。授業の内容も教え方も現場の教師にすべて任せた。大臣ではなく、教師こそが教育のプロだからである。

「国が厳しく管理すると教師の意欲も生徒の意欲も失われ、何もかもが駄目になる」。大臣の狙い通り、授業には工夫が凝らされ、子どもたちは知識だけでなく考える力も身につけていく。

日本の教育は全く逆だ。先日、衆院を通過した教育改革関連三法案には、教員免許更新制や「愛国心」教育などが明記され、国家統制を強める内容。教育現場から不安や批判の声が上がったのも当然だろう。安倍内閣の進める教育改革が、現場の声を反映したものになっていないからである。

教育改革について、ヘイノネン氏は言う。「教育制度を急転換するような法案は、無理やり通すべきではありません。生徒や教師との連携なしに改革は行えないのです」。

教育改革関連三法案は、きょう参院で審議入りする。くれぐれも首相のためではなく、子どものための論議を望みたい。

（2007・5・21）

大庭みな子さん逝く

作家の大庭みな子さんは、夫の転勤で一九五九年から十年以上、米国で暮らした。もやもやした日本人のしゃべり方にうんざりしていたため、米国の若い女性が自分の意見をはっきり述べることに新鮮さを感じた。

ところが、米国人の言うことがあらかじめ推測できるようになると、日本人が、あいまいなしゃべり方の中に、いかにいわく言いがたいものを包み込んでいたかに気づくようになった……。「生きるということ」と題し、八二年の文学塾「徳島塾」で講演したときの話だ。

大庭さんの訃報に接して、真っ先に思い出したのはこの話だ。デビュー作「三匹の蟹」で欧米人の言葉の中身のなさを描いて芥川賞を受賞。「寂兮寥兮」（谷崎潤一郎賞）でも、西洋合理主義とは対極の混沌とした人間存在を追求した。

作風が叙情的でありながら、甘くならなかったのは被爆体験のせいだろう。当時、十四歳。原爆投下後、広島市に動員され、そこで見た「言語に絶する原爆の惨状は、生涯つきまとってははなれない」ものとなった。

十年ほど前、脳出血で車いす生活になった後も、夫と二人三脚で執筆活動を続けた。〈トシよトシ君あればこそ吾のあり車椅子さえうるわしきなれ〉。「浦安うた日記」には夫への相聞歌も見える。死後もなお読者を励ます。命を生き切った作家は、大庭さん、安らかに。

（2007・5・26）

河瀬直美監督

「殯」。めったに見かけない漢字だが、「もがり」と読む。死者を弔う伝統的な儀式のことである。

河瀬直美監督（39）の「殯の森」がカンヌ国際映画祭で第二席のグランプリに輝いた。認知症の男性と、わが子を亡くした介護士の女性。二人が男性の妻の墓を探し、森の中をさまよう姿を通して、人間の根源的な生と死を追求した作品だ。

受賞あいさつも良かった。「お金や服や車など、形あるものが満たしてくれるのはほんの一部」「目に見えないもの、亡くなった人の面影……。私たちはそういうものに心の支えを見つけたとき、たった一人でも立っていられる」。

本当は、誰もが「目に見えないもの」に支えられて生きているのに、気付かないだけだろう。河瀬監督はそれをしっかりと見据えて描く。最近、そんな三十代の女性監督の活躍が目立ち始めた。

毎日映画コンクールなどで、「ゆれる」が最高賞を受賞した西川美和監督（32）もその一人。つり橋から転落した女性の死をきっかけに、揺れ動く兄弟の心の葛藤を、えぐるように描いた。昨年のカンヌ国際映画祭で好評を博し、今春、徳島でみれない映画をみる会でも上映された。

河瀬監督は奈良市、西川監督は広島市の出身。ともに生まれ育った地方の風土を色濃く背負う。人間を深く見つめて世界に挑む。浮薄な商業主義に流されないのが頼もしい。

（2007・6・3）

沖縄戦での集団自決

沖縄県・渡嘉敷島に米軍が上陸した一九四五年三月。当時十六歳だった牧師の金城重明さん（78）は、親類の男性が自分の妻子を木でめった打ちにするのを見た。

そこには日本軍の命令で多くの島民が集められ、軍から配布されていた自決用の手榴弾もあちこちで爆発した。米軍の捕虜になれば暴行・惨殺されると教育されていた金城さんと兄も、石で母親と妹、弟を殺したという。

沖縄戦での悲惨を極めた「集団自決」。それを日本軍が強制したとの記述を削除させた教科書検定について、沖縄県議会が「日本軍による関与なしに起こり得なかった」とし、記述を元に戻すよう国に求める意見書を全会一致で可決した。怒るのも当然だろう。日本軍が集団自決を強制したとする証言があるほか、軍が住民に自決用の手榴弾を配ったこと、さらに捕虜になれば殺されると教えた「教育」が、残酷な集団自決を選ばせたことも想像に難くない。

「慰霊の日」の二十三日、沖縄全戦没者追悼式で安倍晋三首相はこう述べた。「沖縄の方々が筆舌に尽くし難い苦難を経験したことを私は大きな悲しみとする」。それなら、教科書の記述を元に戻す政治的判断をしてはどうだろう。

記述を放置しておくことは、沖縄の人々の「苦難」に追い打ちをかけることになる。歴史をねじ曲げれば、残酷な悲劇がまた繰り返される。

（2007・6・25）

笹野儀一さん死去

　歌人で、歯に衣着せぬ鋭い評論でも一目置かれた阿南市羽ノ浦町古庄、笹野儀一さんが、二十日に死去していたことが分かった。八十八歳。肺気腫を患い、阿南市内の病院に入院していた。

　お経も戒名も要らない。葬儀もしなくていい。夫人にそう言い残していた。読経も戒名も遺言どおりにはいかなかったが、葬儀は密葬で済ませたという。権威や虚飾を嫌った笹野さんらしい最期といえようか。

　戦争体験が思想のバックボーンを作った。徳島師範学校（現・徳島大）を卒業後、軍隊に。幹部候補生になるのを拒否したため、殴るけるの暴行を受ける。「軍隊がつくづく嫌になって、戦後はどんなに貧しくても一切の集団的な権力や権威、肩書を信じまいと思った」（九五年の本紙「歌人が語る戦中・戦後」）。

　戦後、戦争体験を詠んだ「雨季の島」が全日本短歌協会の短歌コンクールで文部大臣賞に。実生活では、異動を断ってまで県立盲学校教員を定年まで務めた。「失明してもなお懸命に生きようとする生徒たちへの共感」からだった。

　晩年は自らも失明に近い状態に。それでもペンを放さず、数冊の評論集を残した。「失明しても人生の時間はもう残されていなかった。入院後も娘さんに大きなマス目の原稿用紙を作らせたが、人生の時間はもう残されていなかった。

　頑固さの中のユーモアと優しさ。本物の知識人は、誇り高く生き、誇り高く逝った。

（2007・6・26）

鳥居きみ子の偉大さ

七月七日から十三日まで、徳島県男女協調週間だそうだ。織り姫と彦星が逢瀬を楽しむ七夕にちなんで県が十年前に制定したという。

関連行事の講演を県立男女共同参画交流センター「フレアとくしま」で聞いた。天羽利夫・鳥居龍蔵を語る会代表による「女性民族学者の草分け 鳥居きみ子」。きみ子は本県が生んだ人類学者、鳥居龍蔵の妻だが、「男女協調」どころか大変な女性であった。

明治時代の一九〇六年、蒙古から教師の誘いを受けたきみ子は、幼い二児を徳島市の実家に預けて単身赴任する。まだ海外で仕事をする女性が珍しかった時代。龍蔵も一カ月後にきみ子の後を追った。

蒙古では、龍蔵の調査の手助けをしただけでなく、自ら現地の人々の生活を書きとめ、千ページを超す本を出版する。出産のために一度帰国し、幼子を連れてまた蒙古に戻るという離れ業もやってのけた。父は武術家、きみ子自身も頑健な体と心を持っていたようだ。

一方、龍蔵はといえば一人で着物が着られないような学問一筋の人。きみ子がいなければ果たして東アジアを踏破する仕事をなし得たかどうか。天羽さんの講演を聞きながら、きみ子の存在の大きさを思った。

県教委は鳴門の県立鳥居記念博物館を県立博物館に入れる方針のようだが、きみ子の顕彰にも、たっぷりとスペースを割く必要がありそうだ。

（2007・7・10）

阿部昭の海

きょうは「海の日」だが、台風4号の影響で主役の海は大荒れ。きのう五年ぶりに松茂町の月見ヶ丘海水浴場がオープンしたのに、とんだ「海の日」になったものだ。

「海といえば、それは父や兄たちが守りたたかって敗れた海である」。神奈川県・鵠沼の海辺で育った作家の阿部昭さんは、エッセー「あの夏あの海」にそう書いている（講談社文芸文庫「父たちの肖像」）。

日本の敗戦で海軍軍人の職を失った父は、当時十歳だった阿部さんを連れて、よく早朝の海岸を散歩したという。「波打ち際で父と僕はものもいわずに長いことキャッチボールをした」。さりげない文章に、父の失意の深さをにじませた好エッセーだ。

「水がひいたあとには小魚がはねて光った」というくだりもあり、読みながら子供のころを思いだした。両親に連れられて日和佐の海へ行ったときのこと。波打ち際で無数の小魚が跳ねるのを夢中で拾ったものだった。

小学校に上がる前だったと思う。魚を手づかみにするのがよほど楽しかったのだろう。当時のことはおおかた忘れてしまったのに、あの日の光景だけはきのうのように思いだせる。

阿部さんは「鵠沼西海岸」「人生の一日」など、数々の名作を残して一九八九年、五十五歳の若さで急逝した。筆者の両親も、もうこの世にいない。海だけが変わらずに波を寄せ続ける。

（2007・7・16）

河合隼雄さんの遺言

臨床心理学者で京大名誉教授の河合隼雄さんは、文化庁長官時代に「関西元気文化圏」構想を打ち上げた。文化が活発になれば経済に波及し、社会が元気になるという発想だった。

文化の東京一極集中をなくしたいとの狙いもあり、徳島を含む関西の二府七県が参加した。河合さんの構想に共感し、応援もしていただけに亡くなって本当に残念だ。七十九歳。もっと生きて活躍してほしい人だった。

文化庁の担当者が奈良県明日香村の高松塚古墳壁画を損傷した問題で、河合さんは昨夏、地元住民らに会って謝罪した。脳梗塞で倒れ、意識不明に陥ったのは、その八日後のことだから、心労が重なったのだろう。

心理学の領域にとどまらず、文化や教育など、幅広い分野での発言は傾聴に値するものがあった。還暦前からフルートを習い、作家の村上春樹さんや吉本ばななさんとも対談するなど、感性の柔らかな人だった。

「人間にとって非常に大切なことは『聴く』ことではないか。耳を傾けて周囲の声に聴き入ることによって、われわれの人生が豊かになる。それなのに、現代人は周囲に対して、自分の言葉を発することと、主張することばかりをしすぎていないだろうか」（エッセー集『出会い』の不思議」、創元社より）。

文字通り耳の痛い指摘が、河合さんの遺言のように胸に届く。心にしみる。

（2007・7・22）

徳島は文化不毛の地？

徳島は「文化不毛の地」といわれる。これは、徳島市出身の画家・伊原宇三郎が講演会か何かで口にしたのがきっかけだったようだ、と徳島県立近代美術館の江川佳秀学芸課長が書いている（「同美術館ニュース」62号）。

伊原は若いころ、絵の勉強を続けたくて徳島出身の有力者に後援を頼みに行った。すると、いきなり玄関先で「絵かき風情にろくな人間はいない」と罵倒された。そのときの屈辱が忘れられず、つい「文化不毛の地」と口を滑らせたという。

いや、文化不毛などではない、こんなに個性豊かな美術家を輩出しているではないか——。そんな趣旨の特別展「美術の国徳島１　昭和の文展、帝展作家」が、同美術館で始まった。

取り上げられているのは、伊原のほか明治期に水彩画流行の立役者となった三宅克己、第一回帝展から連続特選を取り、鮮烈なデビューを飾った広島晃甫ら六人。どこか親しみを覚えるのは、彼らの作品に生まれ育った徳島の風土が感じられるからか。

菜の花を画面いっぱいに描いた清原重以知「菜の花」は亡くなる前年の作。長男の夫人が花屋で買い集めた菜の花を、故郷・阿南市下大野の風景を思い出しながら描いたという。

その黄色の明るさが、カラリと梅雨明けした徳島のイメージとだぶって見えた。「不毛」どころか豊穣（ほうじょう）の黄色である。

（2007・7・24）

阿久悠さん逝く

大きな才能の持ち主だったと思う。がんのため七十歳で死去した作詞家の阿久悠さん。

主な作品を見て驚いた。都はるみさん「北の宿から」、石川さゆりさん「津軽海峡・冬景色」、八代亜紀さん「舟唄」からピンク・レディー「UFO」まで、名曲の数の多さばかりでなく、作品の振幅がとてつもなく大きい。

作詞にとどまらず、小説にも活躍の場を広げた。生まれ育った終戦直後の淡路島を舞台に、女性教師と子供たちの触れ合いを描いた自伝的小説「瀬戸内少年野球団」は直木賞候補になり、一九八四年、篠田正浩監督で映画にもなった。

野球シーンのロケが行われたのは、木造校舎が残っていた阿南市の新野小・中学校グラウンド。主演の故・夏目雅子さんがバット片手に、監督の「OK」が出るまで、慣れないノックを繰り返していたのを思いだす。

映画のキャンペーンに来県した阿久さんにもインタビューした。「敗戦直後の混乱期にさえ、人間があんなにチャーミングでいられたんだから、今はもっと知的でチャーミングでいられるんじゃないか」。物の豊かさの中で心を失いかけた時代を、そう言って嘆いた。

敗戦の悔しさ、悲しさ。その一方で、混沌としたエネルギーと自由な解放感に満ちあふれた戦後の時代を愛した阿久さん。スケールの大きな仕事の原点を、そこにみる思いがする。

(2007・8・3)

コルビュジエの建築

フランス政府が、東京・上野の国立西洋美術館本館を世界文化遺産に推薦する方向で検討しているという。文化遺産を外国政府が推薦するのは世界でも異例のことだ。

なぜフランス政府かといえば、本館の設計者がフランス人建築家だからである。ル・コルビュジエ（一八八七—一九六五年）。二十世紀最高の建築家で、「住宅は住む機械」の言葉通り、装飾性を排したモダンな機能美を追求した人だ。

フランス政府は、すでに同国内のコルビュジエ作品十三件を世界遺産の暫定リストに登録。さらに日本など国外の作品も一括して同国が推薦するのだという。

安藤忠雄著「ル・コルビュジエの勇気ある住宅」（新潮社）によると、代表作の一つで、横に伸びる連続水平窓がモダンなパリのサヴォワ邸は、戦後、荒れ放題に。六五年に市が取り壊すことになったが、当時の文化大臣アンドレ・マルローが待ったをかけたため、取り壊しを免れた。

東京に出張した折、六本木ヒルズの森美術館で生誕百二十年記念のコルビュジエ展を見た。危うく難を逃れたサヴォワ邸の模型も美しいたたずまいで展示されていた。マルローのような理解者がいなければ跡形もなく消えていた作品だ。

世界遺産に登録されれば数々の名作が長く保存・公開されることになる。ぜひ、そうなってほしいものである。

（2007・8・10）

105　2007年（平成19年）

藤田嗣治らの戦争画

第二次世界大戦中、戦争に駆り出されたのは一般国民ばかりではない。多くの著名な画家が、軍部の委嘱を受け、戦意高揚のための「戦争記録画」の制作に協力した。

特に有名なのは、戦前のパリでピカソやモディリアニらとともに活躍した藤田嗣治だろう。日本に帰国して戦争画を数多く描いた藤田は、戦後、画家の戦争責任の矢面に立たされるなか、フランスに移住して国籍を取得した。

昨年、生誕百二十年の藤田の回顧展が東京で開かれた折、「アッツ島玉砕」など、五点の戦争画を見た。いずれも縦二メートル、横三、四メートルもある大作だったが、戦争賛美というより戦争の悲惨さを描いたようにも見受けられた。

ただ、戦争画は当時「聖戦美術展」などの名で全国を巡り、爆発的な人気を呼んだ。国民の戦意高揚に一役買ったことは間違いない。

昭和の代表的な画家の一人で、従軍画家も務めた故・小磯良平が戦時中、戦争画を批判した手紙が終戦記念日に報道陣に公開された。「戦争美術のタイコをチャンチャンたたいても何もならない」「日本人は苦しんでいる」など、画家としての苦悩がにじむ。

戦争は多くの国民を死に追いやり、画家たちの心にも深い傷を残した。戦後六十二年がたった今も、小磯の勇気ある手紙が、闇を照らすきっかけになればいい。

戦争画は美術界のタブーで在り続けている。

（2007・8・17）

森合音写真展

美馬市美馬町の写真家、森合音さん（35）の作品は、美しい風景や人物をきれいに撮っただけの写真とは全く異なる。ファインダーを通して、人が生きること、死ぬことの意味を懸命に探ろうとしているからだろう。

そんな写真で富士フォトサロン新人賞などを受賞した森さんの写真展を徳島市内の県立文学書道館で見た。徳島では初めての個展である。

大阪芸大写真学科を卒業後、一九九九年に結婚。長女・樺音ちゃん、二女・楓喜ちゃんが生まれたが、二〇〇三年、夫が心筋梗塞で急逝。遺品のカメラで二人の娘さんや風景を撮るうちに、「何げない日常の中に救いがある」と気づくようになったという。

らせん状の針金に写真を展示したり、切手サイズの写真をガラス瓶に入れて並べるなど、独特の見せ方にも物語性が感じられる。指の上の天道虫の写真には、存在の根源に触れるような二人の娘さんのこんな会話が添えられていて、思わずどきりとさせられた。

「なんで　バシバシッとなっておちるのに　むしは　あのあおいでんきにひっついていくの？」「あかのん　それしってる　とんでるむしは　いつも　ひかりにはいっていきたいんだよ　おちたっていいとおもってるんだよ」

クリスマスケーキを前にした二人の目が心なしか寂しげだ。幼くして大人の悲しみを知った目だ。

（二〇〇七・九・一四）

眉山の景観壊す新ホール

瀬戸内海に浮かぶ香川県・直島の「地中美術館」を訪ねた。建築家の安藤忠雄さんが設計した話題の施設で、文字通り地中に造られた美しい美術館だ。

展示作家は、印象派の巨匠モネ、現代美術家のウォルター・デ・マリア、ジェームズ・タレルの三人だけ。といっても広々とした各部屋の空間そのものが作品で、開口部から差し込む自然光によって刻々と表情が変わるため、いつまでも見飽きない。

わざわざ地中に埋めたのは「敷地内にあった段状の塩田跡など、歴史的な風景を壊さず、景観を守るため」(安藤さん)という。自然と建築の調和を図ってきた安藤さんらしい発想だ。そこに多くの人が共感するのだろう。館内は若い人たちや外国人であふれていた。

一方、音楽・芸術ホールを核とした徳島市の新町西地区再開発事業には、景観を大事にする発想が欠けている。議会で、ホールに隣接して建設予定の二十二階建てマンションが「眉山の景観を台無しにする」と指摘されたが、計画は進めるという。

一帯は市の都市景観形成基準で「眉山の景観を考慮し、階数は地上六階以下とする」と定められている。いくら再開発事業は高さ規制の適用外といっても、基準の四倍近い階数は度が過ぎている。ホールの規模も含めて、将来に禍根を残しそうだ。

これでは地中美術館のような共感は得られない。

(2007・9・15)

吉行あぐりさん

国内の百歳以上のお年寄りが三万二千人余と初めて三万人を突破した。うち徳島県は二百八十九人（九月末推計）で、人口十万人当たりの人数では全国十四位とか。

この中には、今も現役で阿波踊り「よしこの」を歌い続けるお鯉さんも含まれている。県外の著名人ではNHK連続テレビ小説「あぐり」のモデルで、作家の故・吉行淳之介さんや女優の吉行和子さんの母親でもある美容師の吉行あぐりさん。お鯉さんより少し遅れて今夏、百歳を迎えた。

九十五歳のときに出版された映画監督・新藤兼人さんとの対談集「生きること 老いること」の中で、「年を取ったなんて思ったことがない」とあぐりさん。当時九十歳の新藤監督を「まだまだお若いんだから」と励ますくだりは圧巻だ。

寝たきりにならないよう、八十歳から雨の日も風の日も一日一万歩は歩いたという。「最近はサボリ気味で七千歩ぐらい」と言ったのは九十六歳のとき。当時、美容師の仕事を続けていられたのも、そうした努力のたまものだろう。

健康なまま年を取るのは並大抵のことではない。二度夫に先立たれたが、「悪いけど一人がいい」と言ってのける屈託のなさ。これも長寿の秘訣（ひけつ）なのだろう。

もちろん長生きをしても尊敬されるとは限らない。できればあぐりさんのように年を取りたいものだ。きょうは敬老の日。

（2007・9・17）

郵政民営化

一九八〇年代初めの中国・湖南省。背中に重い郵便袋を背負い、二泊三日をかけて山間部の人々に手紙を配達して歩く父は、長年の過酷な労働で足を痛め、仕事を息子に引き継ぐことにした。

配達の手順を教えるため、息子を伴って険しい山道を歩く父。その父を疎ましく思っていた息子だが、独り暮らしのお年寄りに歓迎される父の背中を見て、郵便配達の仕事に誇りを感じ始める。

モントリオール映画祭で観客賞を受賞した中国映画「山の郵便配達」（フォ・ジェンチイ監督）。五年前、徳島でみれない映画をみる会が上映したのを見て、深く感動した覚えがある。

小泉純一郎元首相が「改革の本丸」と位置づけた郵政民営化があすスタートする。県内では昨年十月、民営化に備えたコスト削減の一環として、吉野川市や那賀町など、山間部の十局が窓口業務だけの無集配局になった。

そうした地域では午前中に届いていた郵便物が午後に届くようになったという。民営化後は、配達員が頼まれて行っていた送金や振り込みなどの業務もできなくなる。小泉元首相が「改革には伴う」と言っていた「痛み」が、こんなところにも表れた。

「山の郵便配達」には、効率優先の社会で日本人が失ったものの姿が映し出されていた。民営化後に、過疎地のお年寄りを切り捨てるようなことだけはしてほしくない。

（2007・9・30）

ベトちゃん・ドクちゃん

長年連れ添った夫婦や親兄弟を亡くしたとき「自分の半身を失ったようだ」などという。グエン・ドクさん（26）の場合、それは比喩ではなく、実感だったのではないだろうか。

ベトナム戦争中、米軍が空中散布した枯れ葉剤の影響とみられる結合双生児として生まれた「ベトちゃん、ドクちゃん」。日本でも親しまれた兄弟のうち兄のベトさんが先日、肺炎などで死去した。

「今はとてもとても悲しく、泣きたい気持ち」。兄の死をみとったドクさんのコメントだ。生まれたとき、兄弟は背骨や胃などの臓器は別々だが、下半身がつながっていた。

一九八六年、昏睡状態に陥った兄ベトさん（当時六歳）の治療に来日。二年後には日本の医師団も参加してベトナムで分離手術に成功した。ドクさんは昨年末に結婚したが、ベトさんは脳症の後遺症で寝たきりの状態が続いていた。

その死は日本にも無関係ではない。日本で治療したからではなく、沖縄の米軍基地がベトナム戦争に使われたからだ。ベトナム反戦運動の先頭に立って行動した作家の故・小田実さんは、「（日本は）ベトナム戦争に否応なく参加させられた」と指摘する（『中流の復興』NHK出版）。

ベトナム戦争で犠牲になった市民は約三百万人。戦争が終わって三十年以上たったが、猛毒ダイオキシンを含んだ枯れ葉剤の影響は今も続く。

（2007・10・11）

黒川紀章さん死去

建築家の黒川紀章さんは、徳島がずいぶん気に入っていた。「自然がきれいで、魚がおいしい」。そう話していた。

初めて来県したのは昨年十月。日本文化デザイン会議に出席するためだった。そのとき徳島の自然にほれ込んだ黒川さん。今年二月には、県庁前ヨットハーバー「ケンチョピア」で自らのクルーザー「MONA LISA（モナ・リザ）」の進水式をしたほどだ。

「月に一度は徳島に来たい」。そう言っていたから、訃報（ふほう）を聞いて驚いた。七十三歳、心不全。今思えば、文化デザイン会議でアーティストの日比野克彦さんと対談したとき、げっそりとやせているように見えた。

それでもパフォーマンスは健在だった。発光ダイオード（LED）の電飾を使った大きなとんぼ眼鏡をかけて登場し、徳島のLEDをPRした。「日本は都市を造るだけでなく、農業を大事にすべきだ。そうしないと自然は再生しない」。そう言って〝自然との共生〟を訴えた。

東京都知事選や参院選に出馬し、派手なパフォーマンスを繰り広げた黒川さん。お茶の間に奇異なイメージが浸透したが、時代のキーワードになった「共生」という言葉を生み出し、日本の建築史に一時代を画した人だった。ケンチョピアには今も「MONA LISA」が浮かんでいる。あるじを失ったクルーザーはどこか寂しげだ。

（2007・10・15）

祖谷の古民家にひかれて

〈天懸るみちに雲とぶ祖谷の秋〉。徳島市民病院長や徳島大学病院長などを務め、戦後間もなく県内の俳誌「祖谷」を創刊した小山白楢さんの句だ。

空に手が届きそうな高所にある祖谷の秋のさわやかさ、人々の暮らしぶりをほうふつとさせる。そんな東祖谷のかやぶき屋根の民家に引かれて、京都に住む東洋文化研究家アレックス・カーさん（55）が別宅として購入したのは一九七三年のことだった。

竹の笛を意味する「篪庵」と名づけた民家は築約三百年。十年以上前から大勢の外国人らが訪れていたが、老朽化したため修復、来月から観光客の受け入れを再開するという。東祖谷の観光拠点にするのがアレックスさんの夢だ。

九三年に出版した「美しき日本の残像」には、こう書いている。〈日本は世界の中で「醜い国」の一つになってきている〉。山奥まであふれる看板、電線、コンクリート。日本に来る友人のほとんどが、そんな日本の風景に失望するという。

しかし「幸いにも篪庵の近くの山はまだ美しく残っています」とアレックスさん。「今でも祖谷に戻ると、世間から離れて雲の上の世界に入ったような気持ちになります」（同書から）。

外国人の目が再発見した祖谷の美しさ。篪庵が観光客を迎える来月には本格的な紅葉シーズンも始まる。俗悪な開発から守り続けたい日本の風景である。

（2007・10・19）

人形浄瑠璃の可能性

　徳島で開催中の国民文化祭「おどる国文祭」で、最もにぎやかなのは阿波人形浄瑠璃だろう。「劇場王国まつり」と題して連日、多彩なイベントが繰り広げられている。天狗久の美しい頭にため息をもらし、木偶と並んで記念撮影をする人も。阿波が情緒豊かな芸能の「王国」であったことに、あらためて気づかされる。

　徳島中央公園の小屋掛けで演じられたジャズと人形浄瑠璃のセッションも、熱気あふれる素晴らしいステージだった。上演したのは三好市出身の文楽人形遣い・吉田勘緑さん率いる木偶舎と世界的なサックス奏者・坂田明さん。「臨界」と題して、男女の狂気のような世界をつくり出していた。

　人形の激しい動きとサックスの即興演奏が絡み合い、互いに挑発し合う。胴体を失い、頭だけになった人形が右往左往するクライマックスには思わず鳥肌が立つような戦慄を覚えさせられた。

　六十年ぶりに復活した那賀町木頭の北川舞台でも二人は共演した。農村舞台という古式ゆかしい「劇場」で実現した伝統と現代のスリリングな出合い。そこに人形浄瑠璃の新たな可能性を見いだした人もいるだろう。

　徳島中央公園では、最後に三番叟の熱演があった。夜が更けて、冷たい風が吹き始めても、勘緑さんの額には大粒の汗が光っていた。

（2007・10・31）

阿波和紙とアート

吉野川市山川町の阿波和紙が美術家の関心を集めている。写真や版画作品の表情豊かな印刷紙として、米国など海外でも人気のようだ。

県内でも同町の阿波和紙伝統産業会館で「阿波和紙とアートの出会いを求めて」が開かれているし、徳島市内の県立近代美術館では「日本画—和紙の魅力を探る」が始まった。

後者では、展示作品を通して横山大観や竹内栖鳳ら名だたる日本画家が、いかに紙にこだわったかがうかがえた。日本画展としても十分に魅力的だが、五人の日本画家が徳島を訪れ、阿波和紙に描いた最新作を発表しているのも見ものだ。

竹内浩一さん「吉野川・春」、中野嘉之さん「うず潮」、大野俊明さん「阿波木偶」、斉藤典彦さん「うちのうみ」、森山知己さん「波」……。徳島の豊かな自然や芸能が、ありふれた風景画ではなく清新な感覚でとらえられていて面白い。

水の表現には阿波和紙のにじみやかすれが生かされ、木偶の絵の和紙の余白の風合いは阿波人形浄瑠璃の持つ歴史性を感じさせる。会場では出品作家によるギャラリートークや座談会も、きょうから二日間行われる。

かつて横山大観らと福井県の紙業家の交流が、日本画の新しい紙を生んだこともあった。五人の画家と阿波和紙の出合いもまた、そんな幸福な関係であってほしい。

（2007・11・17）

「吉兆」の名が泣く

弁当の代表格である「おにぎり」。われわれ素人には手で握ろうと機械で握ろうと同じようなものだが、日本料理の老舗「吉兆」の創業者、湯木貞一さんは「手で握ったものはおいしさが違う」と言う。

〈奥さんがご主人にむすんであげる、お嬢さんがお父さんにむすんであげる、というのは、やっぱり心がこもります〉〈吉兆味ばなし〉暮しの手帖社）。松花堂弁当の発明者で、料理の「心」や美学を大切にした湯木さんは、日本料理の料理人として初の文化功労者にも選ばれた。

しかし、その「心」は娘婿が経営する船場吉兆には受け継がれなかったようだ。九州産の牛肉を「但馬牛」などと偽装して販売した事件は、会社ぐるみだった疑いが強まっている。

地鶏と称した商品にはブロイラーを使用。期限切れのめんつゆやプリンなどの商品も、ラベルを張り替えて売っていた。しかも現場の従業員や取引先のせいにするような発言を繰り返してきたのだから、「吉兆」の名が泣く。

料理の鮮度について、湯木さんはこうも言っている。〈作ってから、ほったらかしにしておくと、その料理は、だんだん一流から二流、三流、四流になってしまいます〉。

四流どころか地に落ちた船場吉兆を、生きていればどんなに悲しんだか。いくら立派そうに見せようと、「心」をなくした料理がうまいはずはない。

（2007・11・19）

ベジャールさん死去

あんな熱狂的な舞台は、徳島ではおそらく空前絶後だろう。 満員の観客が一斉に総立ちになり、嵐のような拍手がいつまでも鳴りやまなかった。

十年前の一九九七年十一月、徳島市文化センターで上演されたシルヴィ・ギエムさんの「ボレロ」。 「百年に一人のプリマ」といわれるギエムさんは、赤い円卓の上で、鍛え抜かれた肉体を駆使してラヴェルの「ボレロ」を力強く、しなやかに踊った。

モダンバレエの傑作といわれるこの「ボレロ」を振り付けたのは、フランス生まれのバレエの革命児、モーリス・ベジャールさんだ。 この作品は映画「愛と哀しみのボレロ」にもなったので、ご存じの方も多いだろう。 そのベジャールさんがスイスの病院で死去した。 八十歳だった。

哲学者だった父の影響で、哲学や宗教に関心を持って育った。 武力による米国の世界戦略や、経済偏重の価値観を批判。 バレエを通して「二時間半の間、観客を幸せにする」振付家としての使命を生涯貫いた。

「ボレロ」の初演は六一年だが、それから半世紀近くたった今も輝きを失うことなく、ファンを魅了し続けている。「二十世紀最高の振付家」と呼ばれたゆえんだろう。 徳島の観客を総立ちにさせたのはギエムさんだが、ベジャールさんなくして「ボレロ」は存在しなかった。 その偉大さに、今あらためて気づかされる。

（2007・11・24）

小島章司さんのフラメンコ

牟岐町出身のフラメンコ舞踊家、小島章司さんが今年で舞踊生活五十周年を迎えた。記念公演「戦下の詩人たち〜愛と死のはざまで」が、東京で喝采（かっさい）を浴びているようだ。

六十八歳。還暦を過ぎてなお、激しくステップを踏むフラメンコの舞台に立ち続けるダンサーは、本場スペインでもそう多くない。「生涯踊り続けたい」という、その情熱には頭が下がる。

きょうまで上演予定の舞台は、一九三六年、スペイン内戦で民主主義を叫びながら銃殺された伝説の詩人ロルカにささげた新作。「心のやすらぎや平和への思いが年を取るごとに強くなる」という小島さん。古里への思いも年を経るごとに深まるようだ。

今秋の国民文化祭では故郷でフラメンコ・サークルを育成。牟岐、河内両小小学校の児童とともに「フラメンコ in 牟岐」のフィナーレも飾った。

このとき舞台裏に引き揚げた小島さん。感極まって「人生で一番うれしい日」と涙ぐんだ。芸術選奨文部大臣賞や文化庁芸術祭賞、県文化賞…。数々の受賞歴を持つ舞踊家に、そんな言葉を吐かせた子どもたちは幸せだ。

若くて元気なだけが人間の取りえではない。小島さんのフラメンコは、精神の深みを目指しながら、年とともに円熟味を増してゆく。人が生きることの情熱や優しさをいっぱい注ぎ込んだ古里から、いつか後継者も育つだろう。

（2007・12・2）

118

薬害肝炎訴訟

「なぜ命の重さを差別するのか」「わたしたちは線引きされ、切り捨てられた」。薬害肝炎訴訟原告団の女性たちの言葉は、いつも胸にずしりと響く。無念さ、悔しさ、怒り。筆舌に尽くしがたい思いが言葉の端々ににじむ。

命がかかっているからだ。何の罪もないのに、汚染された血液製剤でC型肝炎に感染させられ、健康を奪われた。肝硬変、肝がんにも進行しかねない。不安を抱えながら国や製薬会社との闘いが続く。

和解協議をめぐって国の修正案を拒否したのは当然だろう。長い闘いを終わらせたくても、患者全員の「一律救済」という要求に応えてくれなかった。

肝炎の感染性が指摘され、米国で同種製剤の製造承認が取り消されたのは一九七七年。しかし、日本では使い続けられ、汚染が拡大した。国や製薬会社がもっと早く対応していれば、被害の拡大は防げたはずである。

エイズしかり、アスベスト（石綿）しかり。同じようなパターンが性懲りもなく繰り返されてきた。国民の命よりも製薬会社など企業の利益優先、と批判されても仕方がないだろう。心からの反省がなければ、これからも同じ過ちが何度でも繰り返される。

今年も残りわずかとなった。きょうは冬至。原告の女性たちには師走の風が冷たかろう。一日も早く和解が成立して、心静かに新年を迎えられるよう祈りたい。

（2007・12・22）

普通の家族が一番怖い

クリスマスが近づくと、ある主婦は窓辺にツリーやサンタクロースの人形を飾る。サンタが背負った袋の中には、子供たちが欲しいものを書いた手紙を入れておくという。

ここまではよくある話だ。しかし「子供たち」の年齢を聞いて思わず耳を疑った。十八歳の高校生と十四歳の中学生、しかも二人とも男の子だ。岩村暢子著『普通の家族がいちばん怖い──徹底調査！破滅する日本の食卓』（新潮社）に著者はそう書いている。

同書によると、サンタにプレゼントをもらっている中高生は48％にも上る。サンタの存在を信じているかどうかは定かではないが、母親がいつまでもそう思い込ませようとしていることだけは確かなようだ。

なぜ、そんなことをするのか。「夢のない子供って、なんだか心配じゃないですか」（39歳）「それって、ちょっと怖いですよねえ」（41歳）ということらしい。怖いのは、子供の自立を阻んでいるあなたたちの方ではないか。思わずそう言いたくなった。

「結婚してからは息子だけにサンタさんが来て、私には来なくなったのでさみしい」（32歳）。著者は言う。「子供たちが家の中で暴力をふるったり自分を見失うようなことがあっても、私たちはそれを『不可解なこと』とは言えないと思う」。

日本の家族は、どこまで壊れるのだろう。きょうはクリスマス・イブ。

（2007・12・24）

二〇〇八年（平成二十年）

阪神大震災の教訓

十三年前のきょう、詩人の安水稔和さんは神戸市長田区の自宅で阪神大震災に遭った。その三年後に出版された「焼野の草びら——神戸　今も」(編集工房ノア)には「やっと」という詩が載っている。

〈咳(せき)ばらい。／物音。／ひとりみたい。／食べてるかしら。／／訪ねてきた人がすぐ帰った。／窓も戸も閉じたまま。／お出かけかな。／行く先はあるのかなあ。／／しばらく経ってやっと／いるとわかった。／ひとり息絶えて／いるとわかった〉。

続けてこう書き添える。「〈孤独死は〉今も仮設で続いているんです。どうして個人に援助が出来ないのか、日本という国は一体あるのかと言いたい」。仮設住宅は二〇〇〇年に解消されたが、それに代わる兵庫県の復興住宅での孤独死も、この八年で五百人以上に上った。

昨年一年間では六十人。八十一歳の男性は死後二十日以上たって見つかった。自殺者も八人いた。街は表向き復興したように見えるが、心の傷は内へ内へと沈潜する。

「私自身も電車の中で、自分でも気がつかずに泣いていることがあった」。十年前、徳島市での講演会で安水さんはそう話した。

孤独死は神戸だけの問題ではなく、人の絆(きずな)が薄れた時代を寒々と象徴する。小まめな「声かけ」にとどまらず、切れた絆をどう結び直すか。阪神大震災に学ばなければならない教訓は今も多い。

(2008・1・17)

片岡球子さん死去

美術の公募展などに応募するとき、審査員の名前を見て、その人が好みそうな作品を出品する人がいる。はやりの作風ばかり追いかけている人もいる。すべては入選したいがためだ。

しかし、そんな作品は審査員に簡単に見破られるだろうし、万一それで入選しても何の意味があるのだろう、と首をかしげてしまう。作者の個性を離れて、どんな表現があるのだろうと。

足利尊氏ら歴史上の人物を大胆に描いた「面構（つらがまえ）」シリーズで知られ、先日、百三歳で亡くなった日本画家の片岡球子さんは、若いころ公募団体展で落選続き。仲間から「落選の神様」と揶揄（やゆ）され、「ゲテモノ」の絵とも言われた。

世に出てからも、大先輩の前田青邨に「こんなバカみたいな絵を描いて。直せ！」と怒鳴られた。

だが、片岡さんは直さない。「意志が強く、間違っていないと思ったら決して曲げない」。山梨俊夫・神奈川県立近代美術館長が本紙にそう書いていた。

だからこそ個性的な作品が残せたのだろう。「ゲテモノと本物は紙一重です。そのゲテモノを捨ててはいけない」。「落選の神様」と呼ばれたころ、大先輩の小林古径からそう言われたことも大きい。

周りに良き理解者がいるかどうかも芸術家の人生を左右するようだ。しかし、大成したのはやはり、百歳まで独自の画風を探求し続けた努力のたまものだろう。

（2008・1・24）

筒井茅乃さん逝く

筒井茅乃（かやの）さんといっても、分からないかもしれない。長崎の被爆者医療に尽くした永井隆博士の二女で、ベストセラーになった「娘よ、ここが長崎です」の著者である。

その茅乃さんが死去した、と本紙が伝えていた。六十六歳という。母は原爆で即死。父は自ら被爆しながら患者の治療に当たり、一九五一年に亡くなった。

茅乃さんは兄と長崎市の郊外に疎開していたため、原爆の直撃は免れ、長崎市に戻って、寝たきりになった父と暮らす。父の著書「この子を残して」には、父に甘えたい気持ちを抑え、冷たいほおを父のほおにくっつけながら「お父さんのにおい」と恋い慕う幼い茅乃さんの姿が描かれている。

やがて結婚。女児を出産するが、娘に原爆のことは語らない。娘が中学生になったときに初めて故郷に連れて帰り、原爆資料展示室の前に立つ。茅乃さんはそのいきさつを「娘よ、ここが長崎です」に書いた。

〈わたしは、悲しみがこみあげてきて、よく見ることができませんでした。しかし、娘は、ただ、じっと見ていました〉。そんな一節が原爆詩を集めた吉永小百合さん朗読のCD「第二楽章 長崎から」にも収められ、涙を誘う。

茅乃さんが亡くなったのは、くしくも父の生誕百年に当たる三日の前日。原爆に幸福を奪われ、離散させられた一家は、ようやく天国での再会を果たす。

（2008・2・4）

チョコのほろ苦さ

チョコレートがほろ苦いのは、子どもたちが流す涙のせいかもしれない。チョコの原料であるカカオの産地・西アフリカの農園で、児童の過酷な労働が横行しているという。

カメルーンやガーナなどの小規模農家に、そうした児童が数十万人。64％が十四歳以下で、素手素足で働かされているため、けがや感染症の危険にもさらされているそうだ。

国際労働機関（ILO）駐日事務所によると、彼らは学校にも行かず、ひたすら働くだけ。そのため「将来の夢は？」という質問の意味が理解できず、製品になったチョコも見たことがない。ましてチョコを食べるなど夢のまた夢だ。

こんな状況を変えたいと、東京の市民グループが、児童労働を排して作られた製品を「人と地球にやさしいチョコ」と銘打って紹介する活動を続けている。無農薬で味も良く、知的なイメージがあるため、一流デパートも扱い始めた。

労働を強いられる西アフリカの児童に比べて日本の子どもは幸せだ、などと言うつもりはさらさらない。勉強ができるか否かといった一元的な価値観を押し付けられ、いじめや自殺が多発する国の子どもが幸せなはずはない。

ただ、本命だ義理だと騒いでいるチョコの多くが、子どもたちの過酷な労働によって作られていると知れば、チョコを見る目も変わってくる。きょうはバレンタインデー。

（2008・2・14）

犬たちの遺言

保護房の奥で寄り添う犬、助けを求めるようにオリから顔を突き出す犬。寂しそうな目が、真っすぐに何かを訴えてくる。

きのうまでヨンデンプラザ徳島で開かれた写真展「小さな魂の遺言」は、そんな犬たちであふれていた。神山町の県動物愛護センターで殺処分を待つ犬の様子をNPO法人・動物福祉活動（渡部奈美代表理事）のメンバーが撮影したものだ。

カメラを向けると、首輪のついた犬はたいてい近寄ってきて、オリから顔を突き出してくるという。飼い主の元に帰れる。そう錯覚するのだろうか。野犬たちもけんかをするどころか、鳴き声すら上げずにうずくまっているそうだ。

同センターで二〇〇六年度に殺処分された犬猫は約七千四百匹。人口当たりの処分数は常に全国でもトップクラスだ。県では一二年度までに殺処分数を半減させる方向で検討を進めている。ぜひ実現してほしいものだ。飼い主にも、放し飼いをやめたり避妊・去勢手術を施したりする努力が求められる。最後まで世話してやるのも最低限のルールだろう。「しつけに失敗した」「犬の種類が流行遅れになった」などの理由で捨てるのは、あまりにも身勝手すぎる。

「この子たちはもうこの世にいません」。写真展の最後に、そうあった。分かっていてもやはりショックだ。犬たちの「遺言」が、ずしりと胸に残る。

（2008・2・18）

心の闇

　茨城県土浦市の八人殺傷事件に続いて、今度は岡山駅ホームで十八歳の少年が三十八歳の男性を突き落として死亡させる事件が起きた。茨城の事件に触発されたのだろうか。

　「相手は誰でもよかった」という供述も、判で押したように同じだ。ホームから突き落とされた男性は岡山県庁の職員で、妻と幼い女児二人の四人家族。誰でもよい誰かではなく、遺族にとっては、かけがえのない父親なのだ。それが少年には分からないのだろう。

　不可解な無差別殺人が起きるたびに、少年の「心の闇」が問題にされてきた。しかし、哲学エッセーで知られた故・池田晶子さんは、むしろ「闇」がないことが問題として、こう指摘する。

　《「心の闇」すなわち心の襞というのは、自分とは何かとか、他者とは何かとか、人生にとって大事な問いを、あれこれ思い悩むことで形成される。しかし、そういう問いを問うべき時期に、問うことをしないと、人の心は襞がなくツルンとしたままである》

　《本も読まず、物も考えず、日がな画面で戦闘ゲームに興じる子供の心がツルンと機械じみてくるのは必至なのである》（『41歳からの哲学』新潮社）。社会や教育、家庭の問題が複雑に絡んでいるのだろう。ゲームのようにはリセットできない命に対する感受性を、どうはぐくんでいくか。問われているのは大人である。

（2008・3・28）

明石海峡大橋開通十周年

年に数回は高速バスで神戸や大阪に行く。美術展やコンサートがお目当てだ。二月には西宮市の兵庫県立芸術文化センターで、オランダ・バッハ協会によるバッハ「ヨハネ受難曲」を聴いた。

知人の中には、一泊して東京までわざわざオペラを見に出かける者もいる。京阪神なら日帰りができるので、筆者のような県民は結構多いようだ。

明石海峡大橋が開通してきょうで十周年。元日付の本紙アンケートによると、架橋のメリットは「京阪神での買い物・旅行が便利になった」がトップで63％。「京阪神でのスポーツ観戦、文化・芸術鑑賞を楽しむ機会が増えた」も14％あった。劇団四季や宝塚歌劇を見に行く女性も少なくない。

徳島はいい所だと思う。気候が温暖で暮らしやすいし、都会の人々が求める自然も豊かだ。海の幸、山の幸もふんだんにある。しかし、文化・芸術を享受する機会は決定的に不足している。長い間、行政が文化に目を向けてこなかったからだ。

これでは文化的な飢えは満たされない。京阪神まで足を運ばざるを得なくなる。しかも、雇用の場がないとくれば、若者の県外流出は避けられないだろう。

社会が成熟すれば、おのずと文化的欲求は高まる。人はパンのみにて生くるものにあらず。心の飢えをどう満たすか。明石海峡大橋の開通十周年を、発想転換のチャンスにしたい。

（2008・4・5）

128

岡部伊都子さん死去

先日、八十五歳で亡くなった随筆家の岡部伊都子さんは、戦地に赴く婚約者からこう打ち明けられた。「この戦争は間違っている。こんな戦争で死にたくないんや」。

しかし、軍国主義教育を受けた岡部さんには、その意味が分からない。「わたしだったら、喜んで死ぬけど」。そう応じた。その夜、大阪駅から出征する婚約者を小旗を振って送り出す。岡部さん二十歳、婚約者二十二歳。小学校の上級生で初恋の人だった。

一九四四年、中国から沖縄に配属された婚約者は、米軍の艦砲で両脚を吹き飛ばされ、ピストルで自決する。この体験は、日本の伝統美を暮らしの中に求める随筆を書く一方、自らを「加害の女」と呼んで、反戦を訴え続けた岡部さんの原点となった。

《この戦争は間違っている》……だいじなだいじな言葉や。いまのこういう時代にな、よけい、だいじな言葉です》。一昨年に出版された語り下ろしの自伝「遺言のつもりで」（藤原書店）の中で、岡部さんはそう語っている。

きょうは戦争放棄を九条でうたった日本国憲法の施行から六十一回目の憲法記念日。昨年五月に国民投票法が成立し、改憲が現実味を増した中、「九条の会徳島」などが九条を守るイベントを繰り広げる。平和憲法を決して手放さないこと。それは、戦争で最愛の人を失った岡部さんへの最大の供養にもなる。

（2008・5・3）

車谷長吉さんの遍路体験記

文芸雑誌「文学界」五月号に、車谷長吉さんが「四国八十八ヶ所感情巡礼」の第一回を書いている。

一番札所・霊山寺から三十五番の高知県・清瀧寺まで、夫人と歩いた体験を日記形式でつづったものだ。

車谷さんといえば、直木賞受賞作「赤目四十八瀧心中未遂」などで知られる。長年、私小説を書い

てきた作家らしく、この連載も歯に衣着せぬ辛辣さとユーモアが面白く、一気に読まされた。

〈徳島県はごみの不法投棄が多い。川も畑もごみだらけだ。東京や播州（私の古里）では考えられな

いことだ〉。テレビやワープロ、廃車……。高知県に入るとごみが減るという。ちゃんと見られている

のだ、と思う。

〈今日も山道でうんこをした〉。そんな記述も頻繁に登場する。〈困った尻だ〉には思わず噴き出した。

しかし、歩き遍路をするということは、人が人工の暮らしから自然に帰るということでもある。そう

納得させられる。排泄物は雨に溶けて地に帰るが、テレビやワープロなどのごみは、いつまでも溶け

ずに醜態をさらす。

知事が先頭に立って拾わないとごみは減らない、ごみの多い地域が世界文化遺産だなんてちゃんち

ゃらおかしい――車谷さんの批判は痛烈だ。耳の痛い話だが、事実だから仕方がない。

まず、ごみの不法投棄をなくさなければ。そうしないと文化立県、観光立県も始まらない。

（2008・5・10）

母の日

　文芸評論家の池上冬樹さんは、母親が授業参観に来るのが恥ずかしかった。農家の娘でそばかすだらけ。小柄で見劣りがしたからだという。

　その母親が亡くなって、遺品の中から池上さんの小学生のときの作文が出てきた。〈おかあさん、いつもいろいろな仕事をしてくれて、どうもありがとう〉。授業で書いたものだ。〈何もこんなお義理で書いたものを大事に仕舞わなくてもいいではないか…と思ったら、胸があつくなってしまった〉。

　著名人が母親について語ったエッセー集「オカン、おふくろ、お母さん」（文芸春秋）の中の一編。ドイツ文学者の池内紀さんは、母親からこう言われて育ったという。「他人をうらやむな」「人のまねをするな」「偉くならなくていい」。

　同書にはさまざまな母親が登場する。その多くが戦中や戦後の貧しい時代に、苦労して子育てをした体験を持っている。だから、どんな著名人でも母親には頭が上がらないのだ。

　思い出すのもつらいというのは経済評論家の内橋克人さん。三人の子どもの将来を案じながら三十七歳で亡くなった母親が、幸せだったとは思えないからだ。だが、こうも思い直す。〈その時代、日本の母の一人残らず、同じように幸せ薄く生きたのではないだろうか〉。

　だからこそ一本のカーネーションが心に染みるのだろう。きょうは「母の日」。

（2008・5・11）

美郷のホタル

吉野川市美郷地区へホタルを見に行った。さすが国内有数の生息地として、国の天然記念物に指定されているだけのことはある。

美郷ほたる館の館内から川田川の岸辺に出る。辺りが暗くなった午後七時半、一つ二つと始まったホタルの点滅が、やがて光の乱舞になった。数百、数千はいただろうか。無数のホタルが一斉に光っては消える「集団同時明滅」も見た。闇が揺れ、脈打つ感じだ。

「すごい」。あちこちで、歓声が上がった。人がホタルに感動するのは、そこに人知を超えた自然の神秘を感じるからだろう。懸命に光を放つ求愛行動が、命のはかなさを浮き立たせる。

ほたる館の駐車場には吉野川市の児童文学者、原田一美さん著「ホタルの歌」の文学碑も完成した。小学校教師だった原田さんが、美郷の児童と取り組んだホタル研究の様子を生き生きと描いた名作だ。美郷のホタルが国の天然記念物に指定されるきっかけにもなった。

「あとがき」に原田さんは書いている。〈ホタルはわたしたちに生きていく正しい方向を教えてくれました。美しい水とやさしい人の心が、どんなにたいせつな宝であるかも教えてくれました〉。

自然と切り離され、命に対する感受性を失った現代の暮らしが、秋葉原のような無差別殺人にもつながるのだろう。ホタルの点滅する闇に、そんな思いが重なった。

（2008・6・11）

太宰治の写真

先日、東京の富士フイルム・フォトサロンで林忠彦写真展「カストリ時代」を見た。林さんの代表作の一つ、太宰治の写真もあった。銀座のバー「ルパン」でワイシャツの袖をまくり上げ、いすの上で足を組んだ有名な作品だ。

林さんはこのとき作家の織田作之助を撮っていた。するとベロベロに酔った男が「俺も撮れよ」とわめき始めた。「何者ですか」と聞くと誰かが言った。「売り出し中の太宰治だよ。撮っといたら面白いよ」。そう言われて撮った一枚と林さんは振り返る《「文士と小説のふるさと」ピエ・ブックス》。

暗い写真の多い太宰にしては珍しくさっそうとした写真である。夫人の津島美知子さん「回想の太宰治」（講談社文芸文庫）によると、太宰は戦後配給された兵隊靴が気に入っていて、あのポーズになったという。

家ではくぎ一本打たず、小説しか頭になかった太宰。「駈込み訴え」を口述筆記したときの様子を夫人はこう記す。〈太宰は炬燵に当たって、盃をふくみながら全文、蚕が糸を吐くように口述し、淀みもなく、言い直しもなかった〉。

天才が逝って六十年。命日のきょう、東京・禅林寺で行われる桜桃忌には大勢のファンが集う。ルパンのいすに座りたい若者も後を絶たないようだ。

人間の弱さを肯定した太宰の小説は、いつの時代も傷つきやすい若者を励まし続ける。

（2008・6・19）

一年一組せんせいあのね

〈おとうさんは／くうらあつけてねています／いびきをかいてきてちよさそうです／おかあさんは／でんきのめえたあの／まわるゆめをみるので／きもちよくねむれません〉。

神戸の小学一年生の詩を集めた鹿島和夫編『一年一組せんせいあのね』（理論社、一九八一年刊）の中の一編。何度読んでも噴き出してしまう。こんな詩もある。〈おとうさんは／こめややのに／あさ　パンをたべる〉。

児童文学者の故・灰谷健次郎さんは、子どもの感受性は大人の数十倍とし、こう指摘する。〈子どもが、いちばん心に傷をうけやすい、ということを忘れてもらいたくない〉（『林先生に伝えたいこと』）。

子どもがどれだけ悲しむか。カネに目がくらんだ先生たちには、それすら見えなくなっていたのだろう。大分県の教員採用をめぐる汚職事件が底なしの様相を見せている。

小学校採用試験で不正に合格したのは全体の約四割。県議らの口利きも取りざたされ、校長・教頭の昇進でも現金や商品券が動いていた。「一人二百万円で何とかなる」「みんな贈っている」。どこの世界の話なのか、耳を疑う。

「一年一組せんせいあのね」には、こんな詩もある。〈せんせい／なんでにんげんだけ／おお金もちとかびんぼうが／きまっとんかおしえて〉。子どもの真っすぐな心を踏みにじった罪は、とてつもなく重い。

（2008・7・12）

小坂奇石書作展

いつだったか、阿南市出身の版画家、吹田文明さん（81）が本紙にこんなことを書いていた。〈絵描きに定年はない。六十、七十でもまだ　"はな垂れ小僧"　の世界だ〉。

そこには多摩美大を定年退職して、自由に創作活動ができるようになった喜びと決意が込められている。県立文学書道館で開催中の「小坂奇石書作展──九十年の情熱」を見て、ふと、この言葉が浮かんだ。

会場に並んだ三十五歳から八十八歳までの作品約五十点。晩年になるにつれて、どんどん味わい深くなっていくのが分かる。淡々飄々（ひょうひょう）とした境地をうかがわせる最晩年の「奇石自作詩」、"線の行者"の面目が躍如とした「不如学」（学ぶに如（し）かず）……。

美波町出身で昭和の代表的な書家の一人だった奇石さん。書作展に合わせて出版された「小坂奇石文集」（上・下）にこう書いている。〈書は老成を求める芸術である。二十代三十代の作品が生涯の傑作であることはまずないだろう。……そこに書のむつかしさがあり、また面白さもある〉。

論語の「学ぶに如かず」を好んで書いたのも、書の道の果てしなさを知り尽くしていたからだろう。吹田さんは戦時中の学生時代、「一枚の傑作を描いて死のう」を画学生の合言葉にしていたという。

奇石さんの生涯もまた、一枚の傑作の幻影をひたすら追い求めた旅だったに違いない。

（2008・7・13）

石内都写真集「ひろしま」

少女の花柄のワンピースには、かわいいリボンが付いている。戦時下でもおしゃれを楽しんでいたのだろう。少女は全身に大やけどを負って亡くなったのだろう。

広島駅のホームで汽車を待っている間に被爆し、黒い模様の部分が熱線で焼けたブラウス。爆風に引きちぎられ、誰のものとも分からなくなったワンピース……。今春出版された石内都写真集「ひろしま」（集英社）には、若い女性たちが被爆時に身に着けていた衣服の写真が収められている。

広島平和記念資料館の収蔵庫から出され、風を通された衣服たち。六十三年前、それらを着て生きていた女性たちの命が、写真を通してよみがえるようだ。一針一針、娘のために服を縫う母親の姿まで浮かんでくる。

石内さんは二〇〇五年の国際美術展ベネチア・ビエンナーレに日本代表として出品するなど、最も注目されている写真家の一人。先日のNHK「新日曜美術館」でも広島での撮影風景が特集されていた。

「元気でいてください」。最後に撮った服にそう語りかけた石内さん。撮影の感想を二言三言しゃべったあと、突然ハンカチで顔を覆って嗚咽（おえつ）する姿が、広島への思いを何よりもよく伝えていた。

広島市現代美術館では、その写真展が開かれている。きょうは広島原爆忌。おしゃれな服を着た娘さんたちが、一瞬にして焼かれた日だ。

（2008・8・6）

136

城戸久枝さんの　"戦争"

戦前・戦中に旧満州（中国東北部）に渡った開拓移民は三十二万人。このうち、一九四五年八月の旧ソ連侵攻などで命を落としたり集団自決したりして、日本に帰国できたのは十一万人とされる。家族と離れ離れになって現地に取り残され、過酷な運命をたどった中国残留孤児も少なくない。愛媛県出身で、徳島大を卒業したノンフィクション作家・城戸久枝さん（32）の父・幹さんもその一人だった。

城戸さんは徳大在学中の一九九七年から二年間、中国に留学。父の壮絶な人生の軌跡をたどり、十年がかりでまとめた「あの戦争から遠く離れて」（情報センター出版局）で、今年の大宅壮一ノンフィクション賞と講談社ノンフィクション賞をダブル受賞した。

四歳の父が中国人女性に引き取られる場面から始まる同書は、冒頭から読者をぐいぐいと引き込んでいく。著者の人生にもつながる父への思いが、行間にあふれているからだろう。

戦後六十三年。戦争体験者の高齢化が進み、戦争の記憶が薄れる中、先日母校の徳大で講演した城戸さん。「戦争を体験した家族に当時の話を聞き、自分も大きな歴史の中にいることを感じてほしい」と、後輩らに呼びかけた。

終戦記念日のきょう、城戸さんが学生時代を過ごした徳島市は、阿波踊り最終日の熱気に包まれる。平和な時代ならではの阿波踊りである。

（2008・8・15）

生田花世展

平塚らいてうが明治時代末に創刊した日本初の女性文芸誌「青鞜（せいとう）」。その一員として活躍した上板町出身の生田花世（一八八八―一九七〇年）の生誕百二十年を記念して、徳島市内の県立文学書道館で「生田花世展――真をしたひて（まこと）」が始まった。

花世が生まれた日、漢学者の父は日記にこう書いた。〈容姿美ならず、然れども（しか）「花世」と名付く。厨房（ちゅうぼう）のみに止まらず書を読みて世に尽すべし〉。父の願った人生を、花世は歩む。

二十二歳で単身上京。雑誌記者や寄席の下足番など、どん底の生活を送りながら、「青鞜」に詩や文章を発表する。花世にしか書けない血のにじむような文章を平塚らいてうは高く買った。

詩人の生田春月と結婚。春月の恋愛や播磨灘への投身自殺に苦しむが、戦後は都内各地で源氏物語を講義し、女性解放運動にも力を注いだ。

さすがの父もここまでは望まなかっただろうと思えるほどの苦労を背負い込み、一人、小柄な体で乗り切った花世。そのひたむきさがいじらしい。〈元始、女性は太陽であった〉という平塚らいてうの「青鞜」創刊の辞や、〈山の動く日来る（きた）〉とうたった与謝野晶子の詩と出合えるのも同展の魅力だ。

花世はこんな言葉を残した。〈一番弱いものが一番強い生き方ができるものと私は思う〉。体験に鍛えられた言葉は力強く、美しい。

（二〇〇八・八・二四）

長寿社会をどう生きる

百歳以上のお年寄りが、県内で初めて三百人を超したという。十年前の三倍である。全国では三万六千人余と過去最多を記録した。

めでたい話だが、長寿社会が幸福かといえば、必ずしもそうとは言い切れない。消えた年金、後期高齢者医療制度、老老介護、核家族化に伴う独り暮らし……。めでたさとは程遠い現実がお年寄りにのしかかる。

昔はそうではなかった。宗教学者・山折哲雄さんらの共著「老いの比較家族史」（三省堂）によると、古代や中世の時代には、お年寄りは神に近い「翁」として敬われた。それがだんだん変化して、明治時代に「富国強兵」が国家目標に掲げられると、労力や兵力としての能力が衰えた存在として、ないがしろにされるようになったという。

戦後の経済至上主義も同様だ。お年寄りをますます社会の片隅に追いやった。一九六六年に国民の祝日として「敬老の日」が設けられたのも、敬老の精神をなくしたからにほかならない。

そんな時代をどう生きるか。内科医の日野原重明さんはこうアドバイスする。〈若い人に助けられるだけでなく、与えられるものをもつことが必要〉、〈いつでも勉強しようという気持ちをもっているこ

とが大切です〉（生きることの質」岩波現代文庫）。

九十六歳、今もバリバリと現役で働く医師だけに説得力がある。きょうは「敬老の日」。

（2008・9・15）

同人誌の存在意義

徳島県立文学書道館で始まった「全国同人雑誌縦覧展」（徳島ペンクラブなど主催）を見た。北海道から沖縄まで、全国各地の小説同人誌が所狭しと並んだ様子は、まさに壮観だ。

三好市山城町が二〇〇〇年に創設した「富士正晴全国同人雑誌賞」に応募のあった雑誌を展示したもので、手にとってページをめくれるのがいい。同人誌で小説修業をする大勢の〝作家予備軍〟の熱気が、ひしひしと伝わってくる。

しかしこの同人誌、必ずしも隆盛とはいえないようだ。若者の同人誌離れをきっかけに、全国的に書き手の高齢化が進んでいるからだ。芥川賞・直木賞候補を出しながら、廃刊のやむなきに至った「徳島作家」のような例もある。

徳島市出身の瀬戸内寂聴さんも、山城町出身の富士正晴さんも、若いころは同人誌で修業した。しかし、文学新人賞が増え、それがやがて作家への登竜門になってくると若者の同人誌離れが一気に加速した。

ただ、新人賞の応募作は誤字脱字だらけ、句読点がないものも多いという。その一事をとってみても、同人誌の存在意義が完全になくなったとは言い切れない。

あす午後二時から文学書道館に全国の関係者が集まり、同人誌の未来を探るフォーラムも開かれる。全国で唯一の同人雑誌賞を持つ本県から、同人誌復興の機運が高まるよう大いに期待したい。

（2008・10・4）

彫師・伊上凡骨

すごい人物なのに広く知られていないのは、彼が画家でもなく版画家でもなく、木版の彫師だったからだろうか。明治から昭和初期にかけて活躍した徳島市出身の伊上凡骨（一八七五─一九三三年）。

徳島県立文学書道館・三階常設展示室で開催中の凡骨展は、この傑物を知る絶好の機会となった。凡骨が彫りを手がけた木版画や「明星」などの雑誌、夏目漱石「心」、凡骨に関する文章などを集めている。

木版画とは思えない滑らかな彫り。「名人」と呼ばれ、漱石には「凡骨でなければ」と言われた。酒好きで奇行でも知られた凡骨。与謝野晶子や吉川英治の家を訪ねては何日も居続け、わが家のように振る舞った。

しかし、性格は無欲恬淡、多くの人に愛された。谷崎潤一郎は書いている。〈此の人の酔態は鮮やかなもので、彼が奇声を発しつつ何度も椅子から転げ落ちた恰好は今も私の眼底にある〉。

「伊上トンカツ」と呼んで面白がったのは、「麗子像」のモデル麗子さん。父・岸田劉生も、凡骨の来訪を楽しみにしていたという。

与謝野晶子は短歌に詠んだ。〈北海の氷も裂かん声音して女にものな云ひそ凡骨〉。どんな奇声を発していたのだろう。しかし、才能は認めていた。〈凡骨が刀を手にせず筆をもて黍を描く時秋の風吹く〉。

もっと知られていい凡骨である。

（2008・10・21）

141　2008 年（平成 20 年）

石川文洋さんの遍路旅

長野に住む石川文洋さん（70）は戦場カメラマンである。ベトナム戦争を皮切りにカンボジア、アフガニスタンなどの戦場を取材してきた。

まさに命がけの仕事である。ベトナムとカンボジアでは十五人の日本人ジャーナリストが亡くなった。うち十二人は友人・知人だった。ピュリツァー賞を受賞した沢田教一さん、「地雷を踏んだらサヨウナラ」の著者、一ノ瀬泰造さん……。多くは二十代、三十代だった。

『四国八十八カ所──わたしの遍路旅』（岩波新書）は、そんな仲間を慰霊するために歩いた石川さんの体験記である。香川入りを前に心筋梗塞で心臓が停止。電気ショックで蘇生した体験も加わり、命を見つめる旅になった。

さまざまな人々と阿波路で出会う。沖縄にいる娘さんに送るため菜の花を摘むおばさん、兄が沖縄で戦死したおじいさん……。沖縄は石川さんの故郷である。夫が中国で戦死した九十一歳のおばあさんからは「車に気をつけなさいよ」と声をかけられた。

人々を見つめるまなざしが温かい。死線を幾つもくぐり抜けてきたからだろう。穏やかな日常を戦争で失わないでほしい。沿道の写真には、そんな願いが感じられた。

定時制高校を出たことも、貧しかったことも、みんなプラスにして生きてきたという。次は徒歩で日本縦断か、ヨーロッパ縦断か。石川さんの旅はまだまだ続く。

（2008・10・25）

字幕の名工・秘田余四郎

外国文学の翻訳に字数の制約はないが、外国映画となるとそうはいかない。登場人物がしゃべる早さに合わせなければならないからだ。

例えば、一九五二年に公開されたイギリス映画「第三の男」のせりふ。「俺はこの酒を飲んじゃいけない。これは俺を不機嫌にする」。それがこう訳され、字幕史上に残る名訳となった。「今夜の酒は荒れそうだ」。

訳したのは阿波市吉野町出身の秘田余四郎さん（本名・姫田嘉男、一九〇八―六七年）。「天井桟敷の人々」「禁じられた遊び」「シェルブールの雨傘」など、フランス映画の名作を数多く手がけ、〝字幕の名工〟と呼ばれた人だ。今年は生誕百年とあって、県立文学書道館三階で回顧展が開かれている。名画のポスターやチラシのほか、珍しい字幕の台本もあった。

同展図録によると、秘田さんは長女に「あかね」と名付けた。「天井桟敷の人々」のヒロインの名だそうだ。いかに映画を愛していたかがうかがえて興味深い。会場では、その姫田あかねさんが父の思い出を語る催しも開かれた。

「徳島に来て初めて父の生地を訪ねました。徳島の人はおおらかで優しく、そういえば、父もそうだったかなと思う。五十六年生きてきて、きょうはとてもうれしい日です」。故郷・徳島でもっと広く知られていい〝字幕の名工〟である。

（2008・11・30）

映画「ひめゆり」

いつだったか、沖縄の「ひめゆり平和祈念資料館」を訪ねたことがある。第二次世界大戦末期の沖縄戦で看護要員として戦場に駆り出され、犠牲になった「ひめゆり学徒隊」の資料館である。

壁面に並んだ女生徒たちのあどけない写真が、今も心に焼き付いている。傷病兵を看護していた壕に砲弾が撃ち込まれ、無残な姿で即死した少女、手榴弾で自決した少女……。かけがえのない二百十一人の命が失われた。

おととい、徳島ホールでドキュメンタリー映画「ひめゆり」（柴田昌平監督）を見た。ひめゆり学徒隊の生存者二十二人の生々しい証言をつづった作品だ。語られる言葉の衝撃に体がこわばり、胸が詰まった。

「捕虜になって無残な殺され方をするより、潔く手榴弾で自決するんだよ」。そう教えられた、と話す生存者。「当時の軍国教育をね、命を大事にしない、国のためなら死んでもいいというあの教育をね、本当に間違った学校教育だったと思います」。

重傷の仲間を置き去りにしなければならなかった苦しみを語る人、少女の遺影をいとおしそうになでる人……。ほとんどが八十歳を過ぎている。映画を見ないまま、亡くなった証言者もいる。よく記録に残したものだ。

天災は忘れたころにやってくるという。戦争も同じだ。若い人たちの姿が少なかった客席に、この国の危うさを感じた。

（2008・12・2）

遠藤実さん逝く

北朝鮮の拉致被害者・曽我ひとみさんは、森昌子さんの「せんせい」「おかあさん」を歌い続けていた。おととい、七十六歳で亡くなった作曲家・遠藤実さんの曲だ。

それを知った遠藤さん。「素晴らしい歌があれば、つらくても生きていける」と心が震えたという。

来日した中国残留孤児の一行と、千昌夫さん「北国の春」を熱唱したこともあった。〈あの古里に帰ろかな……〉。中国でも大ヒットした、これも自身の曲だ。

小学生のとき、東京から新潟に疎開。戦争で父が寝たきりになり、一家七人、極貧のどん底に突き落とされた。旅回りの楽団をしていたころ、吹雪で凍えた手に小便をかけ、温めたこともある。「やせて名もないおれに、まだこんな温かいものが残っていたのか」。

そう思って見上げた空にあった冬の星座。千さんの「星影のワルツ」は、そこから生まれた。舟木一夫さんの「高校三年生」には、子どものころに断念した進学へのあこがれが込められている。

遠藤さんの曲は明るい。子ども時代になめた辛酸も、程度の差こそあれ、戦中・戦後の日本人に共通するものだ。だからこそ、多くの人々の共感を得たのだろう。

歌は世につれ…という。遠藤さんのヒット曲をみると、確かにそう思う。美しい何かが、まだ信じられた時代。遠藤さんの死は、そんな時代の終わりを告げてもいる。

（2008・12・8）

ブッシュ氏に投げられた靴

ブッシュ米大統領は、すこぶる運動神経がいいようだ。そうでなければ矢継ぎ早に飛んでくる靴を、あんなにうまくかわすことができなかったに違いない。

イラクの首都バグダッドで記者会見中、イラク人記者が「犬野郎」と罵声を浴びせながら靴を投げつけた事件。記者は「（米軍の攻撃で）夫を失った女性、親を失った子どもたちからの贈り物だ」とも叫んだ。アラブ社会では靴底は最大の侮辱を意味するそうだ。

記者なら靴ではなく鋭い質問をブッシュ氏に投げつけるべきだった。ただ、この事件はイラク人の反米感情の根深さをも見せつけた。ブッシュ氏が自画自賛する武力による「テロとの戦い」が、いかに多くの市民の命を奪ってきたか。ブッシュ氏は、そのことにあまりにも鈍感だ。

そのイラクで空輸活動を終えた航空自衛隊の撤収が完了した。これで五年間にわたるイラクへの自衛隊派遣はすべて終わる。一人の死者も出さなかったのは幸いだが、多国籍軍兵士の輸送は憲法に抵触しかねない問題を残した。

米国のイラク攻撃をいち早く支持した小泉純一郎元首相の姿勢も、あらためて問われる。復興支援ではなく、戦争そのものに加担したといわれても仕方がないだろう。かわすのではなく、しっかりと受け止める必要がある。

イラク人記者が投げつけた靴は日本政府にも向かう。

（2008・12・19）

二〇〇九年（平成二十一年）

新年の食卓

〈元日に／家族そろって顔を合わせ／おめでとう、と挨拶したら。∥そこであなたは／どこからおいでになりましたか、と／尋ねあうのも良いことです〉

石垣りんさんの詩「新年の食卓」は、そう書き出される。家族に「あなたはどこからおいでになりましたか」と聞かれたら、普通はハア？　と思わず聞き返してしまうだろう。それでも尋ねるのはなぜか。

〈ほんとうのことはだれも知らない／不思議なえにし／たとえ親と子の間柄でも／いのちの来歴は語りきれない〉からだという。なるほど、言われてみればその通りだろう。家族のことは知っているようで知らないものだ。

この詩が詩集「略歴」に収められ、出版されたのは一九七九年。それから三十年、日本も変わった。岩村暢子著「普通の家族がいちばん怖い──徹底調査！　破滅する日本の食卓」（新潮社）によると、元旦の食卓に家族がそろっていない家庭は四割に上る。

親も子も好きな時間に起きて、好きなものを勝手に食べるからだ。しかも、おせち料理を食べない家庭が三割以上。食卓には、袋入りのロールパンや菓子パン、ミカンなどが無造作に投げ出されているという。家庭が崩壊するのも無理はない。

「あなたはどこからおいでになりましたか」。家族がそう尋ね合う。今年はそんな一年でありたいものだ。すべては食卓に始まる。

（2009・1・1）

賀川豊彦献身百年

徳島で幼・少年期を過ごし、日本の社会運動のパイオニアとして知られる賀川豊彦（一八八八—一九六〇年）が神戸のスラム街に住み込み、活動を始めてから今年で百年になる。

これを記念して、賀川ゆかりの徳島、神戸、東京で「献身百年」記念事業が展開される。県内では、ベストセラーとなった自伝的小説「死線を越えて」が復刊されるほか、鳴門市賀川豊彦記念館や県立文学書道館で企画展が開かれる。

賀川豊彦といっても、その業績はあまり知られていない。活動が膨大なこともネックになっているのだろう。貧民救済活動、生協運動、労働組合運動、「世界連邦」の提唱など、ありとあらゆる運動の草分け的存在となった。日本よりも海外での評価が高く、ノーベル平和賞候補にも挙げられた。

活動の原点となったのは、旧制徳島中学時代に米国人宣教師から受けたキリスト教の洗礼だ。吉野川流域の自然も賀川の感性をはぐくむのに役立った。

賀川は戦後こう言っていたという。「日本は豊かになる。しかし、日本人の心は貧しくなる」。その予言は的中した。しかも急激な景気の悪化で、今年は貧困や格差の問題がいっそうクローズアップされそうだ。

そんな年の「献身百年」は単なる偶然とは思えない。時代が賀川を呼び寄せたともいえる。賀川を知り、賀川に学ぶ絶好の機会になりそうだ。

（2009・1・6）

米国初の黒人大統領

「なぜ、一人の男があなた方の前で最も神聖な宣誓ができたのだろうか。その男の父親は、六十年足らず前ならば、地方のレストランで給仕を受けることができなかったかもしれないのだ」。

米国の第四十四代大統領になったオバマ氏は、宣誓後の就任演説でそう述べた。一八六三年にリンカーン大統領が奴隷解放を宣言してから一世紀半、米国初の黒人大統領が誕生した瞬間だ。父親の時代には、レストランばかりでなく学校や列車、トイレまで黒人専用が設けられていた。

そんな中、公民権運動の指導者キング牧師は一九六三年にこんな名演説をした。「私には夢がある。私の四人の子供たちがいつの日か、肌の色ではなく、人格の中身によって判断される国家に住むようになるのです」（『アメリカの黒人演説集』、岩波文庫）。その夢が、半世紀近くたってようやく実現したことを心から喜びたい。

ブッシュ前大統領とは違って、オバマ氏はイラク戦争などの単独行動主義から多国間協調への転換、核廃絶や温暖化防止に取り組むことを宣言した。米国民ばかりでなく、世界の人々が期待を寄せるのも当然だ。

「米国よ。希望と美徳をもって、どんな嵐が来ようとも耐え抜く勇気を持とう」。そう呼びかけたオバマ氏。日本にもこんなリーダーがいればなあ、と思った人も多いだろう。……夢のまた夢か。

（2009・1・22）

150

箱廻しの復活

木偶の入った木箱をてんびん棒でかつぎ、正月などに家々を回る。門付け芸「三番叟まわし」などを上演して、一家の幸運を祈る。

中内正子さん（41）らが演じる「箱廻し」を初めて見たのは二〇〇二年、県立文学書道館の開館式でのことだった。歯切れの良い口上、木偶の躍動感。プロフェッショナルな演技に圧倒されたものだ。

一昨年の国民文化祭で開幕を飾るのも見た。

この箱廻し、元は被差別部落の芸能だったため、後継者が差別を恐れて封印し、一九七〇年ごろには姿を消していたという。よみがえらせたのは、九五年に辻本一英さん（57）らが結成した徳島市国府町の「阿波木偶箱廻しを復活する会」である。

同会がこつこつと収集してきた天狗久の木偶や衣装、木箱など百六十三点の用具類が、県内から初めて国の登録有形民俗文化財に答申された。うれしいニュースである。

中内さんらが門付けをして回る家は、今では八百軒にも上るという。一昨年は山本一力さんの直木賞小説を映画化した「あかね空」（浜本正機監督）にも出演し、箱廻しを全国にPRした。「人形の美しさに驚き、演技を見て、あまりの存在感に言葉を失った」とは浜本監督の言葉だ。

その箱廻しも「復活する会」の頑張りがなければ、とっくの昔に消滅していただろう。保存・伝承の大切さを、あらためて痛感させられる。

（2009・1・26）

芥川賞を逃した名作たち

今年は太宰治の生誕百年に当たる。今も「人間失格」、「走れメロス」などの作品が若者に読み継がれている太宰だが、芥川賞とは縁がなかった。

「でも、受賞に至らなかった作品の中にも、受賞作に負けない名作がある」と作家の佐伯一麦さんは言う。そんな作品十二編を取り上げた佐伯さんの新刊「芥川賞を取らなかった名作たち」（朝日新書）には、太宰の「逆行」とともに徳島ゆかりの作家の芥川賞候補作二編が登場する。

北條民雄「いのちの初夜」と森内俊雄さん「幼き者は驢馬に乗って」。前者は、徳島育ちでハンセン病作家として知られた民雄の代表作。民雄を世に出した川端康成は、その才能を高く評価しながらも、受賞時のセンセーショナルな扱いを危惧して、選考会ではあえて票を入れなかったという。

「幼き者――」は、森内さんのデビュー作。孤独な男を主人公にした幻想的な作品で、これも川端に絶賛された。大阪生まれだが、両親と夫人が本県出身の森内さん。芥川賞候補作「眉山」で描いた徳島大空襲の体験は、「幼き者――」にも登場する。

芥川賞を受賞しても文壇から消えてしまう作家は少なくない。受賞しなくても、長く現役で書き続ける森内さんのような作家もいる。

民雄も森内さんも県立文学書道館の常設展示作家である。展示室で、いぶし銀のような光を放っている。

（2009・2・2）

見直される林業

地球環境問題がクローズアップされるようになって、森林の価値が急速に見直され始めている。しかし、現実には林業従事者の高齢化や後継者不足で間伐が行われず、荒れ放題になった山も少なくない。

「森の力」(岩波新書)の著者・浜田久美子さんは、本当に森が必要不可欠と思うのなら〈人間の側の力量を上げなければならない〉という。なぜなら、森の消失も破壊も〈森そのものの問題ではなく、人間の側の問題〉だからだ。

その森に、少しずつ人が戻りつつある。派遣切りなど、雇用情勢の悪化がきっかけだ。先月、全国森林組合連合会が東京で開いた相談会には、雇用契約を打ち切られた自動車工場の派遣社員ら五千三百人が殺到したという。

農林水産省によると、昨年十二月から先月までの二カ月間に、林業の仕事に就いたのは全国で七十人。重労働で給料も高くはないが、技能さえ身につければ一生続けられる。森林を守る仕事に誇りが持てることや、日没後は家族と過ごせることも魅力のようだ。

林野庁が住宅への国産材使用を後押しするなど、明るさも見え始めている。林業ばかりでなく、後継者不足に悩む農業や水産業にとっても千載一遇のチャンスである。

県や市町村には、第一次産業への就労を促す強力な支援が欠かせない。「森の力」ならぬ「行政の力」の見せどころである。

(2009・2・7)

すべり台社会

「派遣切り」に遭った人々のために東京・日比谷公園に開設された「年越し派遣村」。その村長を務めた湯浅誠さんの講演を徳島市内で聞いた。

いす取りゲームの話が出てきた。十人のうち二人が脱落すると、太りすぎとか、注意力が足りないとか言われる。そんなふうに、日本は脱落した二人に注目する社会。そうではなく、いすの数に注目すれば構造的な問題が見えてくる。

つまり「自己責任論を唱えていては、貧困の問題は解決しない」というわけだ。派遣社員の多くが切られる状態になって「いすに座れないのはたらかないからだ」では済まなくなったと言う。

東大大学院在学中の一九九五年からホームレスの支援活動を続け、現在、NPO法人・自立生活サポートセンター・もやいの事務局長を務める湯浅さん。昨年出版した「反貧困――『すべり台社会』からの脱出」（岩波新書）で大佛次郎論壇賞などを受賞した。

非正規労働者の多くが雇用保険に入っていない。失業給付も受けられない。生活保護を申請しても「若いから働けるだろ」と却下される。どのセーフティーネットにも掛からず、ホームレスに直結する社会。湯浅さんはそれを〝すべり台社会〟と呼ぶ。

リストラの波は正社員にも及び始めた。「貧困を自分の問題としてとらえてほしい」と湯浅さん。すべり台の〝修理〟も急がれる。

（2009・2・12）

LEDアート

エネルギッシュな人の話を聞くと元気が出る。未来に光が差し込む。来年四月に徳島市で開かれる「徳島LEDアートフェスティバル」のアートディレクター、北川フラム・女子美大教授もそんな一人だ。

先日、徳島市で開かれた同フェスティバルのシンポジウムで講演した。新潟県の棚田をアートで彩る「越後妻有アートトリエンナーレ」を成功させた北川さん。「LED（発光ダイオード）を使ったアートはどこもやっていないので、本気で取り組めば世界から人が集まる」と訴えた。

「吉野川は圧倒的だし、食べ物がめちゃめちゃうまい。人間もぎすぎすしていない。そんな徳島が私は大好き」と北川さん。「世界が均一化して面白くなくなった時代には、地域と深くかかわるしか地域再生の道はない」。芸術による街づくりの重要性を熱っぽく説いた。

徳島市出身のアーティスト、たほりつこ東京芸大教授の話も心に響いた。「アートの感動は市民を元気にする。徳島の土地の記憶とリンクしつつ、いかに未来につながるものを作っていけるかが大事」。

きょうはバレンタインデー。これに合わせて午後六時から、たほさんと市民が作ったLEDアートを新町橋東公園で公開する。

LEDアートが、徳島に希望の灯をともせるかどうか。それは北川さんの言うように、市民の本気度にかかっていそうだ。

（2009・2・14）

徳島駅と寂聴さん

〈徳島の駅にたどりついた時、私たちはもう疲れきっていた。バラックの駅の構内から目の前の焼け跡の街を見て、茫然としている時、「はあちゃん」と声をかけられた〉

作家の瀬戸内寂聴さんは、夫と子どもと三人、北京から引き揚げてきた当時の様子を「寂聴自伝――花ひらく足あと」（県立文学書道館発行）に、そう書いている。終戦から一年後、一九四六年八月のことである。

瀬戸内さんはそのとき、声をかけてきた小学校の同級生や姉から、母親と祖父が徳島大空襲で焼死したことを知らされた。この場面は自伝的小説「いずこより」や「場所」に繰り返し描かれ、瀬戸内さんの反戦思想の原点ともなった。

徳島駅が開業したのは明治時代の一八九九年。きょう十六日は百十周年の記念日である。同駅構内で開かれている写真展には、空襲で焼けた初代駅舎の写真もあった。

〈鉄道の駅は、世界のどこの国の、どの町のどんな駅でも、ある同じ雰囲気を持っている〉（「場所」）と、瀬戸内さんは言う。〈それはまた無数の別れの記憶の沈澱した場所でもある。どの駅にも共通して澱んでいるあの哀愁の湿りは、そこに吸いこまれた泪の重さなのかもしれない〉。

百十周年を迎えた徳島駅にも、無数の出会いと別れの記憶が刻まれている。空襲で愛する家族を失った瀬戸内さんの涙も染み込んでいる。

（2009・2・16）

壁と卵

作家の村上春樹さん（60）が、イスラエルの文学賞「エルサレム賞」の授賞式で行った記念講演が話題を呼んでいる。女性や子ども千三百人以上が死亡した、イスラエルによるパレスチナ自治区ガザへの攻撃を批判したからだ。

イスラエルでは「ノルウェイの森」「海辺のカフカ」などの長編小説を中心に十編以上がヘブライ語に翻訳され、人気作家となった村上さん。「芸術的業績と人間への愛に深い敬意を表する」として受賞が決まった。

ところが、日本の非政府組織（NGO）など、複数の団体が「受賞はイスラエルの対パレスチナ政策を擁護することになる」として受賞辞退を求めていた。辞退することで抗議の意思を示す。それも一つの方法だろう。

しかし、村上さんは「欠席して何も言わないより話すことを選んだ」。そして、戦車やロケット弾を「高くて固い壁」、それによって壊される人間を「卵」に例えてこう述べた。「わたしは常に卵の側に立つ」と。

「イスラエルに賞をもらいに来て批判するのはおかしい」。現地にはそんな感想もあったようだ。その一方で、立ち上がって拍手を送る聴衆の姿もテレビはとらえていた。

イスラエルの村上ファンの中には、この日のスピーチに共感して武力によるパレスチナ政策を見直す若者も出てくるだろう。中東和平の夢は、そんな若者に託される。

（2009・2・19）

「蟹工船」ブーム

きょう二月二十日は多喜二忌。言論・思想弾圧の嵐が吹き荒れた一九三三年、特高警察に逮捕され、二十九歳の若さで拷問死したプロレタリア作家・小林多喜二の命日である。

ワーキングプア（働く貧困層）の問題が顕在化するなか、虐げられ、搾取される労働者を描いた「蟹工船」が昨年、若者の間でブームを呼び、新潮文庫版がベストセラーになった。多喜二、二十六歳のときの作品である。発表から今年で八十年になる。

格差社会が進み、給食費や授業料が払えなくなった時代、働いても働いても暮らしが楽にならないワーキングプアが広がる時代。戦後を代表する思想家で詩人の吉本隆明さんは、そんな現代を「第二の敗戦期」と呼ぶ（『貧困と思想』青土社）。

しかし、「貧困だけなら、敗戦直後の方がもっとひどかった」と吉本さん。貧困だけでなく、「本物の言葉をつかまえたという実感が持てない」ことが、若者を「蟹工船」に向かわせたとみる。

「友人同士でひっきりなしにメールをして、いつまでも他愛ないおしゃべりを続けていても、言葉の根も幹も育ちません」。言葉の本質は「沈黙」にあると言い、「自己が自己と問答すること」が大切と呼びかける。

若者の読書離れが進む昨今。「蟹工船」が「本物の言葉」と出合うきっかけになったとすれば、多喜二も本望ではなかろうか。

（2009・2・20）

ケータイ中毒

自転車で走りながら携帯電話の画面をのぞき込んでいる若者をよく見かける。昨年の改正道交法施行に合わせて禁止されたはずだが、なかなか改まらないようだ。

寸暇を惜しんで見なければならないメールや情報が、そんなにあるのだろうか。車が行き交う横断歩道を携帯を見ながら悠然と歩く若者もいる。命が他人任せになっているとしか思えない。"ケータイ中毒"は、相当深刻だ。

文部科学省が初めて行った利用実態調査でも、一日のメール送受信件数が十件以上が小六で22％、中二で61％、高二で58％に上った。一日五十件以上も中二で19％、高二で13％あった。件数が多い子どもほど、夜更かしの傾向がみられるなど、生活への影響もあったという。

《人とつながりたい》「自分を認めてもらいたい」というのが、ハマる人々の言い分である。しかし……空しい自分が空しいままに、空しい他人とつながって、なんで空しくないことがあるだろうか〉

『41歳からの哲学』（新潮社）。小気味よい哲学エッセーで知られた故・池田晶子さんの言葉だ。

〈賢い人間になりたいかどうか、要はそれだけである。自分の人生、自分の生死、そのことの何であるかをわかることもなく終わってもいいと思うのなら、どうぞ、お好きに〉。

鉄は熱いうちに打て、という。中毒も早めに治すに越したことはない。

（2009・2・28）

戦争に奪われた青春

〈わたしが一番きれいだったとき／まわりの人達が沢山死んだ／工場で　海で　名もない島で／わたしはおしゃれのきっかけを落としてしまった∥わたしが一番きれいだったとき／だれもやさしい贈物を捧げてはくれなかった／男たちは挙手の礼しか知らなくて／きれいな眼差だけを残し皆発っていった〉

茨木のり子さんの詩「わたしが一番きれいだったとき」の一節である。徳島市内の阿波銀プラザで開かれている「徳女四十一回同窓生作品展——八十年を生きて」の出品者もまた、茨木さんと同様、徳島県立高等女学校の青春を丸ごと戦争に奪われた世代である。

一九四〇年に徳女に入学した彼女たちは、戦争が激化すると軍需工場に学徒動員され、授業も受けられないまま、終戦の年の四五年に卒業を迎えた。絵を描きたくても画用紙すら手に入らない時代だった。

その空白を埋めるように、戦後は子どものためにセーターを編んだり、美術に親しんだりして趣味の輪を広げてきた。会場には日本画、書、木彫、陶芸、人形など、さまざまな種類の作品が並ぶ。「でも、その人にとっては宝。生きた証しなのです」。

「恥ずかしがる人も多い」と出品者の一人、讃岐比砂子さん。

作品づくりは、戦争に奪われた青春時代を取り戻す行為でもあったのだろう。会場に不思議な華やぎが満ちている。

（2009・3・9）

寂聴さんの記念碑完成

徳島市出身の作家・瀬戸内寂聴さん（86）は幼いころ、新町川でよく一人遊びをした。姉は小学校に行って家におらず、吹き出物の多い体質だったため、近所の子どもが遊んでくれなかったという。新町川の筏に乗って遊ぶうちに川に転落、通行人に助けられ、九死に一生を得たこともあった。そんな孤独な一人遊びが、作家的想像力をはぐくんだことは想像に難くない。自伝的小説「場所」に〈ひとり遊びをより愉しむためには、空想の翼が大きければ大きいほどよかった〉とある。

その新町川を望む新緑まぶしい水際公園に、寂聴さんの文化勲章受章記念碑が完成した。題して「I CCHORA」。一張羅の晴れ着などという〝いっちょうら〟である。香川県庵治町在住の世界的彫刻家・流政之さん（86）が制作した。

庵治石を門のような形に組み上げ、中をくぐると幸せになるという遊び心のある作品。おおらかないい形をしていて、昔からずっとそこにあったとでもいうように、周囲の風景に違和感なく溶け込んでいる。

「深刻ぶらない阿波の調子で造った。この水、この眺め。最高のものができた」と流さん。「幼いころに命を助けられたからこそ、素晴らしい日を迎えられた。皆さんもこの碑をくぐって、一張羅の幸福になってください」と寂聴さん。

この日の天気と同様、笑顔も終始、一張羅だった。

（2009・4・23）

水辺の〝楽校〟

「人生に必要な知恵はすべて幼稚園の砂場で学んだ」。二十年ほど前、こんな長いタイトルのエッセ
ー集がベストセラーになったのをご存じだろうか。

著者は米国のロバート・フルガムさん。牧師、フォーク・シンガー、バーテンダーなどの職を転々
とした人だ。幼稚園の砂場で何を学んだのか。〈何でもみんなで分け合うこと。ずるをしないこと。人
をぶたないこと。使ったものはかならずもとのところに戻すこと……〉（河出文庫）と続く。

これを大人向けの言葉に置き換えれば、仕事や家庭、行政にも通用するとフルガムさんは言う。〈人
生の知恵は大学院という山のてっぺんにあるのではなく、日曜学校の砂場に埋まっていたのである〉。

美馬市の中鳥川沿いに自然体験施設「水辺の楽校」がオープンした。国土交通省のプロジェクトの
一環で、県内では吉野川市、東みよし町に次いで三カ所目だ。炭焼き小屋や遊歩道、テニスコートな
どがあり、カブトムシがすむ林も造るという。

オープン記念に、田んぼの中で泥んこになって宝探しに興じる子どもたちの写真が三日付本紙に載
っていた。子どもはやはり自然の中で思い切り遊ぶのが好きなのだ。「砂場」よりもずっと広い「水辺
の楽校」で、人生に必要な知恵もしっかりと学んでいくのだろう。

伸びやかに、おおらかに。きょうは「こどもの日」。

（2009・5・5）

三木稔さんにアジア文化賞

うれしいニュースが飛び込んできた。第20回福岡アジア文化賞の芸術・文化賞に徳島市出身の作曲家、三木稔さん（79）が決まった。

アジア文化の保存・創造に貢献した人に贈られるもので、日本人の芸術・文化賞受賞は三木さんが初めてである。いつか受賞するだろうと思っていた。三木さんくらい、この賞にふさわしい人はいないからだ。

西洋音楽と邦楽を融合して、新しい音楽を創造したというにとどまらない。アジアの平和の象徴として、日本、韓国、中国の演奏家を結集したオーケストラ・アジアの活動や、中国の天才琵琶奏者・楊静さんをクローズアップした演奏会など、アジアを見据えた活動は枚挙にいとまがない。

その最大の成果は古代から現代を貫く日本史オペラの連作だろう。中でも、「源氏物語」「あだ」「じょうるり」といった英米両国からの委嘱作は、海外でも絶賛を浴びた。

遣唐使の悲恋を描いた「愛怨」も台本の瀬戸内寂聴さんとの〝同郷コンビ〟で話題を呼んだ。「愛怨」は来年、ドイツで十五回上演されることも決まっており、高い評価を受けるのは間違いないだろう。

残念なのは三木さんのオペラを上演できる大ホールが故郷・徳島市にないことだ。そんな県がどこかにあるだろうか。県も市も新たなホール建設を本気で検討しないと、このままではあまりにも情けない。

（2009・6・9）

ホタルの闇を守る

　野菜や果物の中には、一年中、口に入るため、いつが旬なのか分からなくなったものが少なくない。しかし、こればかりは「旬」を逃すと、来年までお預けになってしまう。ホタル見物である。

　県内の名所の一つ、勝浦町三渓へ出かけた。あたりが薄暗くなったころ、坂本川の草むらで、一つ二つと点滅が始まった。感激していると「山の方に、もっといい場所がありますよ」と声をかけられた。地元保存会の女性だった。

　後をついて暗い山道を沼谷川沿いに上る。いた。すごい数だ。無数の光が点滅して、闇が呼吸しているように見える。光の点滅が川面に映って何とも神秘的な光景だ。「二、三日前から急に数が減ってしまって」。決して少なくないのに、保存会の女性は何度も済まなさそうに言った。

　ホタルの光が電灯に邪魔されないよう、街灯には黒い布がかぶせてあった。近くの住民も家の明かりが外に漏れないように注意しているという。

　谷崎潤一郎著『陰翳礼讃』に、こうある。〈近頃のわれわれは電燈に麻痺して、照明の過剰から起る不便と云うことに対しては案外無感覚になっているらしい〉。ホタルの闇を守ろうとする住民の取り組みに、頭の下がる思いがした。

　〈蛍見の人みなやさし吾もやさし〉飯島晴子。そんな気持ちになったのは、何も美しいホタルのせいばかりではないようだ。

（2009・6・16）

柏原千恵子さん死去

戦後最大の思想家で詩人の吉本隆明さんが一九六五年に刊行した「言語にとって美とはなにか」。その中に、こんな短歌が引用されている。

〈ことごとに負けゆくわれの後方（うしろ）より熱きてのひらのごとき夕映〉。作者の柏原千恵子さんが徳島市在住の歌人と知ったのは、徳島新聞社に入って間もなくのことだった。こんな歌人が徳島にいたのかと驚いたものだった。

この短歌を吉本さんは、戦後歌壇をリードした故・塚本邦雄さんの〈はつなつのゆふべひたひを光らせて保険屋が遠き死を売りにくる〉と並べて取り上げている。最先端の表現として高く評価していた。

だが、柏原さんはそんなことを自慢するような人ではなかった。物静かで、空虚な名声や肩書を求める甘えを自らに許さない、厳しい精神の持ち主だった。全国でも一目置かれる存在だっただけに訃報（ふほう）にはショックを受けた。二十五日、八十九歳で亡くなった。

五九年に短歌研究新人賞・第一席。六八年から少数精鋭の歌誌「七曜」を主宰し、本紙「徳島歌壇」選者も二十年以上務めた。柏原さんの選に入ることを喜びとする投稿者は少なくなかった。

第三歌集「飛来飛去」に、こんな短歌が収められている。〈わが灰は山に撒（ま）かれよ放たれよ寝ねぎはにしてひとつ山光る〉。葬儀も近親者と「七曜」の仲間のみで行われた。いかにも柏原さんらしい最期である。

（2009・6・30）

三宅一生さんの被爆体験

三宅一生さんといえば、世界的なファッションデザイナーとして知られる。日本の着物のように身体を包み込む「一枚の布」をコンセプトに、西洋と東洋を融合した衣服を創造して人気を集めた。

その三宅さんが広島で被爆したことを初めて公表、オバマ大統領に広島訪問を促す文章を米ニューヨーク・タイムズ紙に寄稿した。七歳のときの「赤い閃光（せんこう）」の記憶は、目を閉じると今も思い出されるとし、母親が被爆から三年以内に死亡したことも明らかにした。

「原爆生存者のデザイナー」というレッテルを張られるのが嫌で、被爆に関する質問を避け続けてきた三宅さん。沈黙を破ったのは、今年四月、プラハで行われたオバマ大統領の「核兵器のない世界」演説を聞き、被爆体験を語る責務を感じたからだという。

広島・長崎への原爆投下について、米国では、戦争終結を早め、戦争の犠牲者を減らしたとする考え方が根強い。スミソニアン航空宇宙博物館での原爆展が中止されたこともあった。

しかし、核廃絶への機運が高まる今、著名なデザイナーの訴えに心を動かされた米国民は少なくないだろう。広島訪問が実現すれば、オバマ大統領の"核なき世界"への思いも一段と強まるに違いない。

衣服で西洋と東洋をつないだ三宅さんの寄稿が、今度はオバマ大統領と広島をつないでくれると信じたい。

（2009・7・17）

フジヤマのトビウオ

二日にローマのホテルで急死した「フジヤマのトビウオ」こと古橋広之進さんの左手中指は、第一関節から先がなかった。戦時中の勤労動員で旋盤にはさまれたのが原因だ。

泳ぐと指の間から水が抜ける。それで三十三回もの世界記録をよく出せたものだ。ハンディを補うために人の何倍も練習していると、指の間にみずかきのようなものができたという。「魚になるまで泳げ」がモットーだった。

世界記録を出したのは、戦後の一九四七年から四八年。翌年、全米選手権に招かれて、そこでも世界記録を連発した。米国のメディアは「フジヤマのトビウオ」とたたえ、敗戦に打ちひしがれた日本人に勇気と希望を与えた。

現役引退後、日本オリンピック委員会会長などの要職を歴任したが、現場にはよく足を運んでいたという。新聞記者もそうだが、現場に行かないと見えない真実がある。順位や記録ばかりでなく、選手の表情や態度まで見ていたのだろう。九六年のアトランタ五輪では不振の選手が「楽しんで泳げた」と話すのを聞いて激怒したというエピソードも残っている。アテネ五輪・八百メートル自由形で優勝した穴吹高出身の柴田亜衣さんに金メダルをかけたのも古橋さんだった。

八十歳。ローマの世界水泳選手権でも日本選手の活躍を見届けて亡くなった。いや、泳ぎ続けて、魚になったのかもしれない。

（2009・8・5）

太宰治と阿波踊り

太宰治の小説に阿波踊りが登場するのをご存じだろうか。昔話をもとに、太宰の人生観や芸術観をまぶした「お伽草紙」の中の一編「瘤取り」。

右のほおに大きなこぶのあるおじいさんは「四国の阿波、剣山のふもと」に住んでいる。酒飲みで家族に相手にされず、こぶを自分の孫のようにかわいがっているこの孤独なおじいさん。ある日、山中で赤鬼たちが宴会を開いているのに出くわし、円陣の中に飛び込んで自慢の阿波踊りを披露する。

鬼たちは大喜びで、こぶを預かればまた来てくれるに違いないとむしり取る。うわさを聞いた左のほおにこぶのある別のおじいさん。自分もこぶを取ってもらおうと、意気込んで鬼たちに踊りを見せにいくのだが……。

このユーモアあふれる作品は、一九四五年の戦争末期に書かれている。阿波踊りは戦前から少しずつ全国に知られ始めていたが、太宰は実際に踊りを見たことがあるのだろうか。あれこれ想像するだけで楽しくなる。

その阿波踊りがきょう、徳島市で開幕する。こぶ取りじいさんの阿波踊りに負けず劣らず、現代の阿波っ子たちの踊りも素晴らしい。きのう前夜祭で見た有名連三十三連、総勢八百人による怒濤のようなフィナーレは、まさに圧巻だった。

今年は太宰の生誕百年。生きていれば、太宰にもぜひ見てもらいたかった本場の阿波踊りである。

（2009・8・12）

168

お山の杉の子

〈むかしむかしそのむかし／椎の木林の／すぐそばに／小さなお山が　あったとさ　あったとさ〉。

戦中、戦後を通じて国民に愛唱されてきた「お山の杉の子」の一節である。

作詞したのは、宍喰町（現・海陽町）生まれの吉田テフ子（一九二〇—七三年）。その評伝・三田照子著「お山の杉の子」を先日読む機会があった。女性の多くが人生を自由に選択できなかった戦前の時代から、テフ子が自立して生きたことを知り、元気をもらった気がした。

受験した東京の女子医学専門学校が難聴のため不合格になり、地元の小学校教師になったテフ子。戦争が激化すると家の山仕事を手伝うようになる。日本少国民文化協会の歌詞募集に「お山の杉の子」を応募し、入選したのは四四年のことだった。

重苦しい時代の空気を吹き払うように、安西愛子の明るい歌声がラジオから流れると、子どもも大人も大いに勇気づけられたという。テフ子は戦後、北九州市の紡績会社に勤めた縁で同市初の女性市議にもなった。

その後、東京で作家を目指したが、病に倒れ、五十二年の短い生涯を閉じている。八月十八日が命日だった。評伝の著者・三田さんは徳島市の児童文学作家。今年六月、九十二歳で死去した。

この本がなければ、テフ子の生涯は歴史の闇に埋もれていたかもしれない。テフ子も三田さんも、いい仕事を残したものだ。

（2009・8・22）

小津安二郎監督

「麦秋（ばくしゅう）」とは秋ではなく、麦を刈り取る初夏の季節をいう。黄色く色づいた一面の麦畑は、印象派の絵のように美しい。

この言葉をタイトルにした小津安二郎監督の「麦秋」や「東京物語」を先日、あわぎんホールの映画会で見た。いずれも子供の結婚などをきっかけに家族がゆっくりと崩壊していく様子が丹念に描かれ、人間への信頼がしみじみと胸を浸す作品だ。

小津監督の代表作「東京物語」は、笠智衆と東山千栄子扮（ふん）する尾道の老夫婦が、東京で暮らす子供たちの家を訪ねる話。医者の長男や美容院を営む長女は迷惑がるが、原節子演じる戦死した次男の妻だけは二人を優しく迎える。尾道に帰って間もなく老妻は死に、老父が一人取り残される。葬儀の後、老父が次男の妻に感謝の言葉を述べるシーンが心にしみた。一九五三年のモノクロ作品なのに全く飽きさせない。ヴィム・ベンダース監督ら世界の巨匠に大きな影響を与えたのもうなずける。

〈欲を言ったら切りがないが、わしらは幸せだよ〉。老父の同じせりふが「麦秋」にも登場する。映画を通して、小津監督が言いたかったことの一つなのだろう。戦後六十四年の間に、日本人が失ったものの一つでもある。

小津監督が、そう問いかけてくる。

足るを知れば心静かにいられるのに、もっともっと、と際限のない欲望に取りつかれていないか。

（2009・9・2）

高橋順子詩集「お遍路」

詩人の高橋順子さんが詩集「お遍路」（書肆山田）を出した。昨年、夫の直木賞作家・車谷長吉さんと歩き遍路をした体験をまとめた詩集である。

先に出版された夫の「四国八十八ヶ所感情巡礼」（文芸春秋）によると、高橋さんは神山町の民宿で階段から転落、頭を十三針縫うけがをした。徳島市内では足首をねんざ。バスに乗ったり歩いたりの遍路行を余儀なくされた。

それでも詩には、生きて遍路ができる喜びがつづられている。〈風に吹かれると　うれしい／川があると　うれしい／銀色のフナが泳いでいる　うれしい／捻挫した足をひきずっていても／歩いていると　うれしい〉（「死ななかった日のあした」）。

高橋さんの父親は愛媛県西条市の生まれ。小学六年のとき、千葉県の伯父の家に養子にもらわれ、九十二歳の今もそこで暮らしている。〈わたしの血の半分を／はぐくんだ土地を歩いてみたいと思った〉（「父の国」）のが、四国遍路に出るきっかけだった。

〈わたしはわたしを歩くことになるだろうと思っていたが／歩くほどに　わたしは父を歩くことになった／四国の子だった父を──こんなに青い風土と別れねばならなかった／父の幼年の／代参をしなければならないと思ったのだ〉

無事回り終えて、ほっとしたことだろう。四国遍路には、お遍路さんの数だけ人生のドラマがある。

（2009・9・3）

姿消す養蚕業

絹糸の原料となる白い繭を家に三つ、大事に飾ってある。今年の春、県立文書館で開かれた企画展「近代阿波の養蚕」の会場に持ち帰り用として置いてあったものだ。

繭は静かに美しい光沢を放っていて、軽くて小さいのに、何ともいえない存在感がある。本物の力なのだろう。その繭をつくる県内の養蚕業が今秋、百三十年の歴史に幕を下ろすことになった。

繭の生産量がピーク時の〇・一%以下に落ち込み、採算が取れなくなったことや養蚕農家の高齢化を理由に、全農とくしま県本部や県が打ち切りを決めた。ピーク時の一九三三年（昭和八年）に四万戸近くあった養蚕農家も、今は十六戸に減っている。

立石恵嗣・県立文書館主任専門員の本紙連載によると、阿波藍が衰退した明治中期以降、藍商が養蚕に転換。吉野川流域は見事な桑畑に姿を変え、やがて本場の群馬や長野と並んで「日本の三大桑園」と呼ばれるようになる。

製糸業が盛んだった鴨島町は「蚕都」として栄えた。しかし、戦後は化学繊維が普及。安い外国産の繭や生糸にも押され、衰退の一途をたどってきた。

池田町などで栽培されていた葉たばこ「阿波葉」の出荷も、今秋、四百年の養蚕ばかりではない。

歴史にピリオドを打つ。阿波藍と並んで徳島経済を支えた近代の産業が二つそろって姿を消す。時代とはいえ、寂しいものだ。

（2009・9・4）

172

待てない社会

徳島県民の交通マナーは、あまり褒められたものではないようだ。最近の本紙「読者の手紙」欄に「目を疑う信号無視の運転手」「あきれる県人の交通マナー」といった投書が相次いだ。

信号無視について投稿した阿波市の主婦（40）はこう書いている。〈私も何度かひやりとさせられた。無謀な運転がどのような状況を招くかといった想像力が必要なのではないか〉。

何かにせかされ、待つことができなくなった日本の社会。シチズンホールディングスが今春行った「待ち時間」の調査でも、「エレベーターを待つ」のは半数近くが三十秒まで、「歩行者として信号を待つ」のは四人に三人が一分以内にイライラすると答えている。

なぜ、そんなにせっかちになったのか。哲学者の鷲田清一さんは、携帯電話などの登場で「待たなくてよい社会」になり、「待つことができない社会」になったと指摘する（『「待つ」ということ』角川選書）。ラブレターの返事を待つ濃密な時間、物事を長い目で見る余裕……。待てないイライラが信号無視につながり、命を失ったり奪ったりしては元も子もない。

二十一日から秋の全国交通安全運動が始まった。この機会に、悪いといわれる交通マナーを見直したいものだ。「待つ」ことで心にゆとりが生まれ、交通事故も減るだろう。

（2009・9・23）

173　2009年（平成21年）

庄野潤三さん死去

八十八歳で死去した作家の庄野潤三さんは、徳島に縁のある人だった。本人は大阪生まれだが、父・貞一さんは神山町、母・春慧さんは徳島市の出身である。

エッセー「帝塚山界隈」に、こうある。〈父と母とは大阪の人ではなくて、阿波の徳島の産である。家庭で話している言葉に、阿波言葉がよく出て来る。「してはいけません」というところを「せられんでよ」という〉。

食べ物についても書いている。〈母は徳島の「すだち」を使って「かきまぜ」というすしをこしらえた。それは大阪のすしとは全く違った味のものであった〉。

県内には、ちらしずしを「かきまぜ」と呼ぶ地域があるようだ。庄野さんの小説やエッセーには、その「かきまぜ」がよく登場する。母は故郷の味が懐かしくて、頻繁に「かきまぜ」を作っていたのだろう。

文学的には、戦争体験が濃い影を落とす第一次戦後派、第二次戦後派に続く「第三の新人」に分類される庄野さん。安岡章太郎さん、吉行淳之介さんら個性的な作家が多い「第三の新人」にあって、家族や老夫婦の穏やかな日々を見つめる私小説を数多く発表した。

芥川賞受賞作「プールサイド小景」「静物」「夕べの雲」。大きな事件やドラマがあるわけではない。だが、そんな平凡な日常の中にこそ生きる喜びがあるのだと、静かな淡々とした口調で語りかけてくる。

（2009・9・24）

鞆の浦景観訴訟

海辺の小さな町を舞台に、人間になりたいと願う魚の女の子・ポニョと人間の男の子の交流を描いた宮崎駿監督のアニメ映画「崖の上のポニョ」。昨秋、県内でも公開されたこのアニメの構想を、宮崎監督は瀬戸内海の景勝地、広島県福山市の鞆の浦で練った。

港を見下ろす丘の上の民家を二カ月間、借り切って滞在。奈良時代から寄港地として栄えた歴史的な町を毎日散歩したという。湾が円弧を描く美しい鞆の浦のイラストが「——ポニョ」のパンフレットに載っていたのをご記憶の方もいるだろう。

その鞆の浦の景観訴訟で、広島地裁が知事の埋め立て免許差し止めを命じる判決を下した。渋滞解消を狙いに県と市が港の一部を埋め立て、湾を横切る全長百八十メートルの橋を建設する計画に対して同地裁は「文化的、歴史的景観は守るべき国民の財産」として待ったをかけた。

画期的な判断というが、むしろこうした判決がなかったのが不思議なくらいだ。県内でも徳島市の新町西地区再開発が眉山の景観を壊すなどとして反対運動が起き、計画が頓挫したのは記憶に新しい。もし、鞆の浦が埋め立てられ、橋が架かっていれば、美しい景観は一度壊されると元には戻らない。

宮崎監督の「——ポニョ」も生まれなかっただろう。景観が壊されることへの痛みの感覚が、人にやさしい町や文化をつくっていく。

（2009・10・6）

裁判員裁判初判決

「愛というものが、私にはよく分かりません」——。弁護士から「お母さんに愛されていると感じたことは」と聞かれ、被告が答えた言葉だ。

事件の背後には、多かれ少なかれ、こうした生い立ちの不幸があるものだ。母親を殺害し、県内初の裁判員裁判として注目された東みよし町の放火殺人事件。被告人質問でのやり取りを報じた八日付本紙社会面を読んで、冒頭の言葉がずしりと胸に残った。

被告の母親は計算問題がうまく解けない被告を「学習障害児」と呼び、授業参観にも行かなかったという。「(妹や弟がほしいと言うと)『あんただけでうんざり』と言われた」とも述べている。

それでも「今は申し訳なく思っている」と話した被告に、裁判員は情状酌量の余地を見て取ったのだろう。懲役十八年の求刑に対し、懲役十一年の判決を下した。

「ありがとうございます」。判決言い渡し後、感謝の言葉を述べる被告の姿を見て、数人の女性裁判員が「母親の気持ちになって涙が止まらなかった」と記者会見で声を詰まらせたそうだ。裁判員裁判ならではの光景だろう。

先日、市民のこんな声も聞いた。「最初は裁判員なんて嫌だと思っていたけど、裁判の記事を読むうちに興味がわいてきた」。選ばれれば前向きに取り組みたいと言う。より市民に開かれた裁判員裁判へ、裁判所側の工夫も求められる。

（2009・10・10）

徳島音楽コンクール

名ピアニストの一人、マルタ・アルゲリッチさんはコンクールが嫌いだった。一九五七年、十六歳のときブゾーニ国際ピアノコンクールで優勝するが、十日後のジュネーブ国際ピアノコンクールを控え、急に怖くなる。

友人の家で夜更かしをし、コンクールに意識的に遅刻した。審査員はすでに引き揚げていたが、友人が交渉すると彼女のピアノを聴くために戻ってきた。そして、ここでも優勝する。

青柳いづみこ著「ピアニストが見たピアニスト」に、そんなエピソードが載っている。徳島文理大で開かれた第一回徳島音楽コンクールを聴きながら、その話を思い出した。

出場者の緊張感が客席まで伝わってきて、痛々しいほどだ。アルゲリッチさんでも逃げ出したくなったのだから無理もない。無責任な聴衆の一人としては出場者全員に賞をあげたくなった。

弦楽器部門の大学・一般の部で金賞を射止めたのは、徳島市出身で桐朋学園大音楽学部二年の寺内詩織さん。昨年の日本音楽コンクール・バイオリン部門で三位になった若手のホープである。演奏が始まった途端、会場の空気が一変した。今後の活躍が楽しみな一人だ。

残念なのは一般の入場者が少なかったこと。来月二十八日午後三時から同大で入賞記念コンサートが開かれる。徳島初の本格的な音楽コンクールである。県民の手で大きく育てたい。

（2009・10・20）

言葉は人生の杖

本紙「読者の手紙」に、最近こんな投書が相次いだ。〈県立図書館の予算増を望む〉〈図書購入費削減　県は見直せ〉。

藍住町で開かれた県読書振興大会で、財政難で新刊書の購入すらままならない図書館の現状を憂える声が上がったのがきっかけだ。〈いくら財政難といっても約五千億の県予算のうちの一億円くらい図書予算に割けぬものか〉。小松島市の宮泰弘さんはそう批判する。

県立図書館の本年度の図書購入費は約三千二百万円。一億一千万円以上あった一九九七年度の三分の一以下である。これでは県の掲げる文化立県が泣くだろう。

〈言葉は、人生を歩くための杖である〉と文芸評論家の秋山駿さんは言う（「片耳の話」光芒社）。〈若いときは、高く跳ぶための杖だが、老いれば、転ばぬための杖である〉と。

言葉と出合う最良の方法は、なんと言っても読書だろう。図書購入費の大幅な削減は、そうした言葉との幸福な出合いを阻むことにもなりかねない。秋山さんは、こうも言う。〈人間の良い言葉を持っていなければ、青年であってもすでに人生は耐え難いものになっているだろう〉。

二十七日から読書週間が始まった。今年の標語は〈思わず夢中になりました〉。秋の夜長、携帯電話やパソコンの画面を閉じて本のページを開いてみよう。"人生を歩くための杖"に出合えるかもしれない。

（2009・10・30）

178

斎藤祥郎さん死去

県歌人クラブ会長で、徳島新聞「徳島歌壇」選者の斎藤祥郎さんが亡くなった。八十二歳だった。

驚くのは、歌人クラブ会長を二十二年、徳島歌壇選者を三十年、歌誌「徳島歌人」主宰を四十二年も務めていることだ。まさに短歌一筋の生涯である。いったい、どれだけの人が斎藤さんの薫陶を受けたのだろう。 失われたものの大きさに、あらためて気づかされる。

思い出すのは、文化部の記者時代にインタビューしたときのことだ。戦後五十年を迎えた一九九五年、連載企画「歌人が語る戦中・戦後」の第一回に登場していただいた。 照れ屋でふだんは淡々、ひょうひょうと話す斎藤さんだったが、このときばかりは違っていた。

自らの内面をえぐるような口調で、原爆投下から二日後の広島の惨状などについて語った。 久留米の士官学校へ向かう途中、目の当たりにしたその光景、戦死を美化する軍国主義教育の怖さ……。 高校の教師時代に受験指導に追われ、生徒たちに戦争体験を語れなかった悔いについても、切々と語った。

退職時の思いを詠んだのだろう。 こんな短歌をつくっている。〈花束を抱へ校門出でむとす銃執り学徒兵たりしこの手に〉。 自己の内面や日常を見つめた、鋭く繊細なエッセーも数多く残した。

今年の六月には歌人の柏原千恵子さんが逝き、そして斎藤さんが逝った。 この世がだんだん寂しくなる。

（2009・11・6）

「村祭」の作曲者・南能衛

〈村の鎮守の神様の　今日はめでたい御祭日　どんどんひゃらら　どんひゃらら　どんどんひゃらら　どんひゃらら　朝から聞こえる笛太鼓〉。文部省唱歌「村祭」の一番の歌詞である。

この歌の作曲者・南能衛（一八八一—一九五二年）が、徳島市出身であることはあまり知られていない。

先日出版された竹内貴久雄著『唱歌・童謡　一〇〇の真実』（ヤマハミュージックメディア）は、南が「村祭」ばかりでなく、「村の鍛冶屋」を作曲した可能性にも触れている。

同書によると、東京音楽学校（現・東京芸大音楽学部）の助教授だった南は、明治時代末の一九〇八年から五年間ほど、文部省の唱歌編集委員を務めた。その後、同校を依願退職、兵庫県の東洋楽器でオルガン製造に携わったという。

横浜市歌や東京都立立川高校の校歌なども作曲した。横浜市歌は一九〇九年、横浜港開港五十周年を記念して作られたもので、作詞は文豪・森鷗外。誕生から百年たった今も、市民に歌い継がれている。

しかし、南の名は音楽事典を引いても出てこない。これは文部省唱歌の作詞・作曲者が長い間、不詳とされてきたからだろう。

南は徳島の子ども時代を思い出しながら「村祭」を作曲したに違いない。その南の研究が進み、一日も早く「村祭」の作曲者として広く認知されるようになることを期待したい。

（2009・11・19）

「阿波の歴史小説」三十周年

歴史好きの若い女性を「歴女」というそうだ。戦国時代をテーマにしたゲームやアニメの影響で二、三年前から女性の戦国ブームに火がつき、直江兼続の生涯を描いた今年のNHK大河ドラマ「天地人」が拍車をかけた。

現代ではあまりみられなくなった熱い正義感や筋を通す生き方が魅力だそうで、武将の生誕地や城巡りも人気を集めている。徳島城博物館にも若い女性の姿が目立ってきた。

そうしたブームの影響もあるのだろうか。「阿波の歴史を小説にする会」（林啓介会長）が毎年刊行している「阿波の歴史小説」の売れ行きも好調のようだ。一九八〇年の創刊から三十周年を迎え、先日、記念号を例年より多い一千部発行した。

最晩年に北海道を開拓した〝徳島の赤ひげ先生〟こと関寛斎や、人類学者・鳥居龍蔵の妻きみ子らを描いた会員十二人の作品を収めている。三十年間に世に出した歴史小説は三百編以上。歴史に埋もれた徳島の先人を発掘し、現代によみがえらせる活動には意義深いものがある。

気になるのは会員の高齢化だ。同会の有力な書き手だった「徳島作家」元主宰・田中富雄さんや直木賞候補になった中川静子さん、芥川賞候補の岡田みゆきさんらも亡くなった。

それなら私が……という意欲的な若い書き手は、県内にいないのだろうか。筆の立つ「歴女」「歴男」の登場に期待したい。

（2009・11・30）

181　2009年（平成21年）

悲しみを聴く石

戦場で負傷し、植物状態のままベッドに横たわる夫。コーランの祈りをささげながら看病する妻――。フランスに亡命したアフガニスタンの作家、アティーク・ラヒーミーさんの「悲しみを聴く石」（白水社）はそんな設定の小説である。

悲しみを聴く石とは、苦悩を告白すると、それを吸い取って粉々に砕けると言い伝えられる〝聖なる石〟のこと。妻は何の反応もない夫をその石に見立て、さまざまなことを語りかける。

戦争の正しさを信じて疑わなかった夫への不満、男社会で抑圧されたアフガンの女性たちの悲しみ……。銃声や爆発音がひっきりなしに響く中、物語は妻の罪深い告白によって悲劇的な結末へと一気に突き進む。

昨年、フランスで最も権威のあるゴンクール賞を受賞した作品である。

受賞といえば、きのうのオバマ米大統領にノーベル平和賞が贈られた。「核なき世界」宣言は文句なしに素晴らしい。それだけに、アフガン駐留米軍の増派決定には首をかしげざるを得なかった。

増派はテロの激化を招きこそすれ、治安の安定につながるとは思えないからだ。かつて「イスラムとの対話」を掲げたオバマ氏はどこへ行ったのだろう。

テロや戦争の犠牲になるのは、いつも女性や子どもたちである。アフガンでも多くの市民が亡くなっている。オバマ氏には、その悲しみを聴く石であってほしい。

（2009・12・11）

クリスマスだから考える

ユニセフ（国連児童基金）からこんな資料が届いた。〈世界で一歳まで生きられない子どもは年に六百万人〉。

母親の栄養不良や重労働が原因で、十分に育たなかったり、不衛生なため生まれたばかりの赤ちゃんが破傷風などの感染症にかかったりして命を落としているという。こんなケースが紹介されていた。

〈アンゴラに生まれたスザナは、産声をあげることができませんでした。小さな胸で呼吸をしようとするのですが、どうしても最初の息ができませんでした。でも、お母さんはわが子を抱きしめることしかできません〉

芥川賞作家で詩人の故・阪田寛夫さんに、「クリスマスだから」という童謡詩がある。こんな詩だ。

〈クリスマスだから／かんがえる／たくさんたくさん　たくさん／かなしんでいる／ひとの　こと〉。

「サッちゃん」の作詞者としても知られる阪田さん。「クリスマスだから」を書いたとき、頭の中では飢えや病気に苦しむ世界の子どもや母親の姿を思い描いていたのではないだろうか。

きょうはクリスマスイブ。日本の子どもたちはサンタクロースからどんなプレゼントをもらうのだろう。あるいは貧しくてもらえない子もいるのだろうか。幸福なときこそ、そんな人たちのことを考えられる人間になってほしい。阪田さんの詩は、子どもたちにそう呼びかけているようだ。

（二〇〇九・一二・二四）

二〇二〇年（第二十二年）

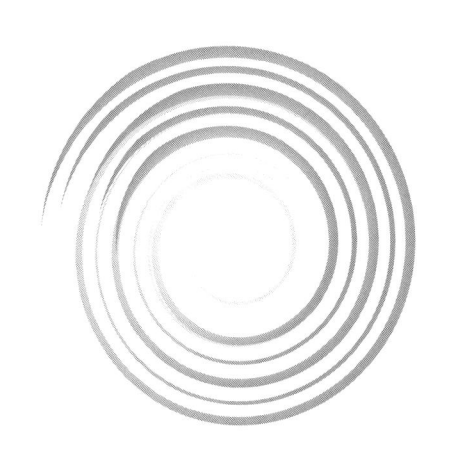

佃實夫展

阿南市出身の作家・佃實夫さん（一九二五─七九年）といっても知る人は少ないのではなかろうか。晩年のモラエスを描いた「ある異邦人の死」で芥川賞候補になった人である。

小説にとどまらず、評論家の鶴見俊輔さんらが作った「思想の科学研究会」で戦後日本の占領史研究をするなど、幅広い分野で活躍した。県立文学書道館で開催中の「知の希求者・佃實夫の仕事」展を見て、残した仕事の膨大さに圧倒された。

生まれつき病弱だった佃さんは、書店経営や県立図書館司書などをしながら作家を志した。若いころの日記やノートは几帳面な字でびっしりと埋まり、後の佃さんの仕事ぶりをほうふつとさせるものがある。

佃さんと親しかった作家の五木寛之さんは「佃實夫─雨の日の回想」に、こう書いている。〈なにか重いものをじっとしょい込みながら、それでも眼鏡の奥で静かに微笑しているような人柄〉だった、と。

〈佃さんがいなくなったあと、私たちはみんな心のどこかで、いつも彼がいたらなあ、と思いつづけてきたような気がする〉とも。「私」ではなく「私たちみんな」だったところに、佃さんがいかに多くの仲間の信頼を得ていたかがうかがえる。

思えば幸せな作家だったのではなかろうか。粘り強く努力して生きることの大切さを、「佃實夫の仕事」展に教わった。

（2010・1・8）

啄木と現代の貧困

石川啄木が最初の歌集「一握の砂」を出し、歌壇に新風を吹き込んだのは一九一〇年（明治四十三年）のことだった。当時二十五歳の啄木は、妻子を抱えて極貧の生活をしていた。

〈はたらけど／はたらけど猶（なお）わが生活（くらし）楽にならざり／ぢつと手を見る〉は、そんな暮らしの中から生まれた。啄木と親交のあった言語学者・金田一京助によると、一家の米びつはいつも空っぽで、ほとんど餓死線上をさまよっていたという（「一握の砂・悲しき玩具」新潮文庫）。

その「一握の砂」の刊行から今年でちょうど百年になる。しかし、啄木の短歌は古びるどころか、いよいよリアリティーを増すようだ。厚生労働省の二〇〇七年の調査によると、過去一年間に経済的な理由で家族の食料を買えなかった経験を持つ家庭は15・6％にも上った。

経済的理由とみられる自殺も増え、昨年の自殺者は三万二千七百五十三人と十二年連続で三万人を超えた。啄木も、こんな短歌を作っている。〈大（だい）といふ字を百あまり／砂に書き／死ぬことをやめて帰り来（きた）れり〉。

しかし、金田一によると「どんな時代、どんな所でも、啄木は凡そ自暴自棄にはならなかった」。それは啄木が一貫して自己を愛していたからだ、と金田一は言う。

啄木の時代の貧困は、現代の比ではないだろう。強く生きるための教育が、今ほど求められる時代はなさそうだ。

（2010・1・29）

立松和平さん逝く

作家の立松和平さんといえば、一九八〇年に出た「遠雷」がまず浮かぶ。東京近郊の農村を舞台に、都市化の波にあらがって生きる若者を描いて野間文芸新人賞を受賞した作品だ。

翌年には永島敏行さん主演で映画化され、汗と土のにおいを放つこの小説を一躍、有名にした。

二〇〇〇年に〝遠雷四部作〟が完成したとき、立松さんは、高度成長からバブル崩壊に至る日本の戦後をこう批判した。

〈村が解体し、家が解体し、個までが解体した〉と。栃木県宇都宮市に生まれ、都会の人工的な空間に違和感を抱き続けた作家は、人が生きるに値する自然を求めて日本を旅する。徳島にも何度も来た。

吉野川第十堰の可動堰化反対運動の中から生まれた「川の学校」の講師も務めた。〈長良川の河口堰なんか見るとぞっとしますよ。川の首を絞めている。暴力です。吉野川は、その愚を繰り返してはいけない〉。当時、本紙の取材に語った言葉だ。

四国遍路にも訪れた。生きることは旅であり、死ぬことも向こうの世界への旅である──。遍路に重ねて、そんな死生観も披瀝している〈緑の星に生まれて〉学習研究社刊）。

八日、〝向こうの世界〟に旅立った立松さん。遍路でもするように、すっと死の世界に歩み入ったのだろうか。六十二歳。自然も人も無残に解体していく時代への発言を、もっと聞きたい人だった。

（2010・2・11）

ヘッセの昆虫展

「車輪の下」などの小説で知られるドイツの作家ヘルマン・ヘッセ。この作家の「少年の日の思い出」という短編を、中学の国語の教科書で読んだ人は多いだろう。

少年時代にチョウの収集に夢中だった「僕」が、隣家の少年が持っているクジャクヤママユという珍しいガの標本を盗んでしまう話である。返そうとするが、時すでに遅し。ガはポケットの中でつぶれていた。家に帰った僕は、自分の標本箱からチョウやガを取り出し、粉々につぶしてしまう……。

そんな話をもとにした「ヘルマン・ヘッセ昆虫展　少年の日の思い出」が徳島県立博物館で開かれている。小説に登場するガやチョウのほか、壊れた標本も展示され、「少年の日の思い出」の世界をノスタルジックに再現している。

ヘッセ自身も生涯にわたってチョウを愛し続けたようだ。〈色美しくそよ風のように飛ぶおまえが／私には天国から来たように思われて……〉といった詩「蝶」も残している。

少年時代に何かに夢中になったり、友達を傷つけて、激しく後悔したりといった経験は誰にもあるだろう。展示を見ていると、そんな甘酸っぱく、ほろ苦い思い出が、一気によみがえるような感覚にとらわれる。

遠くを見つめるヘッセの思索的な横顔の写真もいい。大人になると失う何かを、思い出させてくれる展覧会である。

（2010・2・26）

遊山箱

きょうはひな祭り、桃の節句である。徳島新聞社が一九八五年に出した「阿波俳句歳時記」の「雛^{ひな}祭り」の項にこうあった。

〈子供たちは提げ重にごちそうを詰めてもらって友達の家の雛壇の前で食べたり、野外で提げ重を開いたりしていた〉。「提げ重」とは遊山箱のことである。過去形で書かれているから、すでに遊山箱の風習は途絶えていたのだろう。

復活したのは五年ほど前から。当時、徳島大の助手だった三宅正弘・武庫川女子大准教授が、本紙「暮らし」面の連載で遊山箱の魅力に注目したのがきっかけだった。以来、商店街のショーウインドーに飾られたり、遊山箱作り教室が開かれたりして、今ではすっかり市民権を取り戻した格好だ。

徳島市立木工会館で開かれている遊山箱の新作展示会をのぞいた。シンプルなものから豪華なものまで、約百点が所狭しと並んでいる。赤・黄・緑の三段重ねが何ともいえず懐かしい。同館では毎年三百個前後が売れているという。

この遊山箱について、女優の藤村志保さんがこう語っていたのを思い出す。〈お母さんが心を込めて作った料理を遊山箱に詰める。私にはあなたが大事なのよというメッセージが、子どもを豊かに育てるのだと思う〉。

江戸時代から徳島だけで使われてきた遊山箱。その役割は、現代でも小さくないようだ。

（2010・3・3）

黒沢明生誕百年

　映画「生きる」や「七人の侍」で知られる黒沢明監督は、一切の妥協を許さない完全主義者として知られた。エピソードには事欠かない。

　例えばセットを本物に見せるため、民家の周りの野菜や草花は数カ月前から植えて育てる。台所の棚の上の小道具にもこだわり、どこに何があるかまで覚えているといった具合だ。

　「そこはスクリーンに映らないからなんて言い出したら、もうダメ。映らないところまで一生懸命やる気にならないと、映るところもちゃんとできない」。ビデオ「黒沢明　映画の秘密――『八月の狂詩曲』の現場から」の中で、そう語っている。どんな仕事にも通じる言葉だろう。

　徹底的にリアリティーを追求するそんな姿勢が「世界のクロサワ」を生み出した。コッポラ、スピルバーグら、世界の名だたる映画監督が黒沢映画の影響を受けた話は有名だ。

　完全主義者ではあっても、ワンマンではなかった。むしろ撮影が思い通りに進むと「スタッフも俳優も僕の言いなりに動いているようで、ちっとも面白くない」と言う。それぞれの侍が持ち場持ち場で個性を発揮し、野武士の襲撃から村を守る「七人の侍」を思い出させる言葉だ。

　きょうは黒沢監督の誕生日。生誕百年の記念の日である。亡くなって十二年たつが、その映画や発言は、今も私たちの心に生き生きと働きかけてくる。

（2010・3・23）

桜開花

染織家の志村ふくみさんは、数十年来、さまざまな植物の花や葉、幹などを使って染めてきた。ある年の三月、粉雪の舞う京都・小倉山のふもとで桜の木を切る老人に出会い、枝をもらって帰った。煮出して染めると、ほんのりと桜色に染まった。その後、九月に滋賀県で桜の木を切るという話を聞き、喜び勇んでまた染めた。しかし、三月の桜の木とは違って、匂い立つことはなかったという。

〈その時はじめて知ったのです。桜が花を咲かすために樹全体に宿している命のことを。一年中、桜はその時期の来るのを待ちながらじっと貯めていたのです〉（「一色一生」講談社文芸文庫）。友人が桜の花びらだけを集めて染めたが、灰色がかった薄緑にしかならなかったとも書いている。

徳島のソメイヨシノも、咲く時期が来るのを待ちながら、じっと命を貯めていたのだろう。徳島地方気象台がきのう、桜の開花を発表した。中四国では最後になったが、これでやっと徳島にも春が来る。

栃木県では十七年半もの間、無実の罪で拘置されていた菅家利和さん（63）に、ようやく春が訪れた。この日をどれだけ待ちわびていたことか。開き始めた桜の花も、菅家さんの再審無罪を祝福するだろう。今後は生活の再建と冤罪をなくす活動に取り組んでいく菅家さん。失われた歳月は戻らないが、第二の人生が花開く。

（2010・3・27）

建築は人を呼ぶ

北海道の旭山動物園などと並んで、石川県の金沢21世紀美術館が人気を集めているのをご存じだろうか。昨年十月の開館五周年で、入館者は七百万人を突破した。

水の底に人がいるように見える「スイミング・プール」や、天井の開口部から刻々と変化する空の表情が楽しめる「ブルー・プラネット・スカイ」……。とかく難解と敬遠されがちな現代アートが家族連れらに好評で、筆者が訪れたときも館内に子どもたちの歓声が響いていた。

人気の秘密は建物にもあるようだ。全面ガラス張りの円形の美術館は明るく開放的で、そこにいるだけで気持ちが伸びやかに広がるのを感じる。

設計したのは建築家の妹島和世さん（53）と西沢立衛さん（44）による設計事務所「SANAA」。二人は先日、建築界のノーベル賞といわれる今年の米プリツカー賞に決まった。日本では丹下健三、槇文彦、安藤忠雄の各氏に次ぐ快挙である。

安藤さん設計の地中美術館などが人気を集める瀬戸内海の香川県・直島。そのフェリーターミナル「海の駅なおしま」や和歌山の「熊野古道なかへち美術館」も二人の作品だ。

本県に著名な建築家の公共建築物がないのは、行政の文化意識が低かったせいだろう。面白い現代美術や優れた建築は多くの人を呼び寄せる。妹島さんらの受賞が、建築への関心を高めるきっかけになってほしい。

（2010・4・2）

193　2010年（平成22年）

全国学力テスト

〈車がない／ワープロがない／ビデオデッキがない／ファックスがない／パソコン　インターネット　見たこともない／けれど格別支障もない〉

茨木のり子さんの「時代おくれ」という詩だ。こう続く。〈そんなに急いで何をするの／頭はからっぽのまま〉。時代に乗り遅れまいとして"文明の利器"に飛びつく。〈そんなに情報集めてどうするの／そんなに急いで何をするの／頭はからっぽのまま〉。

そんな日本人の生き方や横並び意識を痛烈に批判した詩だ。

きのう行われた全国学力テスト。政権交代で全員参加から約30％の抽出方式になったにもかかわらず、多くの学校が自主参加したようだ。徳島県も97・9％が受けた。これも横並び意識の表れだろう。

点取り競争をあおるだけで、本当の学力は身に付かないといわれるこのテスト。試験中に先生が誤答を指さす不正があったり、テストのための授業が行われたりといった弊害すら出ている。

尾木直樹著『全国学力テスト』はなぜダメなのか』によると、学力世界一のフィンランドにはテストがない。知識の詰め込みではなく、発想力や表現力、コミュニケーション力などを鍛えることに重点を置いている。どちらが望ましい教育かは、言うまでもないだろう。

茨木さんが生きていれば、こう言うかもしれない。「そんなに競争させてどうするの。いい点取って何をするの。生きる力も育たないまま」。

（2010・4・21）

「寡黙なる巨人」の戦死

　二十一日に死去した免疫学者の多田富雄・東大名誉教授は、能に造詣が深かったことでも知られる。鼓を打ち、脳死や原爆をテーマにした新作能も残した。

　しかし、何よりも多田さんを有名にしたのは、二〇〇七年に出版し、小林秀雄賞を受けた「寡黙なる巨人」である。〇一年に脳梗塞で倒れ、重い右半身麻痺と言語障害が残る中、リハビリに取り組み、少しずつ生きる希望を取り戻していく様子がつづられていた。

　脳梗塞になった直後は、死ぬことばかり考えた多田さん。リハビリで一歩歩けたときは涙が止まらず、一歩が二歩、十メートルが三十メートルになり、それが生きがいになっていった。そんな多田さんを怒らせたのが、小泉政権による〇六年の診療報酬改定だった。

　リハビリ期間が発症後百八十日までと制限され、多くの患者がリハビリを打ち切られた。死ねということか。多田さんは国を痛烈に批判した。〈そんな制度をつくる国が、どうして「福祉国家」と言えるのであろうか〉と。

　リハビリを続けるうちに自分の中に生まれた「新しい人」。多田さんはそれを「巨人」と呼んだ。慣れない左手でパソコンを打ち、新聞や雑誌に発表した文章は障害に苦しむ人々を温かく励ました。

　弱者の尊厳を守るために最後の最後まで闘った多田さん。七十六歳。倒れた音まで聞こえてきそうな、「巨人」の壮絶な「戦死」である。

（2010・4・23）

食卓の幸福

モダンな住宅を紹介するテレビ番組を見て驚いた。きちんとした食卓のない住宅が、相次いで登場したからである。

二人座るのがやっとといったキッチン前のカウンターで並んで食べたり、テレビを見ながらソファに座って食べたり。いずれも若い世代の夫婦である。食卓が置けないほどの狭小住宅ではないから、食事を重視していないということなのだろう。

作家のよしもとばななさんの新刊「ごはんのことばかり100話とちょっと」には、そうした光景とは対極の世界がある。自称「食いしん坊」の著者が、家庭料理や行きつけの店の気取りのなさ・温かさなどについてつづったエッセー集である。

〈たいていのカフェごはんが見た目ほどにはおいしくないのは、ほんとうにおいしいものを知らない年齢の人たちが作っているからだろうと思う〉。含蓄に富む言葉が随所にちりばめられていて面白い。家庭料理についてはこうだ。〈がんばって作るとか、いやでも疲れていても手作りのものを、というのではなくて、くつろいで楽しい雰囲気が残ればいいのだと思う〉。それを子どもがいつか思い出してくれればと言う。

食べることがいかに人を幸福にし、人生を豊かにするか。あらためて気づかされる。冒頭の若い夫婦も、子どもができれば食卓を囲むようになるのだろう。ぜひそうであってほしい。

（2010・4・29）

196

"みどれの日"

今ごろの季節、松の木の枝先にツンツンと新芽が立つ。「松の芯」とか「若緑」などと呼ばれるものだ。

生命力が旺盛で、十センチから三十センチにもなる。〈志 松にもありて松の芯〉鷹羽狩行。〈老松の賑ひ立てる緑かな〉富安風生。天に向かって一斉に伸びる松の新芽が鮮やかに目に浮かぶ。

徳島市内の阿波銀プラザで開かれている小松島市出身の日本画家・市原義之さんの個展「自然讃歌Ⅵ」にも松の新芽を描いた作品が数点あった。どんな風土にも合わせて生きる松の木の力強さに引かれると市原さんは言う。

若いうちは自然が目に入らないと言ったのは、確か作家の開高健だった。市原さんは現在六十六歳。これから画家としての円熟期を迎える。松の新芽を描いた作品には、いつまでも清新な絵を描き続けたいという願いも込められているように思えた。

阿蘇豊さんに「みどれ」という楽しい詩がある。〈朝のテレビニュースで/キャスターが/「ここはひろびろとみどれがひろがり……」/と言った/みどりがみどれとなって/ピッコロのように/妻がトーストをかじりながら/笑った〉。

詩はこう結ばれる。〈ミ・ド・レ/オルガンのように/笑いさざめく/みどれの五月〉。言い間違えたのは、松の新芽のようにさわやかな新人のキャスターだったのかもしれない。きょう四日は「みどれの日」。

(2010・5・4)

島尾敏雄と琉球弧

島尾敏雄といっても、若い人は知らないかもしれない。精神を病んだ妻との壮絶な日々をつづった長編小説「死の棘」で知られる純文学作家である。

妻の発病をきっかけに一九五四年、東京から妻の故郷・奄美大島に移り住んだ。数々の優れた私小説を発表する一方、日本列島を「ヤポネシア」、奄美や沖縄などの島々を「琉球弧」と呼んで、その歴史や文化について考察した文章も残している。

その一つ「ヤポネシアと琉球弧」に、こんな記述がある。〈日本の歴史の曲がり角では、必ずこの琉球弧の方が騒がしくなると言いますが、琉球弧の方からあるサインが本土の方に送られてくるのです。そしてそのために日本全体がざわめきます〉（朝日文庫「新編・琉球弧の視点から」）。

島尾さんの言う〈サイン〉とは、琉球弧を通じてヨーロッパ文明や鉄砲が本土に伝来したり、アメリカの黒船が浦賀を訪れる前に沖縄の那覇に根拠地をつくったりしたことを指す。今でいえば、米軍普天間飛行場移設をめぐって沖縄や徳之島で反対集会が開かれたことが、本土への〈サイン〉に当たるだろう。

それを無視して、政府は沖縄を軸とした移設案で押し通そうとしているかのようだ。本土と琉球弧との深いつながりと断絶を鋭く見抜いていた島尾さん。生きていれば、どう言うだろうか。聞いてみたい気がする。

（2010・5・13）

美しい椅子

　家具のデザイナーといえば、何といってもデンマークの故ハンス・ウェグナーだろう。シンプルで完成度の高い「ザ・チェア」は、世界で最も美しい椅子といわれる。故ケネディ大統領がテレビ討論で座ったことでも知られる。

　背もたれの支柱がY字形をした「Yチェア」は値段も手ごろなため、県内の家庭でもよく見かける。いずれも戦後間もなく発表されたウェグナーの代表作で、ニューヨーク近代美術館にも収蔵されている。同美術館には徳島県人がデザインした椅子も収められている。

　「ニーチェアX」だ。米国のデパートで販売したところ、同美術館員の目にとまり、一九七四年に収蔵された。X形の脚が優美でな故・新居猛さんの「ニーチェアX」だ。米国のデパートで販売したところ、同美術館員の目にとまり、一九七四年に収蔵された。

　北米最大級のニューヨーク国際現代家具見本市で、徳島市の片岡克仁デザイン事務所の椅子が「クラフツマンシップ」賞を受けた。高い職人技が生かされた作品に贈られる賞で、徳島の木工技術がいかに優れているかを物語る。

　受賞したのは、木の座面に渦巻きの彫刻が施され、滑り止めも兼ねた「UZUシリーズ」。技術ばかりでなくシンプルなデザインも目を引く。

　ウェグナーの椅子が世界で半世紀以上も愛されてきたのは、モダンで美しいデザインのたまものだろう。今回の県人の受賞も、徳島の木工家具の進むべき方向性を指し示してくれているように思える。

（2010・5・19）

電子書籍

　本を出版するとき、装丁やサイズはもちろん、紙の質や活字の美しさにまでこだわる人が少なくない。詩集や歌集、句集などの場合はなおさらだ。

　書店に行くとつい手に取ってみたくなる本がある。醸し出す雰囲気やたたずまいが、そうさせるのだろう。本の魅力は、中に書かれた内容だけではないのである。

　「電子書籍端末」が注目を集めている。本が読める電子機器である。米国では急速に市場が拡大している。米出版協会によると、昨年の米国の電子書籍売上高は前年の二・八倍、約二百九十億円にも上った。

　本が数千冊規模で保存でき、大量の本をかさばらずに持ち歩くことができるので旅行などに便利という。これなら本の重みで家の床が抜ける悲劇も起きないだろう。しかし、書店を散策する楽しみはなくなる。本の持つ美しさや手にしたときの感触も失われる。

　音楽のレコードは、CD化によってふくよかな音質を失った。買ったばかりのLPを小脇に抱えたときの充足感もなくなった。電子書籍はそれ以上の変化を出版界にもたらしそうだ。十五世紀にグーテンベルクが活版印刷を発明して以来の転換点となる。

　しかし、どんなに電子化が進んでも紙の本がなくなるとは思えない。便利なものは、とかく味気ないものだ。用途によって「棲（す）み分け」を図っていくことが、出版文化の継承につながる。

（2010・5・21）

200

アスベスト禍

作家の佐伯一麦（かずみ）さんは、電気工としての体験をもとに「ショート・サーキット」などの優れた私小説を発表していた。一九八〇〜九〇年代のことだ。

東京の高層団地などを回り、老朽化した照明器具などを取り換える。断熱材として壁や天井などに吹き付けられたアスベスト（石綿）にドリルで穴を開けると、部屋中にアスベストが舞い散った。

やがて激しくせき込むようになるが、何が原因なのか分からなかった。国がアスベストの危険性について、国民に知らせていなかったからだ。

社会問題になったのは二〇〇五年。アスベスト建材などを作っていた工場の従業員や退職者らが、がんの一種「中皮腫」などで多数死亡したことが判明してからだった。静かな怒りが心の底から突き上がってきた、と佐伯さんは言う（「石の肺——アスベスト禍を追う」）。

紡績工場が集中する大阪南部の泉南地域でアスベストを吸い、肺がんなどを発病した元労働者らが国に損害賠償を求めた集団訴訟。大阪地裁は国の責任を認め、賠償を命じる判決を言い渡した。妥当な判断といえるだろう。

最近では忘れられたかに見えるアスベスト問題だが、佐伯さんは、廃虚になった工場などが全国的に増えたことでアスベスト飛散の危険は広がっていると警告する。解体工事などで飛散させないよう、あらためて肝に銘じたいものだ。

（2010・5・22）

巨樹の町・つるぎ町

人が森林から受ける恩恵には計り知れないものがある。洪水を防ぐ "緑のダム" だったり、住宅に姿を変えて雨風から守ってくれたり。地球温暖化の原因となる二酸化炭素も吸収してくれる。

といって、木がそれらを手柄のように吹聴したり、自らの存在を誇示したりすることは決してない。

詩人の田村隆一さんは書く。〈木は黙っているから好きだ／木は歩いたり走ったりしないから好きだ／木は愛とか正義とかわめかないから好きだ〉（「木」）。

一方で、こうも言う。〈木はたしかにわめかないが／木は／愛そのものだ　それでなかったら小鳥が飛んできて／枝にとまるはずがない／正義そのものだ　それでなかったら地下水を根から吸いあげて／空にかえすはずがない〉。

よほど木が好きだったのだろう。大きな木について「きみと話がしたいのだ」と呼びかける詩も田村さんにはある。あすから三日間、つるぎ町で開かれるのは、まさにそんな趣旨の大会だ。題して「巨木を語ろう　全国フォーラム」。

同町には、国天然記念物「赤羽根大師のエノキ」などの巨樹がたくさんある。それらを巡るツアーやパネルディスカッションで "巨樹の町・つるぎ町" を全国にPRする趣向だ。

木について語ることは生命について語ることでもある。それは、命が軽くなった時代へのメッセージにもなるだろう。

（2010・5・28）

増える常用漢字

漢字の成り立ちなどについて書かれた小山鉄郎著「白川静さんに学ぶ　漢字は楽しい」（共同通信社刊）によると、眉山の「眉」は目の上に「まゆ」がある形なのだそうだ。

眉山は固有名詞だから漢字表記だが、「美しい眉」などの場合は、新聞では「美しいまゆ」と書く決まりになっている。というのも「眉」という字が、社会で使う漢字の目安となる「常用漢字」に入っていないからだ。

その「眉」が常用漢字表に加えられることになった。「藍」も同様だ。「藍」は徳島の特産だから本紙では「藍染」と書くが、本来は「あい染め」とする決まりだ。これではどんな染め物なのか分かりにくい。本県にとってはうれしい見直しである。

新たに追加されたのは百九十六文字。「憂鬱」の「鬱」や「語彙」の「彙」など難しい漢字が加わったのは、パソコンや携帯電話の普及で、書けなくても打てるようになったからだという。漢字を教える教育現場では戸惑いの声が上がっているが、常用漢字が増えるのは賛成だ。

冒頭の本によると、漢字学の泰斗である白川さんは「漢字は難しくないし、一つ一つ覚える必要もない」と言っていたそうだ。漢字の成り立ちや体系が分かれば興味がわいてくる──と。

「憂鬱」の表記にしても、「憂うつ」では鬱々とした感じが出ない。書けと言われると、憂鬱になるが。

（2010・6・10）

203　2010 年（平成 22 年）

ツバメの子育て

民家の軒先で子育てをするツバメを見た。親鳥が口移しで与える餌を、四羽のひなが競い合うように食べている。

黄色い口を一斉に開ける姿は、合唱でもしているみたいだ。餌の虫を探しに行ったのだろう。食べ盛りのひなだけに親鳥も大変だ。

先日、カラスの勝手でしょ、ならぬ「家族の勝手でしょ！」（岩村暢子著、新潮社）を読んだ。首都圏に住む子育て世代の主婦を対象に、食卓調査をした結果をまとめた本である。

例えば家庭の野菜不足。四割以上の主婦が〈ウチの子供は便秘〉と答えたが、誰も野菜不足が原因とは考えない。〈ウチの子、小食だから〉などと答えている。子供が野菜を食べないとカチンとくるので、食卓に出さないという主婦もいる。

朝食にスナック菓子やシュークリームを出したり、食器を洗うのが面倒だからと、みそ汁を回し飲みしたりするのは序の口だ。夕食時に子供が寝ていると〈ラッキー〉と思ったり、〈私がゆっくり食べられなくてイヤ〉との理由で、離乳食期の赤ちゃんと一緒に食べない主婦も。寒々とした食卓の光景に唖然とさせられる。

著者は言う。〈現代の家庭には父や母がいても「親」がいない〉。本能がすっかり壊れて、ツバメの子育てに学ばなければならない時代になったようだ。

（2010・6・15）

梅棹忠夫さん死去

三日に九十歳で亡くなった民族学者の梅棹忠夫さんは、よくこう言っていたそうだ。「学問というのは自分の足で歩く、自分の目で見る、自分の頭で考えることですよ」。

その言葉通り、徹底した現地調査に基づき一九五七年に発表したのが「文明の生態史観序説」。日本は西欧化を経て文明国になったという固定観念を覆し、日本と西欧の近代文明がユーラシア大陸の両端で「平行進化」したとする独創的な文明論を提示して、大きな反響を呼んだ。

大阪の国立民族学博物館初代館長に就任後も、「民族に優劣はない」との方針に基づく展示などが高く評価された。そんな梅棹さんだから、「自己の文明を過信し、世界を一色に塗りつぶせると思っている」と米国の単独行動主義を批判したのも当然だろう。

病気で視力を失った八六年以降も行動力は衰えず、口述筆記で著書を出版し続けた。目が見えなくなって「女性が恐ろしくチャーミングに思えてきた」とも語っている。

「その包容力、優しさ。声を聞いただけで、ぞくっとする。女性というのは実にたくさんいるもんですなあ」。民族の多様性にとどまらず、女性の"多様性"にも言及しているのが何ともいえず面白い。

戦後屈指といわれた「知の巨人」は、旺盛な好奇心とユーモアあふれる人でもあった。自由闊達な仕事の源泉をそこに見る思いがする。

（2010・7・8）

ベタベタの親子関係

昼休みにトイレの中で弁当を食べる大学生がいるというのを何かで読んだ。一人で学生食堂に食べに行き、友達がいないように見られるのが嫌なのだそうだ。

昔の学生は人と群れるのを嫌ったものだが、今は逆なのかもしれない。子どもの大学の入学式に付いていき、単位修得の説明を聞く親もいるという。子どもの方も「恥ずかしいから来るな」とは言わないのだろう。

親も子も自立できない。そんなベタベタの親子関係が増えているようだ。その一方で、親が虐待して子どもを死なせる事件も後を絶たない。現代の親子関係は、どうなったのか。小学館の「本の窓」七月号の特集「親と子」が、多くの示唆を与えてくれる。

「明らかに親子の未熟化」と言うのは、ドイツ文学者の池内紀さん。親子がそれぞれ自分の生活を築き、当人の責任で生きていく。そんな「薄情な親子関係」をきちんと作っていかなければいけないと訴える。内田樹・神戸女学院大教授も「親の幼児性がとても気になる」「自分がいなくても生きられるようにするのが親の本当の愛情」と指摘する。幼児虐待についても、感情を抑制する訓練が学校でも家庭でもできていないと言う。

長く理想とされてきた親しい友達のような親子関係。それも互いの自立を阻む要因になっていないだろうか。一度考えてみる価値があるかもしれない。

（2010・7・15）

「ミス徳島」のほほ笑み

吉野川市の児童文学作家、原田一美さんが昨年出版した「青い目の人形」（未知谷刊）は、神山町の神領小学校に残るアリスちゃん人形をモデルにした童話である。

太平洋戦争開戦前の一九二七年、かつて日本で暮らした宣教師が米国の日本人移民排斥運動に心を痛め、日米親善のために約一万三千体の人形を日本に贈る。その一つがアリスちゃんだった。

日米開戦後、反米感情から多くの人形が処分される。しかし、アリスちゃんは神領小学校の女性教師と教え子によって命がけで守られた。徳島に贈られた約百五十体の人形のうち、残ったのはアリスちゃんだけ。原田さんは、この物語に平和への強いメッセージを込めた。

一方、米国から人形が贈られたことへの返礼として、日本から贈っていた人形の一つ「ミス徳島」が、おととい約二十年ぶりに帰郷した。戦後六十五年を機に、あすから県立博物館で始まる「海を渡った人形と戦争の時代」展に、アリスちゃんとともに展示される。

二九年から米国のノースウェスト芸術文化博物館で大切に保管されてきた「ミス徳島」。古里の展示ケースで、アリスちゃんとどんな会話を交わすのだろう。悲しい戦争の思い出か、それともテロや紛争をやめない愚かな人間への批判か。

「ミス徳島」のほほ笑みが、いつまでも消えないことを願うばかりだ。

（2010・7・16）

森毅さんの教育論

「教育ってのは基本的に親の問題よ。親自身がどういう生き方をするかって問題なの。親が賢うなろうとせんで子どもが賢うなるはずないやないの」

先日、八十二歳で亡くなった数学者で京都大名誉教授の森毅さんは、肩ひじ張らない教育・社会評論でも人気があった。「このごろの若い子は物事を面白がる力が落ちてますな。あるのは面白がらせてもらう能力だけ」とも語っていた。

その森さん、こんな記事を読めばどう思っただろうか。全国の国公私立大学の65％が、新入生の学力不足に対応して高校レベルの補習をしている――。少子化で大学に入りやすくなったことや、学生を確保するために学力試験を課さない入試が増えたことなどが原因という。中には中学レベルの基本を教えている大学もあるようだ。二〇〇五年に東京大の研究グループが行った調査によると、高校三年生のとき、家でほとんど勉強せずに大学に入った学生が五人に一人いたというから、補習が必要なのも無理はない。

森さんも、中学時代に学校をさぼり始めた。そのとき、父親がこう言ったという。「さぼってもいいけど、落第するほどさぼったらアホや。……自分が納得できる一日を送れ」。

森さんが指摘した「物事を面白がる力」の低下。それが学力不足の背景にあるのだろう。授業時間を増やすだけでは身につかない力である。

（2010・7・28）

死刑は是か非か

弟を殺された兄が、加害者と手紙のやりとりや接見をする。兄はやがて加害者が死刑になっても自分は癒やされないと気づき始め、死刑廃止運動に取り組むようになる。

映画監督の森達也さんが、その兄のことを書いている（『世界が完全に思考停止する前に』角川文庫）。こんなエピソードが出てくる。駅前で死刑廃止のビラを配る兄に、通行人が「被害者の遺族の気持ちを考えろ」と声を荒らげる。「私は遺族です」と答えると、通行人は気まずそうに走り去った……。

おととい死刑囚二人の刑を執行した千葉景子法相も、死刑制度にはもともと反対だった。自身の信条よりも職責を優先させたのだろう。法相として、おそらく初めて死刑執行にも立ち会い、「国民的議論の契機にしたい」と述べた。

死刑は是か非か。内閣府の世論調査では、死刑容認派が85％に上った。しかし、海外では死刑廃止国が増え、世界の三分の二を超える。死刑制度があるのは、中国や北朝鮮、アフガニスタンなどで、先進国では米国と日本だけだ。

国連の人権委員会も日本政府に死刑廃止を検討するよう勧告している。森さんは言う。「冤罪だって少なくない。殺した場合は絶対に取り返しがつかないのだ」。

裁判員裁判では市民が死刑判決を出さざるを得ない場面も出てきそうだ。「国民的議論」が避けて通れなくなった。

（2010・7・30）

ビキニ環礁が世界遺産に

第五福竜丸といっても若い人にはぴんとこないかもしれない。一九五四年に米国が太平洋・マーシャル諸島のビキニ環礁で行った水爆実験の際に、「死の灰」を浴びた遠洋マグロ漁船の名である。

半年後に無線長の久保山愛吉さん（当時40歳）が死亡。他の乗組員も健康被害を受け、反核運動のきっかけになった。その後、徳島でも「雨に放射能が混じっているので、ぬれないように」などと注意されたものだ。

このときの実験に使われた水爆の爆発力は広島型原爆の千倍以上とされる。冷戦時代の四六年から五八年にかけてビキニ環礁周辺で行われた核実験は六十七回。付近の島民にもがんが多発し、今も放射能が島民の暮らしを脅かし続けている。人体実験に利用されたのではないかと指摘する声すらある。

そのビキニ環礁がユネスコの世界遺産（文化遺産）に登録された。もちろん“負の遺産”としてである。

核実験の威力を示す証拠が保存されているというのが登録の理由だ。

過去には広島の原爆ドームやポーランドのアウシュビッツ強制収容所などが登録されている。ビキニ環礁の登録を手放しで喜ぶ島民はいないだろう。しかし、人間の愚かさを未来に伝えるという点では極めて意義深い。

久保山さんの命を奪った水爆の名は「ブラボー」という。その思い上がった命名に、あらためて怒りが込み上げる。

（2010・8・4）

河野裕子さん逝く

〈そこにとどまれ全身が癌ではないのだ夏陽背にせし影起きあがる〉。先日、乳がんのため六十四歳で亡くなった歌人の河野裕子さんが、自らを励ますように詠んだ短歌である。

戦後を代表する女性歌人だった河野さんは、病と正面から向き合い、最後まで歌を詠み続けた。闘病のつらさや、健やかに老いることの難しさを骨身にしみて知っていたからだろう。こんな歌も作っている。〈美しく齢を取りたいと言ふ人をアホかと思ひ寝るまへも思ふ〉。

〈わたしには七十代の日はあらず在らぬ日を生きる君を悲しむ〉。そんな覚悟もしていたようだ。「君」とは歌人で細胞生物学者の夫、永田和宏さん。長男淳さん、長女紅さんも歌人という歌人一家である。昨年末に出版され、生前最後の歌集となった「葦舟（あしぶね）」のあとがきにこう書いている。〈五十年ほど歌を作ってきてほんとうに良かったと、この頃（ごろ）しみじみ思う。歌が無ければ、たぶんわたしは病気に負けてしまって、呆然（ぼうぜん）と日々を暮らすしかなかった〉。

夫はがんの公表に反対したが、「自分にうそをつくと言葉が濁る」と自分の意志を貫いた。「葦舟」の終わり近くに収められたこんな短歌が目に止まる。〈さやうなら　きれいな言葉だ雨の間のメヒシバの茎を風が梳きゆく〉。

歌と家族を支えに病と闘い、しっかりと自らを生き切った生涯といえようか。

（2010・8・17）

同窓会

　小学校の同窓会に初めて出席した。クラスメートとの再会は、成人式以来三十八年ぶりである。三クラス、百五十人ほどいた中で四十人余りが出席していた。

　もうすぐ還暦とあって、みんなおじさん、おばさんになっている。名前と顔が一致するのは、ほんの数人。顔には見覚えがあるのに名前が出てこない。誰かが持っていたモノクロの卒業写真を見て、ようやく霧がはれる思いがした。

　通っていたのは高度経済成長前の昭和三十年代の田舎の小学校である。みんな一様に貧しかったので、現在の格差社会のように人をねたむこともなく、深刻な「いじめ」や不登校、引きこもりなどもない時代だった。懐かしくなって、思わず握手をする。手は正直だ。平均的な勤め人の手、農業や漁業を営むたくましい手、何人も子どもを育てたお母さんのふくよかな手……。小学校卒業後四十六年間の来歴が、そこにくっきりと刻まれているのを感じた。

　鬼籍に入った人も十四人いた。同窓生のほぼ十人に一人の割合だ。その中に、近所の男の子の名前を見つけたのはショックだった。毎朝誘い合って、学校までの遠い道を一緒に歩いて通った仲である。込み上げるものを抑えることができなかった。

　あらためて卒業写真を見直す。どの子もすでに人生の悲哀を胸いっぱいに抱え込んで、それにじっと耐えているような顔をしていた。

（2010・8・18）

212

三浦哲郎さん死去

三浦哲郎さんくらい、きょうだいの不幸に見舞われた作家も少ないだろう。青森県八戸市で六人きょうだいの末っ子として生まれた三浦さんは、子どものころに姉二人が自殺、兄二人が失踪している。自身の体験をもとにした恋愛小説「忍ぶ川」で芥川賞を受賞して以来、そうした家族の宿命と向き合い、長編小説「白夜を旅する人々」や短編集「拳銃と十五の短篇」「愁月記」など、哀切な私小説を書き続けてきた。「忍ぶ川」は熊井啓監督で映画化され、先日、徳島ホールでリバイバル上映されたばかりである。

その三浦さんが二十九日、七十九歳で亡くなった。エッセー集「一尾の鮎」を出した折にインタビューさせてもらったが、そのとき三浦さんは五十九歳。終始、穏やかな笑顔で話してくれたのを思い出す。

三浦さんのそうした優しさが、度重なる不幸の果てに獲得したものであったことは想像に難くない。

亡くなったきょうだいへの深い鎮魂の思いを込めた「白夜を旅する人々」について、こう書いている。〈口を閉ざしたまま自滅してしまった兄や姉たちの代弁者になってやるのも文筆を志した末弟の義務ではないか〉と。

三浦さんは、その義務を十分に果たし終えて白夜を旅する人々の列に加わった。兄や姉ら、懐かしい家族がいる列に。

（2010・8・31）

衰退する商店街

全国どこへ行っても商店街の衰退が目につく。"シャッター通り"と呼ばれる、その閑散とした風景。シャッターの向こう側には、家族のどんな暮らしがあるのだろう。

徳島ホールで見た「京都太秦物語」は、そうした商店街の人々の思いをほのぼのと伝えてくれる映画だった。立命館大学映像学部の客員教授でもある山田洋次監督と阿部勉監督が、同大の学生二十二人と一緒につくった話題作である。

舞台は京都の大映通り商店街。大学の図書館に勤めるクリーニング店の娘・京子と、お笑い芸人を目指す豆腐店の息子・康太、さらに京子に一目ぼれした研究者が絡んで恋物語を繰り広げる。

恋の行方もさることながら、面白いのは京子と康太の両親に、実際のクリーニング店と豆腐店の夫妻を起用していることだ。商店街が抱える後継者問題などをカメラ目線で語るシーンも盛り込まれ、現実のリアルな手触りを伝えてくる。

プロの俳優がどんなにうまく演じても、こうはいかないだろう。人には体に染みついた生活感があるからだ。額に汗して働く人々への山田監督の共感が、温かく伝わるこの作品。ベルリン国際映画祭で好評を博したのもうなずける。

商店街で働く人々の姿は、まさに戦後の貧しい時代を生き抜いてきた日本人の姿そのものだ。商店街の衰退が、そのぬくもりを消していく。

（2010・9・2）

214

増える若者の自殺

「若い人たちの自殺が増えている」。県主催の「自殺対策シンポジウム」で、国立精神・神経医療研究センター精神保健研究所の竹島正・自殺予防総合対策センター長が警鐘を鳴らした。

警察庁のまとめによると、自殺者は十二年連続で三万人を超え、昨年は約三万二千八百人。十万人当たりの自殺者数は五十代が突出して多いが、確かに二十代も二年連続、三十代も三年連続で過去最多を更新している。

自殺の原因で最も多い「うつ病」など、精神疾患で通院する人も増えている。厚生労働省では職場の定期健康診断に併せ、「食欲がない」「よく眠れない」などの問診を医師に義務づける方向で検討しているようだ。確かにうつ病対策は自殺予防に有効だろう。ただ、ロシアに次ぐ自殺大国の汚名を返上するには日本人の生き方の見直しも欠かせない。子どものころから「いい大学・いい就職」を目指すことが、本当に人を幸福にするのかどうか。

韓国では昨年、過酷な受験競争などに疲れ果て、自殺する小中高校生が二百人を超え、社会に衝撃を与えた。日本でも中学生の自殺が目に付く。人生に喜びを与える音楽や美術など、芸術系の授業が減っているのも問題だ。

〈幸福は、窓の外にもある。樹の下にもある／小さな庭にもある〉（長田弘「大いなる、小さなものについて」）。きょうから自殺予防週間。

（2010・9・10）

長寿はめでたい？

〈オーイお茶ハーイと缶が転がされ〉〈「アーンして」むかしラブラブいま介護〉。二十日の敬老の日に合わせ、全国有料老人ホーム協会（東京）が募集していた「シルバー川柳」の入選句である。

〈日本語に通訳の要る三世代〉〈孫たちにアドレス聞かれ番地言う〉。若者言葉の流行やインターネットの普及など、時代の急激な変化に付いていけず、戸惑うお年寄りも少なくないようだ。

笑いがふと凍る、こんな句もあった。〈さびしくて振り込め犯と長電話〉。作家の黒井千次さん著「老いのかたち」（中公新書）に、こんなエッセーがあったのを思い出す。

中国へ行ったときのこと。公園で、囲碁やトランプに興じるお年寄りの群れに出会った。そして、日本のお年寄りのことを考える。日本でも高齢の女性は群れる力を持っているのに、〈老いた日本人男性だけが孤立を深めている気配がある〉と。

振り込め犯と長電話してしまうのも、そんなお年寄りの一人なのだろう。孤独死しても気づかれない。行方不明になっても捜索願すら出されない。厚生労働省によると、今年の百歳以上のお年寄りは、全国に約四万四千人（県内三百七十八人）。過去最多だが、所在不明者が含まれている可能性もあるという。

きのう始まった老人週間。長寿がめでたいのも、心の通い合う人がいてこその話である。

（2010・9・16）

中秋の名月

ある男が、ござを敷いて月見句会をしている一団に出会う。ニコニコしながら見ていると、「おまえさんも俳句を作ってみるか」と短冊を渡される。

男はすぐ〈三日月の〉と書いた。すると一座の人々があざ笑った。「今宵は満月だよ。やっぱり素人は駄目だ」と。男はニヤリとしてこう続けた。〈ころより待ちし今宵かな〉。そんなエピソードが小林一茶にあるそうだ（坪内稔典著「季語集」）。

満月といえば、一茶には〈名月を取ってくれろと泣く子かな〉という有名な句もある。おとといは中秋の名月。美しい満月を堪能した読者も少なくないだろう。子どもが手に取ってみたい誘惑に駆られるのも無理はない。

俳人の櫂未知子さんは「季語の底力」で、さんさんと輝く太陽と比較して、月の魅力をこう語る。〈月は、捨てるべきものをほとんど持たない貧しき者の顔を、家を、ひっそりと照らします〉。月は持たざる者の味方であり、誰もが平等に見ることのできる稀有なものである、と。

きのうの本紙朝刊に、生活保護受給者が六月時点で百九十万人を突破したとあった。戦後の混乱が続いた一九五五年以来という。貧富の差は広がる一方だが、月は誰にでも優しい光を分け与える。

秋分の日のきのうを境に、猛暑もやっと落ち着いてきた。時には夜空を見上げ、月光を全身に浴びてみるのも悪くない。

（2010・9・21）

榊莫山さん死去

〈時計ハ　トマッタ　ママガヨイ　花ハ散ッタアトガヨイ〉。"莫山先生"こと、書家の榊莫山さんが

自身の自画像に書き添えた言葉だ。

何かに追い立てられるように、せかせかと生きる現代人への風刺だろうか。書道展で受賞を重ねな

がら、三十二歳で権威主義の書壇を離れ、ひょうひょうとした書風を確立した莫山さんらしい言葉だ。

仙人のような風貌、焼酎「よかいち」のテレビCM、ざっくばらんな関西弁の語り口でも親しまれた。

だが、書壇には厳しかった。書いている本人すら読めない中国の漢詩や、平安時代の仮名の作品。

「皆うなずいて見ているが、分かってない。作品の意図が伝わってこない」「先生が弟子を私蔵して生

計を立てる世界なんや」と。

その莫山さんが生き方の理想としたのは、どこの畑にもあるネギだった。昨年、自宅のある三重県・

伊賀の里の四季や日常をつづったエッセー集「草庵に暮らす」を出版した折にこう語っている。

〈ネギは畑の哲学者やと思う。真っすぐ天に向かってんのよな。周囲の野菜は花咲かせたり、横に葉

を付けたりするかもしらんけどな、わしは知らんと。無駄がない。こういうふうに生きられたらええ

なあ〉

その莫山さんが亡くなった。八十四歳。まさに花は散り、時計は止まった。しかし、その書と超然

とした姿勢は、多くの人々の心に生き続ける。

（2010・10・7）

寂しい美術予算削減

ピカソ「ドラ・マールの肖像」を県立近代美術館が購入したのは開館三年前の一九八七年のこと。横顔と正面の顔を同時に描いたこの絵に対して、県民から「お化けみたい」という意見が多数寄せられたという。

今はさすがにそんな感想を漏らす人はいないだろう。同じピカソの「赤い枕で眠る女」が県民の人気投票で一位になったのを見ても、同館の開館によって美術に対する県民の理解がいかに進んだかがうかがえる。

四千点を超す収蔵品の中から、人気投票で選ばれた二十点と学芸員が選んだ八十点を一堂に展示する開館二十周年記念展「名品ベスト100」が同館で始まった。ピカソのほか、クレー、ジャコメッティ、奈良美智、横尾忠則ら人気作家の作品が並ぶ。

すでに公開された作品ばかりだが、バラエティーに富んでいて見応え十分だ。先日、百歳で死去した阿南市那賀川町出身の版画家・一原有徳さんの作品の前で、海外でも評価の高かった故人をしのぶのもいいかもしれない。

同展図録によると、今では同館のコレクションが図工や美術の教科書に何点も載るようになったという。それを思うと、二〇〇六年度に七千万円あった美術購入費が、本年度は二百万円と激減していることに寂しさを禁じ得ない。美術に対する県民の理解は進んだが、県の理解はまだまだのようだ。

（2010・10・16）

鳥居龍蔵記念館オープン

真っ青な空、乾いた空気、どこまでも広がる草原……。モンゴルに行って三十年がたつというのに、現地の印象は今もきのうのように鮮やかだ。国内での移動は、主に小型飛行機（操縦室にジャガイモが一つ転がっていた）とマイクロバスだったが、鳥居龍蔵（一八七〇ー一九五三年）の場合はラクダや馬車という。二十世紀初頭のことだから、飛行機もバスもなかったのだろう。

徳島市出身で人類学や考古学、民族学のパイオニアといわれる鳥居。その偉大な業績や生涯を紹介する鳥居龍蔵記念博物館が、きのう徳島市内の県文化の森にオープンした。鳴門にあったときより展示スペースが広がり、すっきりとした印象だ。

台湾、中国、内モンゴル、朝鮮半島など東アジアを踏査した鳥居は、野外調査に初めてカメラを用いたことでも知られる。よくぞ画像に残したものだと、貴重な展示写真を見て思った。その点でも鳥居は偉大なパイオニアだ。

内モンゴルの調査に鳥居は初めてきみ子夫人を伴って出かけた。二人並んだ写真が、夫人の堂々たる内助の功ぶりをうかがわせて興味深い。会場に流れる鳥居の肉声も、とてつもない「知の巨人」を身近なものに感じさせてくれる。

はるか地平線まで見渡せるモンゴルの広大な風景。展示を見るうちに、鳥居の壮大な夢が今もそこを駆け巡っているように思えてきた。

（2010・11・4）

佐野洋子さん逝く

自分のためではなく、誰か大切な人のために生きる幸せを描いた「100万回生きたねこ」。大人が読んでも、不思議な悲しみと幸福感に包まれる絵本だ。

一九七七年の出版以来、ロングセラーを続け、「とくしまの子どものためのブックリスト100」にも上位で選ばれている。そんなすてきな本をたくさん残し、絵本作家の佐野洋子さんが亡くなった。

七十二歳、乳がんだった。

老いや世相を辛辣につづったエッセーでも人気があった。エッセーの中で、がんを告白した。随分、肝の据わった女性だと思う。死ぬのが怖くないのと聞かれ、こう答える。〈全然、だっていつか死ぬじゃん〉（エッセー集「役にたたない日々」）。

あと二年と言われ、長年苦しんだうつ病が消えて人生が充実する。〈死ぬとわかるのは、自由の獲得と同じだ〉という認識にはすごみがある。自分は平気だが、親しい人には絶対死んでほしくない。その発想は「100万回生きたねこ」そのものだ。

北京生まれで、終戦から二年後に引き揚げた。四歳の弟と十一歳の兄を栄養失調で次々失う。それが思想の原点になったのだろう。命は地球より重い、といった言葉は信じない。だが、子を失った母の嘆きは地球より重いかもしれないと言う。

子どもはきれい事にはだまされない。うそがないから、その絵本は死後も読み継がれるだろう。

（2010・11・8）

高齢者劇団旗揚げ

　新鮮で、面白い舞台だった。文化の森の県立21世紀館で行われた浅香寿穂さん（70）主宰のシニア劇団「劇塾マデーラ」の旗揚げ公演「どっこいしょ」である。

　高齢者が仲良く暮らすケアハウス。近くにできた大手老人ホームとの合併話に危機感を抱いた入所者が、ケアハウスを守るために「どっこいしょ」と立ち上がる。そんな話だ。

　団員は県内に住む五十～八十代。ほとんどが演劇経験のない、いわばアマチュアだ。そのアマチュアが侮れない。ときにプロの役者よりもはるかに強烈な個性や存在感を発揮して、リアルな演技を披露する。長い人生経験や職業体験にはぐくまれた個性であり存在感なのだろう。

　「私を赤ん坊扱いするのはやめて」。自力で用が足せるのに、おむつをあてられた女性が叫ぶ。高齢者の尊厳を平気で踏みにじる、この国の現実に対する激しい異議申し立てが、しっかりと胸に届いた。

　終演後、熱演した団員たちへの拍手が鳴りやまなかった。出口に並んで観客を見送るその顔には、晴れやかな充足感が浮かんでいた。三年前、演出家の蜷川幸雄さんが高齢者劇団「さいたまゴールド・シアター」を旗揚げして以来、こうした劇団が全国に広がりつつある。

　高齢者でなければ伝えられないテーマはたくさんある。老老介護、戦争体験……。「マデーラ」の元気な舞台をまた見てみたい。

（2010・11・17）

手仕事のぬくもり

日本は元来「手の国」である。そう言ったのは民芸研究家の柳宗悦だ。国民の手の器用さはもちろん、「上手」「下手」「手腕」など手を使った言葉が多いのも「手の技」の優秀さを物語るという（「手仕事の日本」岩波文庫）。

そんな手仕事の素晴らしさを実感させる「楮紙と楮布展」を高松市上天神町のギャラリー「納屋Ｄe手仕事」で見た。拝宮和紙の伝統を守る那賀町の和紙作家・中村功さんと、同町に伝わる太布織（楮布ともいう）の技術を受け継ぐ板野町・石川文江さんの二人展である。

中村さんの繊細な手すき和紙や和紙を使った照明器具、生成りの風合いが美しい石川さんのタペストリーやバッグなどを展示していた。ともに楮の木から生まれた兄弟のような作品だ。

その一つ一つに温かさが感じられるのは、作者の思いがこもっているからだろう。機械による大量生産品にはない、手仕事だけが持つぬくもりである。

戦後、そんな手仕事が全国から消え、その揺り戻しのように今また復活する動きが出始めた。〈もしも吾々の生活が醜いもので囲まれているなら……いつか心はすさみ、荒々しい潤いのないものに陥ってしまう〉。そう言って、柳は手仕事の持つ美しさを称賛した。

すさんだ時代だからこそ大事にしたい中村さんや石川さんの手仕事であり、ぬくもりである。

（2010・11・24）

ホームレスの川柳

〈百円があれば安心2～3日〉。路上生活を送るホームレスの思いを詠んだ川柳である。百円玉が一つあれば食パンが数枚買える。何げなくポケットに突っ込んでいる百円玉のありがたさに、あらためて気づかせてくれる句だ。

こんなホームレスの川柳が「路上のうた」と題して本になった。自立支援の雑誌を発行しているビッグイシュー日本が出版した。路上生活者らが七百円で売り、三百五十円が収入になるという。年末年始を安心して過ごせるよう、一冊でも多く売れてほしいと願う。

若者ホームレス支援方策検討委員会が四十歳未満のホームレス五十人に聞き取り調査した結果、七割以上が失業や倒産など、仕事に関することでホームレスになったことが分かった。うち四十三人に正社員の経験があったという。

仕事も住む家も家族のきずなも失って路上生活に入る。最近、そんな二、三十代のホームレスが増えているようだ。日本の格差社会の現実を垣間見る思いがする。

きょうは冬至。昼が最も短く、夜が最も長い日だ。この日、ユズを浮かべた湯に入ると、体が温まって風邪をひかなくなるといわれる。しかし、それもホームレスには無縁の風習だろう。

「路上のうた」には、こんな句もあった。〈見てしまう故郷行きの高速バス〉。行き先は東北か四国か九州か。作者の切なさが、しんしんと胸にしみる。

（2010・12・22）

子規の諧謔に学ぶ

〈漱石が来て虚子が来て大三十日〉。松山生まれの俳人・正岡子規（一八六七—一九〇二年）に、そんな俳句がある。明治二十八年、二十代後半の句である。

まだ無名だったころの親友・夏目漱石や、子規に俳句を習っていた高浜虚子が家を訪れる。すでにカリエスを患い、生活の場が六尺の病床に限られていた子規にとって、漱石や虚子ら友人・知人の来訪は何よりの楽しみであったようだ。

翌年には〈面白い事にもあはず年暮るゝ〉という句も作っている。その一方で、病床から見えるへチマや庭の草花から病気による体の変化に至るまで、健康な人なら面白いと思わないようなものも子規は楽しんでいた（長谷川櫂著「子規の宇宙」角川選書）。

毎朝、母や妹がガーゼを取り換え、病巣の膿を拭いてやる度に痛くて声を上げて泣いた子規。だが、それすらも楽しもうとする気概を持っていたというから、何ともすさまじい生き方だ。

今年は政治も経済も社会も行き詰まった一年だったが、子規の壮絶な人生を思えば、愚痴をこぼしてばかりもいられない。自らの悲惨まで笑い飛ばそうとした諧謔の精神に、大いに学ぶところがありそうだ。

さて、今年の「鳴潮」もこれが最後となった。わずか三十五年の子規の短い生涯から、少しばかり生きる知恵を拝借して、二〇一〇年のすす払いとする。皆さんも、どうかよいお年を。

（2010・12・31）

2022年(民國一一一年)

七草がゆ

〈ちちははの母の残れるなづな粥〉。俳句雑誌「航標」主宰で、本紙「徳島俳壇」の選者でもある吉田汀史さんの「季語別・吉田汀史句集」に、そんな句を見つけた。

〈なづな粥〉は、きょう七日に食べる七草がゆの一種である。セリ・ナズナ・ゴギョウ・ハコベラ・ホトケノザ・スズナ・スズシロの七種類の若菜を入れた七草がゆを食べると、病気をしないといわれる。

父親を早く亡くした汀史さん。〈なづな粥〉を通して、女手一つで育ててくれた母親を回想した句なのだろう。〈なづな粥〉という言葉の響きがとても優しい。ところで、この七草がゆ。平安時代の宮廷行事が一般に広がったというから、歴史は相当古そうだ。

七草爪というのもある。七草をゆでた湯に爪を浸し、その年に初めて七日に爪を切ると、風邪を引かないとされる。これを実践している人はほとんどいないだろうが、七草がゆの習慣は今も続いている。

七草はスーパーなどでも売っているので、野山を散策しなくても手に入る。たとえ散策しても、七草を見分けられる人は少ないだろう。便利になればなるだけ、人の暮らしは自然から遠ざかる。

それならせめて七草がゆを食べる風習だけは失わずにいたいものだ。おせち料理を食べ疲れた胃に優しいばかりでなく、暮らしにめりはりがつく。白いおかゆの中の若菜の緑も美しく、春待つ気分に誘ってくれる。

（2011・1・7）

二重被爆者

　無知と想像力の欠如くらい人を傷つけるものはないだろう。英BBCテレビのクイズ番組が、広島と長崎で二重に被爆し、昨年九十三歳で亡くなった山口彊さんを「世界一運が悪い男」などと笑いの種にしていたことが分かった。

　スタジオにはきのこ雲や山口さんの顔写真が掲げられ、司会者やゲストのジョークに笑い声が上がったという。在英邦人からの抗議に対し、番組プロデューサーは謝罪したようだが、何とも腹立たしい話だ。

　造船所の技師だった山口さんは出張先の広島で被爆し、大やけどを負った。高熱でうなされながら列車で長崎に戻り、会社で広島の惨状を報告している最中に再び被爆した。

　その衝撃を山口さんはこう回想している。「きのこ雲に広島から長崎まで追いかけられてきたんじゃないかと思った」。山口さんのような二重被爆者は少なくとも百六十人はいたとみられる。結婚したばかりの夫を広島で失い、長崎の実家に戻って父と姉を失った女性もそうだ。

　英BBCの番組は山口さんに限らず、そうしたすべての被爆者を侮辱したことになる。核保有国・英国のおごりと言われても仕方がないだろう。

　ニューヨークの国連本部などで核廃絶を涙ながらに訴えた山口さん。その姿を追ったドキュメンタリー映画「二重被爆～語り部・山口彊の遺言」が、今夏から全国公開される。英BBCも放映すべきではなかろうか。

（2011・1・22）

謎の多い阿波踊り

阿波踊りの代表的なはやし言葉として知られる〈踊る阿呆に見る阿呆、同じ阿呆なら踊らにゃ損々〉。檜瑛司・皆川学編「徳島県民俗芸能誌」によると、この言葉は阿波踊り固有のはやし言葉ではないようだ。京都の豊年踊りも〈踊るあほうに見るあほう、おなじあほうなら踊るがとくじゃ〉と歌われ、大阪にも〈踊るあほうに踊らぬあほう、同じあほなら踊らぬは損じゃ〉というはやし言葉があったという。

それらが阿波に伝わったとみられる。

文化立県とくしま推進会議が先日、阿波踊りをテーマに展開する来年度の事業概要を決めた。二〇〇八年度から「第九」「阿波人形浄瑠璃」「阿波藍」と続いてきた徳島の伝統文化をPRする事業の第四弾である。

「萬の民の阿波おどり」と題して、阿波踊りの過去と現在を比較するフェスティバルなどを開催するという。中でも、江戸時代に盛んだった「組み踊り」が今秋、舞台では初めて徳島市内のアスティとくしまで再現されるのが楽しみだ。

この「組み踊り」。大勢の庶民が屋台の上で踊り、町単位で華やかさを競い合ったとされる。しかし、華美になり過ぎたため、徳島藩が禁止し、幕末には姿を消した。それに代わって、「ぞめき踊り」と呼ばれる現在の行進型が主流になったという。

阿波踊りにはまだまだ謎が多そうだ。踊る阿呆や見る阿呆ばかりでなく、調べる阿呆もいてほしい。

（2011・1・28）

「ご用聞き」の復活

「きょうは何か要る物ないですか」。八百屋や鮮魚店の店員が消費者宅を訪ねて注文を取り、必要な物があれば配達する。そんな昔ながらの「ご用聞き」が復活しているという。

高齢化が進み、食料品など日常の買い物すらできない "買い物難民" が増えていることが背景にあるようだ。経営が苦しくなった小さな商店にとっても、「ご用聞き」は顧客を確保する大事な生き残り策の一つになっている。

過疎地だけではない。郊外に大型店が続々と誕生する市街地でも、商店街の衰退に伴って買い物難民が大量に発生している。経済産業省によると、その数ざっと六百万人にも上る。

そんな中、三好市が新年度から、六十五歳以上の高齢者が半数を超える「限界集落」で食料品や日用品を移動販売する業者を支援する事業を始めることになった。顔を見なくなった住民がいないかなど、調査への協力が条件というから、安否確認にもつながりそうだ。

全国には、買い物難民のために自治体がコミュニティーバスを走らせたり、NPOが買い物を代行したりしている所もある。先日の本紙朝刊によると、二〇五〇年には、いま人が住んでいる地域の20%が無人化するという。

これを食い止めるためにも買い物難民対策が急がれる。「買い物以外に困っていることはないですか」。行政によるそんな「ご用聞き」も、ますます必要になってきそうだ。

（2011・2・24）

柳澤桂子さんの幸福観

生命科学者の柳澤桂子さんが、原因不明の病にかかったのは三十歳を過ぎたころだった。研究者としても母親としても、まさにこれからというとき。奇跡的に回復したものの、三十年間、激痛や手足のまひで寝たきりの状態が続いた。

だが、柳澤さんは自分を不幸だと思ったことは一度もなかったという。そして、病の中でこんな幸福観を導き出す。〈あたえられていない事柄に不満を持つのではなく、あたえられているものに感謝するのが、幸せをつかむ唯一の方法であると思う〉（「生と死が創るもの」）。

こうも書いている。〈お湯の沸く感じ、小松菜のゆだる香り、冷たい水に戻したときに沸き立つような緑。しあわせはこういうところにある〉（「いのちのことば」）。

警察庁によると、昨年の全国の自殺者は三万一千五百六十人で、十三年連続して三万人を超えた。徳島県の自殺者は百六十八人と全国最少だったものの、全国最多とされる糖尿病の死者百四十八人（一昨年）を大きく上回る。

生きていれば、誰もがつらいことに出合う。病気、失恋、いじめ、生活苦、家庭の不和……。だが、柳澤さんのように考えれば、つらいことよりも、はるかに多くの喜びを人生に見いだせるかもしれない。

自殺者が増える三月は「自殺対策強化月間」。きのうは徳島駅前で県の街頭キャンペーンも行われた。死ななくてもいい命を、一人でも多く救いたい。

（2011・3・2）

232

ダイエットの怖さ

水原秋桜子に、こんな俳句がある。〈天平のをとめぞ立てる雛かな〉。昭和初期にデパートで開かれた木彫りの展覧会で、秋桜子は天平時代の少女の立ち姿のひな人形を見た。その清楚な美しさに感動して詠んだ句である。

天平時代の少女といえば、正倉院に伝わる「鳥毛立女屏風」を思い出す。下ぶくれのふくよかな顔立ちの女性を描いた屏風である。当時はそんな女性が美人とされた。秋桜子が見た木彫りのひな人形もまた、ふっくらとした顔立ちだったに違いない。

時代は下って、現代では細身の女性がいいとされる。そのせいだろう。厚生労働省の調査で、女子中学生の百人に二人が専門医の治療や指導が必要な摂食障害とみられることが分かった。

しかも、その予備軍が数倍いるという。中には痩せたい一心で下剤を使ったり、口に手を入れて吐いたりする人もいるようだ。摂食障害は心の問題を伴うので治療が難しい。ダイエットをよしとする風潮が子どもを危険にさらしている、と専門家は警告する。

数年前には海外のファッションモデルが過度のダイエットから拒食症になり、死亡するケースが相次いだ。これをきっかけに、痩せ過ぎのモデルのショーへの出演を禁止する国が出てきたのも記憶に新しい。

きょうはひな祭り。女の子の健やかな成長を願う日だ。健やかでなければ美しくないことも、教えたい日である。

（2011・3・3）

大学入試でネット不正

長田弘詩集「世界はうつくしいと」に、こんな一節がある。〈人生は受容であって、戦いではない。/戦うだとか、最前線だとか、/戦争のことばで、語ることはよそう。/たとえ愚かにしか、生きられなくても、/愚かな賢者のように、生きようとは思わない。〉

今がたけなわの大学入試も、よく戦争にたとえられる。「受験戦争」といった言葉で。日本人は〝いい大学・いい就職〟という幸福幻想から、なかなか抜け出せないようだ。

受験戦争は、しばしば若い人たちの人生を狂わせもする。京都大など四大学の入試問題がインターネットの質問サイトに投稿された問題で、京都府警がきのう仙台市の十九歳の男子予備校生を逮捕した。大学の業務を妨害した疑いが持たれている。

この予備校生は四大学の一部に合格していたという。容疑が事実なら当然、合格は取り消されるだろう。不正な手段で合格し、他の受験生を振り落とした罪は決して軽くない。

哲学者の鶴見俊輔さんが、こんなことを言っている。〈負けは避けたい、常に勝ちたいという考え方は、人間の思想を低くします〉今回の事件にも通じる言葉だ。

逮捕された予備校生は、世間の批判を一身に浴び、自ら犯した過ちに一生、苦しむことになるのだろう。その罪は罪として、この予備校生もまた、常に勝つことを求められる受験戦争の犠牲者といえるかもしれない。

（2011・3・4）

東日本大震災

岸壁を乗り越えた津波があっという間に膨れ上がり、漁港をのみ込んだ。住宅をのみ込み、田畑をのみ込み、道路をのみ込み、走っている車をのみ込んでいく。仙台空港の滑走路も津波にのみ込まれた。想像を絶する恐ろしい光景だ。

きのうの午後二時四十六分、東北地方を襲ったマグニチュード8・8、国内観測史上最大の地震は東日本を中心に甚大な被害をもたらした。多くの死者や行方不明者が出ている。

陸地の被害もさることながら、津波の怖さをまざまざと見せつけられた。建物の三階まで海水が達した所もある。波にのまれた人も少なくないようだ。東北地方に実家や親戚があったり、家族が旅行に行っている徳島県民は、心配で居ても立ってもいられないだろう。

本県にも大津波警報が発令され、沿岸の住民に避難指示や避難勧告が出た。大きな被害がなかったのが、せめてもの幸いだ。昭和南海地震の死者二百二人のほとんどは、津波によるものだった。いざというときに慌てなくて済むよう、避難場所を確認しておきたいものだ。

菅直人首相の違法献金問題などをめぐって激しい攻防を繰り広げていた国会審議も中断され、政府は緊急対策本部を設置した。与野党が一丸となって被災者救済に全力を挙げてほしい。

新年度予算ばかりでなく、膨大な補正予算も必要になるだろう。国民不在の見苦しい駆け引きは、もう許されない。

〈注〉 地震の規模は、その後、マグニチュード9・0と訂正された。

（2011・3・12）

福島第一原発事故

福島第一原発が深刻な危機に陥っている。水素爆発などによって原発周辺で高濃度の放射能が検出された。枝野幸男官房長官は「身体に影響を及ぼす可能性のある数値」とし、菅直人首相も半径二十～三十キロの住民に新たに屋内退避を指示した。

漏れ出した放射能は風に乗って東京など関東各地に拡散し、通常より大幅に高い放射線量が観測されている。健康には影響がないというが、「原発は安全」と言い続けてきた国や東京電力の責任は極めて重い。

わが国には五十四基の原発がある。さらに国は二〇二〇年までに九基を増設する計画だった。しかし、これも見直さざるを得ないだろう。安全性は世界最高水準といっても、もう誰も信用しない。安全神話は完全に崩れた。

福島原発の事故を受け、ドイツは原発の安全検査に乗り出した。地球温暖化防止に有効として、脱原発から原発推進に方向転換していたスウェーデンも今回の事故に注目している。

一九八六年に旧ソ連で起きたチェルノブイリ原発事故は、数百万人が被ばくする最悪の惨事となった。周辺では今も放射能汚染が続き、子どもの甲状腺がんも増えている。

安斎育郎立命館大学名誉教授は言う。「一番の心配は大量の放射線が出て、首都圏まで含めた大惨事になりかねないことだ」。東京電力は放射線の封じ込めに全力を挙げてほしい。〝第二のチェルノブイリ〟はごめんである。

(2011・3・16)

236

花見の自粛

建築家の安藤忠雄さんは、阪神大震災の復興が進む中、白いモクレンの花を眺めて物思いにふける
おばあさんの姿を見た。そのとき震災で亡くなった人々への鎮魂には、白い花がいいのではないかと
思ったという。

それが被災地に二十五万本のモクレンやコブシを植える運動へとつながった。先日、神戸に行った
とき、それらの木々が、震災で亡くなった人々の魂のように白い花を無数につけているのに出合った。

阪神大震災から十六年が過ぎた今も、その花に亡くなった家族や友人の面影を重ねる市民は少なく
ないようだ。白い花は人々の悲しみを癒やすばかりでなく、美しく純化する力を持っている。

徳島市ではきのう桜が満開になった。桜前線は今後、東日本大震災の被災地へと向かう。東京都の
石原慎太郎知事は「桜が咲いたからといって一杯飲んで歓談するような状況じゃない」と言い、花見
を自粛すべきだとの考えを示したが、被災地の考えは違うようだ。

「花を見て元気になってほしい」と被災者を招待し、桜祭りを実施する動きが出ているという。青森
の弘前さくらまつり、秋田の角館桜まつり……。満開の桜は被災者に、必ずや生きる喜びを与えるは
ずだ。

被災地とは比較にならないが、西日本の人々も今回の震災で心に深い傷を負った。そのことに気づ
かずに暮らしているだけである。桜くらい楽しんで何の罪があろうか。

（2011・4・9）

森内俊雄「梨の花咲く町で」

この季節、鳴門のあちこちで特産の梨が白い清楚な花をつける。文芸誌「新潮」五月号に掲載されている徳島ゆかりの作家・森内俊雄さんの「梨の花咲く町で」も、鳴門を舞台にした短編小説である。

「わたし」は大谷焼の里を訪ねた記憶をもとに、大谷駅前が一面の梨畑になっていて、白い花が満開だったと雑誌に書いたことがある。しかし、大谷を再訪して、駅前には梨畑がなかったことに気づく。

その道すがら、梨の花咲く季節に会った陶芸家の森浩さんや舞踊家の檜瑛司さんら、懐かしい故人の思い出が、愛惜を込めてつづられていく。テーマは「時間」と「記憶」である。

「過去というものは、思い出されているかぎりにおいて、それは現在である」という「時間」。思いの深さで、いかようにも変容する「記憶」。それを白い梨の花がさわやかに彩る。大谷駅前の満開の梨畑も、「わたし」にとっては〝真実の風景〟なのである。

先日、この欄で建築家の安藤忠雄さんが阪神大震災の被災地に植えた白いモクレンのことを書いた。それと同様に森内さんの白い梨の花もまた読者の心を浄化する。

小説には、少年時代の森内さんが徳島大空襲の際に逃げ込んだ眉山や森陶器の水琴窟、堀江北小なども登場する。森内さんには「眉山」など徳島を舞台にした小説が幾つかあるが、うれしいことにまた一つ、愛すべき作品が加わった。

（2011・4・15）

キーンさん日本永住

哲学者の鶴見俊輔さんは太平洋戦争開戦翌年の一九四二年、米国の日本人戦時捕虜収容所にいた。

当時二十歳、ハーバード大哲学科の留学生だった。

米政府の役人に、こう決断を求められた。《（日米捕虜の）交換船が出るが、乗るか、乗らないか》。

鶴見さんは《乗る》と答えた。理由はこうだ。《この戦争で日本が米国に負けることはわかっている。

……しかし、負けるときには負ける側にいたいという気がした》。

《もし勝つ側にいて、収容所の中で食うに困ることもなく生き残り、日米戦争の終わりを迎えるとしたら、そのあと自分が生きてゆく途はひらけてゆかないように思えた》（「思い出袋」岩波新書）。あえて困難な道を選んだわけである。

日本文学者で米コロンビア大名誉教授のドナルド・キーンさん（88）が日本に永住する意志を固め、日本国籍取得の手続きを始めた。東北地方へも何度も旅をし、一年の半分は日本で過ごしてきたキーンさん。関係者によると、東日本大震災に心を痛め、「大好きな日本に住み続けたい」と思ったそうだ。

震災と福島原発事故のあと、多くの外国人が日本から脱出しただけに、キーンさんの日本への深い愛情と勇気ある決断には胸を打たれた。自らの思想・信条に誠実であろうとする点で鶴見さんと共通するものがある。

震災の何を、どう語ってくれるのか。キーンさんの今後に注目したい。

（2011・4・19）

33個目の石

米バージニア工科大で起きた銃乱射事件で学生ら三十二人が死亡し、容疑者の学生が現場で自殺したのは二〇〇七年四月のこと。追悼集会が開かれたキャンパスには三十三個の石が置かれ、花が添えられたという。

哲学者の森岡正博さんによると、三十三個目の石は自殺した容疑者のためのものである（「33個めの石」春秋社）。置いたのは同大の女子学生。それが持ち去られると、彼女は新しい石を置いた。それもなくなると、誰かが新しい石を持ってきたという。

森岡さんは書く。〈殺害した犯人も、その家族も、この狂乱した現代社会の被害者であるという考え方に、私は大きな救いを感じる〉と。そして問いかける。〈日本で同じような事件が起きたときに、われわれは「33個めの石」を、はたして置くことができるであろうか〉と。

森岡さんの頭にあるのは乗客百六人と運転士が死亡した尼崎JR脱線事故である。慰霊式の対象に運転士が含まれていないことだ。運転士もJR西日本の過密ダイヤの被害者だと森岡さんは言い、運転士をも追悼する社会に変わってほしいと訴える。

事故は二十五日、発生から六年を迎えたが、何年たっても遺族の悲しみが癒えることはないだろう。だが、今年の慰霊式にも〝107個目の石〟が置かれることはなかった。森岡さんの望む社会の実現には、まだまだ遠そうだ。

運転士の遺族の苦しみも同じである。

（2011・4・28）

田植えができない悔しさ

田植えの季節になると、日本画家・小野竹喬（一八八九―一九七九年）の晩年の傑作を思い出す。芭蕉の「奥の細道」の句を絵画化した「田一枚植ゑて立ち去る柳かな」という作品だ。

いま植えたばかりの苗が整然と並ぶ水田。田の水は青空と白い雲を鏡のように映し、画面の右端には柔らかな新緑の柳が立っている。明るい色と簡潔な形。竹喬の絵の特徴がよく表れた作品だ。

昨春、東京国立近代美術館で開かれた「生誕120年　小野竹喬展」で出合って以来、忘れられない一作となった。「奥の細道」は芭蕉が東北を旅した折の紀行文だが、今年は東日本大震災の影響で田植えができない地域も少なくない。

津波による塩害、うずたかく積まれたがれきの山、福島第一原発事故に伴う放射性物質で汚染された土壌……。きのう住民の一時帰宅が始まった原発周辺の警戒区域は、田植えどころか、立ち入りが禁止されている状態だ。

田植えをしたくてもできない。農家の人々の悔しさはいかばかりか。一時帰宅の際に、荒れた田んぼを横目でにらみ、涙をこらえる人もいるだろう。農家の人がコメを買う。今年はそんなケースも出てきそうだ。

「原発が安全だなんて、とんでもねえ話だった。原発のおかげでいろんなものがなくなった」とは福島県の農家の人の嘆きである。被災地に竹喬が描いた水田の風景がよみがえるのは、いつの日か。

（2011・5・11）

マーラー没後百年

芸術家の中には、生きている間は全く理解されず、死後に高い評価を受ける作曲家・マーラーもそんな一人だ。時代を先取りしているのだろう。きょう没後百年を迎えた作曲家・マーラーもそんな一人だ。時代を先取りしているのだろう。きょう没後百年を迎えた

十曲の交響曲で有名だが、生前は指揮者として知られた。世界的指揮者・バーンスタインらの名演でマーラーブームが起きたのは、死後半世紀以上たってからだった。

生前に「いつか私の時代が来る」と予言していたマーラー。その言葉通り、"マーラーの時代"がやって来たわけである。人生の苦悩や不安、歓喜などを盛り込んだ一時間半にも及ぶ交響曲は、まさに混沌とした現代を先取りしていたと言っていい。

特に没後百年の今年は、東日本大震災との関連から交響曲第二番「復活」が話題だ。〈滅びたものは、よみがえらねばならぬ！／おののくことをやめよ！　用意せよ！／生きるための用意をせよ！〉そう歌われる「復活」は、被災地の人々を力強く鼓舞するだろう。

音楽評論家の吉田秀和さんは、「大地の歌」など晩年の交響曲について、こう書いている。〈この人が人類におくった最も美しく、最も充実した財宝といってよい〉（『マーラー』河出文庫）。

「大地の歌」もまた、死を予感したマーラーが永遠の"復活"を願って作った曲だ。津波が全てを奪った被災地に、緑よ芽吹け！　そう歌っているように聞こえてくる。

（2011・5・18）

「東京へゆくな」

熊本生まれの詩人・谷川雁（一九二三〜九五年）に「東京へゆくな」という詩がある。その中に、こんな魅力的なフレーズが登場する。〈あさはこわれやすいがらすだから／東京へゆくな　ふるさとを創れ〉。

五四年の第一詩集「大地の商人」に収められた詩だ。谷川は、「苦海浄土―わが水俣病」の著者・石牟礼道子さんらとともに雑誌「サークル村」を刊行。カリスマ的存在として、六〇年代の全共闘運動などに思想的影響を与えたことでも知られる。

だが、高度経済成長とともに谷川の名も「東京へゆくな」も忘れ去られていく。〈今ではああいう詩のああいう部分というのはいちばんリアリティを失ってしまった〉。詩人の大岡信さんはそう指摘した（「戦後代表詩選」思潮社）。

だが、その詩がいま再びリアリティーを持ち始めた。東日本大震災がきっかけだ。東京から被災地へ大学生のUターン志向が強まっているという。東京の就職情報会社が来春卒業予定の大学生らに聞いたところ、被災地出身者の42％が「震災を機に地元就職を意識するようになった」と答えた。

被災地にも地元への愛着を深めた若者が少なくない。福島第一原発事故の影響で、東京そのものの魅力も次第に色あせつつあるようだ。

〈東京へゆくな　ふるさとを創れ〉。震災がよみがえらせた谷川の詩。地方の若者らに、再び大きな影響を与えるかもしれない。

（2011・5・20）

原発事故を予言

いま注目を集めている原子力資料情報室元代表、故・高木仁三郎さんの論文「核施設と非常事態」をネットで読んだ。すでに十六年も前から、福島第一原発事故を予言していたかのような内容には驚くほかない。

老朽化した福島第一原発などの危険性を指摘し、大地震が直撃すれば想像を絶する事態になると警鐘を鳴らした高木さん。国や電力事業者は、原発の安全神話を前提に〈地震時の緊急対策を考えようとしない〉とも批判している。さらに、津波や飛行機墜落なども想定し、今すぐ対策を検討すべきだとしている。これが発表されたのは阪神大震災が起きた一九九五年の十月。その訴えに国や事業者が少しでも耳を傾けていれば、と悔やまれる。

九八年に大腸がんが見つかった高木さん。翌年、茨城県東海村の臨界事故をきっかけに、最後の力を振り絞って録音テープを残した。それを基に「原発事故はなぜくりかえすのか」(岩波新書)が編まれたが、ゲラも見ないまま二〇〇〇年に六十二歳で死去した。

自身の偲ぶ会のために、「友へ」と題する最後のメッセージも残していた。そこには、こうある。

〈後に残る人々が……一刻も早く原子力の時代にピリオドをつけ、その賢明な終局に英知を結集される死の間際まで原発問題と向き合い続けた高木さん。その真摯な訴えを今度こそ無にしてはならない。

ことを願ってやみません〉(同書)。

(2011・5・21)

244

音楽家としての生き方

いま最も注目を集めている英国生まれの若手指揮者、ダニエル・ハーディングさん（35）は三月十一日、東京で東日本大震災に遭った。新日本フィルを指揮するため、すみだトリフォニーホールへ車で向かう途中だった。

その夜、ガラガラの会場でマーラーの交響曲第五番を振ったハーディングさん。ホールで一夜を明かした数十人の聴衆をサインや記念撮影でもてなした。新日本フィルによると、大の日本びいきだけに、数日後、後ろ髪を引かれる思いで日本を後にした。

そのハーディングさん指揮、マーラー・チェンバー・オーケストラの来日公演を大阪のザ・シンフォニーホールで聴いた。ブラームスの交響曲第一番と三番。きびきびとした演奏に「ブラボー」の歓声と拍手が鳴りやまず、会場は異様な熱気に包まれた。

素晴らしい演奏に対してだけではない。震災後、海外の演奏家の来日キャンセルが相次ぐ中、日本に深い愛情を寄せる若い指揮者への感謝の気持ちがあふれ出したのだと思う。

二十日には、すみだトリフォニーホールで新日本フィルと震災チャリティー演奏会を開く。ハーディングさんは言う。「日本が友情や助けを必要としている今こそ、日本にいるべきだと思う」。

音楽家としてばかりでなく、人としての在り方をそこに見る思いがする。その音楽は、日本での震災体験を経て、ますます深みを増していくに違いない。

（2011・6・14）

夢見ることを恐れるな

批評家の四方田犬彦さん著「人、中年に到る」に「わたしの眼の前で苦しんでいる人たちについて」というエッセーがある。激しい民族紛争が続いたセルビアの首都ベオグラード。そこでの体験をつづったくだりで、こんな印象的な文章と出合った。

〈ベオグラードでわたしが教えた学生の中には、片腕のない十九歳の女性がいて、ハルキ・ムラカミを愛読していた〉。紛争で腕を失ったのだろう。若い女性が救いを求めるように村上春樹さんの小説を読んでいる。そんな光景を想像して胸が熱くなった。

その村上さんがスペインのカタルーニャ国際賞を受けた。福島第一原発事故について、受賞スピーチで《被爆国の》日本人は核に対する「ノー」を叫び続けるべきだった〉と語った言葉も印象深い。だが〈夢を見ることを恐れてはならない〉〈われわれは力強い足取りで前に進んでいく「非現実的な夢想家」でなくてはならない〉とも語った。

イタリアには夢を見る力があるようだ。原発再開の是非を問う国民投票で反原発票が九割以上に達し、同国の首相が脱原発を表明した。

福島の事故を受け、ドイツやスイスも脱原発にカジを切った。唯一の被爆国であり、原発事故の当事国である日本が、なぜ夢見る力を持てないのか。何とも情けない話である。

(2011・6・15)

死に至る病

福島県相馬市の酪農業の男性が、自宅近くの小屋で首をつっていたという。「原発さえなければ。仕事する気力をなくした」。そんな書き置きを壁に残して。やりきれない話だ。

男性は五十代。福島第一原発事故のあと、妻の故郷フィリピンに二人の子どもとともに避難していたが、相馬市に一人で戻っていた。原発事故の影響で原乳が出荷停止になった野菜農家の六十代の男性が自ら命を絶っている。福島では三月末にも、キャベツなどの葉物類が出荷制限を受けたため、廃棄していたという。

同県では三月末にも、キャベツなどの葉物類が出荷制限を受けたため、廃棄していたという。放射性物質の農業への影響。男性は生きる根拠を失い、人生に絶望したのだろう。いつ終わるとも知れない、放射性物質の農業への影響。男性は生きる根拠を失い、人生に絶望したのだろう。

警察庁によると、それまで減っていた自殺者数が、三月十一日の震災後に急増しているという。四月は前年同月比2・1％増、五月は17・9％増。特に、原発事故が起きた福島県では、五月に前年同月比38・8％も増えている。

「気持ちが張り詰めている被災直後ではなく、しばらくたってから自殺が増えるのが心配」。震災後、そう語っていた瀬戸内寂聴さんの不安が的中しつつあるようだ。

絶望とは死に至る病である、と哲学者のキルケゴールは言った。人はどんなにつらくても、希望さえあれば生きていける。「今はどん底だから、もう上がるしかないのよ」「だから絶望しないで」――。瀬戸内さんのその言葉を、被災地にも届けたい。

（2011・6・16）

ミツバチの羽音

漁業と農業で自給自足的な生活を営む瀬戸内海の島、山口県・祝島。そこから三・五キロしか離れていない同県上関町に、中国電力の上関原発建設計画が持ち上がったのは一九八二年のことだった。

以来、祝島の住民は、豊かな自然と暮らしを守るため三十年近くにわたって反対運動を続けてきた。漁業補償金として振り込まれた五億四千万円は即座に送り返す。埋め立て工事が始まると漁船を出して阻止する。

そんな島の漁師やおばちゃんたちの姿を描いた鎌仲ひとみ監督のドキュメンタリー映画「ミツバチの羽音と地球の回転」を徳島ホールで見た。会場は、予想以上の観客でぎっしり。福島第一原発事故が浮き彫りにした原発問題への関心の高さをうかがわせた。

反対運動の代表が言う。「島の人たちだけで計画をつぶすことはできん。だけど引き延ばすことはできる。その間に社会情勢が変わって原発はだめだという世論形成ができればいい」。その冷静な分析力と先見性に思わずうなった。福島の事故後、上関原発の埋め立て工事は中断。さらに二井関成・山口県知事が、埋め立て免許の失効も含めて検討すると表明したのだから。

海江田万里経済産業相は停止中の原発を再稼働させたい意向だが、全国世論調査では「原発の廃炉推進」が82％。“ミツバチの羽音”は次第にその大きさを増し、日本の原子力政策をも揺るがしつつあるようだ。

（2011・6・21）

248

和合亮一さんの震災詩

住民の暮らしを根こそぎ破壊した東日本大震災、そして福島第一原発事故。震災から五日後の三月十六日、福島の詩人・和合亮一さんはインターネット上のツイッターに詩を書き始めた。津波による破壊のすさまじさ、パソコンを打つ手ももどかしいくらい、頭の中に詩がほとばしったという。放射性物質への恐怖、絶望と希望……。その詩は「詩の礫」「詩ノ黙礼」「詩の邂逅」の三冊にまとめられ、いま読者の注目を集めている。

〈黙礼する　青空に／黙礼する　小石に／黙礼する　波頭に　(中略) 黙礼する　久しぶりの再会に／黙礼する　目と目の合った　瞬間に　涙があふれて　その時に／黙礼する　失われた命に　手渡される魂に〉。そんな詩だ。

放射性物質への不安から、高校教師の仕事以外は家の中で過ごすという和合さん。原発事故の詩になると、言葉がとがり始める。〈何の　影響もない　だって？　隠れている　隠れているものは　何だ　隠すな　何も隠すな　青空〉といった具合だ。

旧ソ連のチェルノブイリ原発事故のあと、周辺地域では子どもを中心に甲状腺がんが多発した。それだけに、放射性物質への不安は、子を持つ親として当然のことだろう。そ和合さんの詩は、だんだん慣れっこになっていく原発事故の恐怖へと私たちを連れ戻す。内部被曝が怖くて、深呼吸すらままならない現実に、私たちを向き合わせる。

（2011・6・26）

戦争の記憶が遠ざかる

　全国的な節電で、うちわの産地・香川県丸亀市の業者が休日返上で生産に追われているという。おとつい出張で泊まった東京のホテル。ベッドの上に、そのうちわが置いてあった。初めて見る光景である。窓の外に広がる夜の街も、羽田空港のロビーも以前とは比較にならないほど薄暗い。ふと「灯火管制」という言葉を思い出した。

「エアコンの温度を下げず、節電にご協力を」。うちわがそう語っているように見えた。

　高齢者ならよくご存じだろう。戦時中、空襲警報のサイレンが鳴ると電灯を黒い布で覆った。明かりが漏れて敵機の標的にされないようにするためだ。家の中は本も読めない暗さだったという。

　それでも米軍のB29爆撃機は、情け容赦なく焼夷弾を降らし、全国の都市を火の海にした。徳島市の中心部が焦土と化したのは、一九四五年七月四日未明のこと。約一千人の市民が死亡、二千人が負傷したとされる。

　その徳島大空襲からきょうで六十六年を迎えた。徳島戦災遺族会は、国の補助金見直しの影響や会員の高齢化に伴い、きょうの死没者追悼式を縮小せざるを得なくなったという。懸念されるのは、空襲体験の風化だ。

　つらい体験を語る勇気と、耳を傾ける誠実さが今ほど求められる時代はないだろう。詩人の石垣りんは詩「弔詞」に、こうつづる。〈戦争の記憶が遠ざかるとき、／戦争がまた／私たちに近づく〉。

（2011・7・4）

小松左京さん死去

ドイツの文豪ゲーテは死の間際に「もっと光を!」と言ったそうだ。ベートーベンの場合は「友よ、拍手を! 喜劇は終わった」。事実かどうかは定かでないが、最大の関心事や心残りが最後の言葉になるのは、十分あり得ることだ。

二十六日に八十歳で死去した作家の小松左京さんは、亡くなる直前、東日本大震災に触れてこう言ったという。「この危機は必ず乗り越えられる。……日本と日本人を信じている」。「日本沈没」など数々のSF小説を通して、日本の現状に警鐘を鳴らしてきた小松さんらしい言葉だ。

一九四五年三月に大阪大空襲を体験し、中学三年で終戦を迎えた小松さん。戦後、米ソ両国が核開発競争に明け暮れる中、高度経済成長に浮かれる日本の社会に違和感を覚えた。それが「日本沈没」執筆の動機になったという。大地震が頻発し、日本列島が海に沈む。そんな大胆な発想で書かれた「日本沈没」は、七三年に出版され、四百万部を超すベストセラーに。映画やテレビドラマにもなり、一大センセーションを巻き起こした。

それにしても四十年近く前に東日本大震災を予言するかのような小説を書いていたことに、あらためて驚かされる。震災の年に亡くなったのも何かの縁だろうか。

作家としての生涯の最後に、日本と日本人への信頼の言葉を置いた小松さん。「日本沈没」の見事な〝完結編〟を、そこに見る思いがする。

(2011・7・30)

251 2011年（平成23年）

首相は脱原発表明を

広島市の平和記念公園にある「原爆犠牲教師と子どもの碑」。その台座に、こんな短歌が刻まれている。〈大き骨は先生ならむそのそばに小さきあたまの骨あつまれり〉。原爆の犠牲になった教師と児童・生徒を詠んだ作品だ。

作者は歌人の正田篠枝さん。三十四歳のとき広島で被爆し、原爆症のため五十四歳で亡くなった。

集英社の「戦争と文学」第19巻「ヒロシマ・ナガサキ」によると、正田さんは自らの被爆体験や死者への追悼を込めた短歌を作り、占領軍の検閲・干渉が危惧される中、処刑を覚悟して歌集「さんげ」を出版した。原爆の惨状を何としても伝えたかったのだろう。冒頭の短歌もその一つである。広島の原爆で犠牲になった児童・生徒は推定二千二百人。おととい、広島市内の小中学生らが碑の前に集い、黙とうをささげた。

きょう六日は「広島原爆の日」。例年と違うのは、福島第一原発事故による放射性物質被害が懸念される中でこの日を迎えることだ。

広島市の松井一実市長は平和記念式典での「平和宣言」でエネルギー政策の見直しを国に求める。

式典に出席する菅直人首相も、その場できっぱりと「脱原発」を表明すべきだろう。

正田さんはこんな悲しい短歌も残した。〈可憐なる学徒はいとし瀕死のきはに名前を呼べばハイッと答へぬ〉。原爆であれ、原発であれ、こんな子どもたちを二度とつくってはならない。

（2011・8・6）

司馬遼太郎と阿波踊り

〈踊れよと呼びかけられし旅の我〉高浜年尾──。俳誌「ホトトギス」主宰を務めた年尾が、一九五四年（昭和二十九年）に来県したときの句だ。阿波踊りが今ほど観光化されておらず、「にわか連」もなかった時代の句である。

徳島市の俳人・上崎暮潮さんによると、このとき、年尾は旅館を出たところを踊り子に呼び止められ、しばし阿波踊りを楽しんだという。眉山ふもとの天神社境内に、この句の碑があり、古き良き時代の情緒を今に伝えている。

作家の司馬遼太郎が阿波踊りを見たのは一九八八年のこと。「街道をゆく」の取材に訪れ、徳島市の料亭で見物した。〈日本女性の振りのなかでもっとも色っぽい〉と女踊りの美しさを絶賛した司馬。さらに、こう書いている。

〈他の府県がうらやましがって、西洋風のパレードをやったり、民謡と日本舞踊の街頭進出を試みたりしているが、洗練度がちがう。歴史は、真似られないものなのである〉（『街道をゆく──阿波紀行・紀ノ川流域』）。

その阿波踊りが開幕した。年尾や司馬の時代に比べ、観光客も飛躍的に増えた。〝見る阿呆〟がこらえ切れずに〝踊る阿呆〟と化す。その笑顔に接すると、私たちもつい顔がほころぶ。

被災地の仙台市や福島県南相馬市の人々が踊り込むのもうれしいことだ。阿波の夏を心ゆくまで楽しんでほしいと思う。震災の悲しみが、少しでも癒えるように──。

（2011・8・13）

阿波踊りを愛した橋本夢道

藍住町出身の俳人・橋本夢道（一九〇三 ― 七四年）に有名な阿波踊りの句がある。〈十万の下駄の歯音や阿波おどり〉。単に豪快なだけではない。阿波踊りを〝民衆の踊り〟ととらえたところに、プロレタリア俳人としての夢道の面目が躍如としている。

そして夢道はまさにプロレタリア俳人であったがゆえに、太平洋戦争が始まった四一年に特高警察に逮捕され、巣鴨の東京拘置所に収監された。容疑は治安維持法違反。戦争を批判したプロレタリア俳句への弾圧の一環である。夢道も二年と一カ月、獄中生活を余儀なくされた。

代表作の一つ〈うごけば寒い〉は獄中での作。火の気のない冬の独房の寒さばかりでなく、言論の自由すらなかった〝寒い時代〟への鋭い批判が読み取れる。

夢道の娘婿・殿岡駿星さんが昨年出版した「橋本夢道物語」によると、夢道は阿波踊りが大好きだった。終生暮らした東京・月島の祭りでも酒に酔った勢いで一人阿波踊りを踊り、子どもたちの人気者になったという。

その阿波踊りも、戦争中は中断された。〈十万の ―〉は六九年の作である。踊り子にも見物客にも広がる底抜けの笑顔。そんな阿波踊りの中の平和を夢道は愛したのだろう。阿波踊りの最終日でもある。

きょう十五日は六十六回目の終戦記念日。被災地に元気を送れただろうか。平和の喜びをかみしめながら、さあ最後の踊りを楽しもう。うごけば温かい。

（2011・8・15）

電線の地中化

〈日本人はなぜ、あんな醜いものをさらして平気なのか〉。日本を訪れる外国人が一様にそう指摘する、と建築家の宮脇檀さんが著書「暮らしをデザインする」に書いている。〈醜いもの〉とは、街なかに乱雑に張り巡らされた電線や電柱である。

電柱のないヨーロッパやアメリカの街を歩くと、風景はすっきりと美しく、緑は伸びやかで空は澄んで見えると宮脇さん。一方、日本では〈私達がどんな美しい家を創っても街を創ろうとしても、これでは風景にならない〉と嘆く。

徳島県が神戸淡路鳴門自動車道の鳴門北インターチェンジから大塚国際美術館までの一・七キロ区間で電線を地中化するという。景観をすっきりとさせ、観光エリアの魅力を高めるのが狙いだ。

電線の地中化は、脇町の「うだつの町並み」などの観光地や徳島市の市街地などでも進められているが、県内ではまだまだ遅れているのが実情だ。電線だけでなく、けばけばしい広告看板も規制しないと、日本の街並みはいつまでたっても美しくならない。

電線の地中化は景観のためだけではない。地震で電柱が倒れ、救助活動の妨げになるのを防いだり、電柱をなくして歩道を通行しやすくする狙いもある。

東日本大震災で壊滅的な打撃を受けた被災地の再生にも電線の地中化は欠かせない。〈醜いもの〉が取り払われた風景は、新たな街づくりのモデルにもなるだろう。

（2011・8・21）

挿絵画家・小松久子さん

〈挿絵を描くということは、小説家という独奏者の良い伴奏者となることでなければならない〉。徳島市出身の画家・小松久子さんの言葉だ。絵画とは違って、挿絵は〝付かず離れず〟が肝心なのだろう。〈良い伴奏者〉として、小松さんは新聞や週刊誌などを舞台に連載小説の挿絵をたくさん手がけてきた。三浦哲郎さん、渡辺淳一さん、なかにし礼さん……。そうそうたる顔ぶれだ。

その小松さんの仕事を紹介する「名作を彩った挿絵たち」展が、県立文学書道館で開かれている。小松さんがいかに優れた伴奏者であったか。三浦さんの文章が物語る。〈もし小松さんとめぐり逢わなかったら、私の長い仕事の大半はこの世に生まれることはなかっただろう〉。

二十年ほど前に、小松さんを取材したことがある。著名人の「宝もの」を紹介する仕事だった。そのとき、小松さんが出してきたのはツギの当たった布。華々しい仕事との落差に、意外な気がしたのを思い出す。

布は戦前、生家が営む旅館の掛け布団に使われていた。旅館廃業後は家族の寝具となって、小学生の小松さんを温かく包んだ。徳島大空襲で焼け出された後も、この布団だけは残り、母親が大切に取っておいたのだという。

「この布を取り出す度に、初心に帰った気持ちになる」。そう話した小松さん。一流の挿絵画家になれた理由が、分かる気がした。

（2011・8・26）

256

安藤忠雄さんの教育論

建築家の安藤忠雄さんは人を元気にする。モダンで、感性が研ぎ澄まされたコンクリート打ち放しの建築を見ても、大阪弁のユーモアあふれる話を聞いても元気が出る。既成の価値観にとらわれない自由な発想で、エネルギッシュに生きているからだろう。

その安藤さんの講演を県主催の「防災・減災フォーラム」で聞いた。東日本大震災の復興の青写真を描く政府の復興構想会議で議長代理を務める安藤さん。「鎮魂の森」づくりを提唱する一方、震災で家族を失った子どもを支援する「桃・柿育英会」も立ち上げた。阪神大震災の時にも設立し、五億円が集まったという。会員の多くは六十歳を過ぎた女性。「日本の男性は好奇心がない」と安藤さん。

「本も読まず、映画も見ず、美術館にも行かない。それでは感性が育たない」。

安藤さんは「東日本大震災からの復興はなかなか難しい」とも話した。焼け跡から復興した戦後の時代と違って、大人は働かなくなったし、子どもは大学入試センター試験につぶされていると指摘。

「今の日本人に必要なのは野心と野性だ」と訴えた。

「私たちは真剣に子どもを育て直さないといけない。東京志向、大企業志向ではなく、古里を大切にする人を育てないと——」

崩壊寸前の日本に希望があるとすれば、そこにあると安藤さん。どんなに時間がかかっても、取り組まなければならない課題だ。

（2011・8・29）

フランクルと震災

　東日本大震災後、注目を集めている本がある。第二次世界大戦中、ナチスによってアウシュビッツ強制収容所に送られ、九死に一生を得た精神科医ビクトル・フランクルの「それでも人生にイエスと言う」である。

　働けなくなるとガス室に送られた強制収容所。フランクルは、そんな極限状況の中で希望を失わずに生きる人々を描いた「夜と霧」で有名だ。「それでも人生に――」では、どうすれば人生を意味あるものにできるかを問いかける。

　興味深いエピソードが登場する。脊髄腫瘍を患った若い広告デザイナーの話だ。自分の命があと数時間と知った彼は、当直医のフランクルを呼び寄せ、今のうちにモルヒネを注射するよう依頼する。そうすれば今夜、あなたも宿直の看護師も安眠を妨げられずに済むでしょうからと。

　病気になったからといって生きる意味がなくなるわけではない。人は人生の最後を迎えても、周りの人を思いやるという人間的な行為によって人生を意味あるものにできる――というのである。

　この本が注目されたのは、震災の過酷な状況に通じるものがあるからだろう。フランクルは言う。〈人間は困窮と死にもかかわらず、病気の苦悩にもかかわらず、また強制収容所の運命の下にあったとしても――人生にイエスと言うことができる〉と。

　悲しみから立ち直れない人に、ぜひ読んでほしい一冊だ。きょう震災から半年。

（2011・9・11）

チェルノブイリ・ハート

ショッキングな映画だった。きのう徳島ホールで上映された米国のドキュメンタリー映画「チェルノブイリ・ハート」(マリアン・デレオ監督、二〇〇三年)である。

一九八六年に旧ソ連(現・ウクライナ)で起きたチェルノブイリ原発事故の被ばく者を追った作品だ。チェルノブイリ・ハートとは、放射性物質の影響で心臓に重度の障害を持って生まれてきた子どもたちを指す。

ウクライナの北にあるベラルーシ共和国には、そんな子どもが七千人もいるという。現地の医師の言葉には耳を疑った。「生まれてくる子どものうち、健常児は15〜20%くらいです」。

子どもの甲状腺がんも多発している。事故から二十五年を迎えた今も、ウクライナの首都キエフの病院ではほぼ毎日、数人の甲状腺がんを手術しているという。水頭症や脳性まひ、脳が頭蓋骨に収まらず、後頭部にはみ出した少女もいる。その子をいとおしそうに抱きかかえる女性監督の姿に、胸が熱くなった。

監督は問いかける。「私にはフクシマの原発事故が悪い夢のように見える。……原発は安全と言う人がいるが、その言葉を甲状腺がんに侵された何千人ものティーンエージャーに言えるだろうか」。

福島第一原発事故の放射性物質放出量はチェルノブイリの一割程度とされるが、事故の深刻度は同じ「レベル7」である。"フクシマ・ハート"が現れないよう祈るばかりだ。

(2011・9・18)

児玉教授の怒り

「私は満身の怒りを表明します」「七万人の人が自宅を離れてさまよっているときに、国会は一体何をやっているのですか」。その口調の激しさに、居合わせた国会議員も身が縮んだのではなかろうか。

「放射線の健康への影響」をテーマに、七月に開かれた衆院厚生労働委員会に参考人として招かれた児玉龍彦・東大教授のスピーチの一節である。その全発言を収めた『内部被曝の真実』（幻冬舎新書）がベストセラーになっている。

福島第一原発事故の後、同県南相馬市で放射性物質の除染を続けている児玉教授。母乳からセシウムが検出されたり、子どもが甲状腺がんの危険にさらされたりしているのに、放射線量の計測や除染に全力を挙げようとしない国の姿勢に思わず激高したようだ。

きのうの本紙朝刊に気になる記事が出ていた。福島県内の子ども百三十人に健康調査を実施した結果、十人の甲状腺機能の数値に異常が見られたという。

調査に当たった長野県の認定NPO法人「日本チェルノブイリ連帯基金」と信州大病院によると、「現段階では病気とは言えないが、経過観察の必要がある」という。政府は調査結果を重く受け止める必要がありそうだ。

児玉教授は、著書の中でこう警鐘を鳴らす。「地域にある（放射性物質の）総量を減らさないと、大変なことになる」。汚染地域の小まめな計測と除染が何よりも急がれる。

（2011・10・6）

三　女性にノーベル平和賞

サウジアラビアでは女性の運転が禁止されている。「見知らぬ男性との出会いが増え、家庭崩壊につながる」というのが理由だ。その解禁を求めて運転を強行した女性が先日、ムチ打ち十回の判決を受けた。

国際世論を考慮してか、アブドラ国王が判決を撤回したものの、日本では信じられないような話である。サウジに限らず、女性の人権が著しく制限されたり、抑圧されたりしている国は少なくない。

今年のノーベル平和賞が、そんな国々で非暴力による人権・平和活動を続ける女性に与えられることになったのは素晴らしいことだ。西アフリカ・リベリアのエレン・サーリーフ大統領、同国の平和活動家リーマ・ボウイーさん、イエメンの人権活動家タワックル・カルマンさんの三人である。

軍事政権を批判して投獄されたり殺害を警告されたりしながらも、身を賭して闘い続けるのは容易なことではない。三人の勇気ある行動は、人権もなく、戦争という名の暴力やレイプの恐怖にさらされている女性たちへの大きな励ましになるはずだ。

「非暴力は臆病なことではない。銃を取る者こそ臆病者だ」。普通の母親による反戦活動を組織したボウイーさんの言葉だ。

今後は銃を持つ男ではなく、胸に子どもを抱く女性の活動こそが、世界に自由と平和をもたらす原動力になっていくのだろう。そんな希望を抱かせる今年の平和賞である。

（2011・10・9）

岸上大作とデモの復活

〈装甲車踏みつけて越す足裏の清しき論理に息つめている〉。六〇年安保闘争に参加し、二十一歳で失恋自殺した学生歌人・岸上大作の短歌である。この作品を含む「意志表示」で、岸上は一躍、歌壇の注目を浴びた。

〈血と雨にワイシャツ濡れている無援ひとりへの愛うつくしくする〉。学生運動と恋愛の挫折をナイーブに詠んだ岸上の短歌は、自殺直前の絶筆「ぼくのためのノート」とともに、今読み返しても胸を熱くさせるものがある。

先月中旬、ニューヨークのウォール街で始まったデモがインターネットを通じて世界各地に広がっている。世界一斉行動日の十五日には、東京でも反原発や反貧困・反格差を訴えるデモがあった。

米国を代表する金融機関や大企業が集まるウォール街。一昨年には、公的資金による救済を受けた銀行の幹部が一人一億円を超すボーナスをもらおうとして、オバマ大統領を激怒させたのは記憶に新しい。

米国の失業率は9％と高率だ。貧困にあえぐ国民が、「富める1％」への怒りをデモで爆発させても不思議ではない。日本でも八〇年代以降、消費税導入反対などを除いて影を潜めていたデモが福島第一原発事故を契機に復活し始めた。

権力を持たない大衆にとって、デモは岸上の短歌のタイトルと同様に「意思表示」の有力な手段となる。平和的なデモが、日本の政治の停滞を揺さぶるきっかけになればいい。

（2011・10・17）

足が未来をつくる

歩くことの意味を考察した海野弘著「足が未来をつくる」によると、十八世紀の思想家ルソーは「告白」にこう書いている。〈私は歩いている時だけ、思索することができる。立ち止まると、私は考えるのをやめる〉。そういえば、ルソーは「孤独な散歩者の夢想」という著書も残している。

ゆったりとした歩行のリズムが、物を考えるのに適しているのだろう。文芸評論家の秋山駿さんも〈私はいまでも、考えのヒントを歩きながら掴む。歩行の中に見出す。歩いていないと何も閃かないのである〉と書いている（「路上の櫂歌」）。

デジカメやテレビ、ゲーム機、音楽プレーヤーなどの機能を備えたスマートフォン（多機能携帯電話）が人気という。今では携帯電話の半分を占めるほどだ。その一方で、歩きながらの使用が問題になりつつある。

画面に夢中になって駅のホームで人と接触し、線路に転落させる。路上でお年寄りにぶつかってけがをさせる。そんな事故が増えているという。自転車に乗りながらの使用などは論外中の論外だ。

車社会になって歩く機会が減り、歩行の時間もスマートフォンや携帯電話に占領される。これでは、ルソーや秋山さんのような考える力・見る力が失われても仕方がないだろう。

その結果、どんな社会が出現するか。考えるだけで恐ろしい。情報機器の奴隷にならないよう、くれぐれも注意が必要だ。

（2011・10・22）

オウム裁判

〈善良で優しくて穏やかでピュアなオウムの信者たちが組織を作ったときに、この戦後最悪と呼称される事件が起きた〉〈世界はもっと豊かだし、人はもっと優しい〉ちくま文庫。

オウム真理教を題材にしたドキュメンタリー映画「A」、「A2」を製作した映画監督・森達也さんの言葉だ。「事件」とは、言うまでもなく一九九五年の地下鉄サリン事件などを指す。

十三の事件で計二十七人を殺害したとされるオウム真理教。その裁判が、きょう強制捜査から十六年ぶりに終結する。死刑判決を受けたのは教祖の麻原彰晃こと松本智津夫死刑囚ら十三人（うち二人は未確定）。この数字を見ただけでも、事件がいかに「戦後最悪」だったかがうかがえる。

もちろん、彼らが死刑になったところで、被害者遺族の悲しみが癒えるわけではない。松本死刑囚は最後まで沈黙し、事件の真相も明らかにならないままだ。

オウム真理教の主流派「アレフ」の信者数は、事件を知らない若い入会者らが増え、一千人を超えた。森さんは言う。〈でもこれは彼らだけの問題じゃない。……僕らにもそのリスクはあるのです〉。

一人一人は優しい性格なのに、集団化すると暴走してしまう全体主義の恐ろしさ、何かを盲信し、善悪の判断がつかなくなることの危険性……。オウム事件を「特殊な集団の狂気」として片づけてしまうとき、歴史はまた繰り返される。

（2011・11・21）

「交際相手なし」過去最高

太宰治らとともに無頼派と呼ばれ、〈生きよ堕ちよ〉と敗戦後の日本人を鼓舞した「堕落論」などで知られる作家の坂口安吾。大いなる人間賛歌を書きつづった安吾には、「恋愛論」と題したこんなエッセーもある。

〈人は恋愛によっても、みたされることはないのである。何度、恋をしたところで、そのつまらなさが分かるほかには偉くなるということもなさそうだ。むしろその愚劣さによって常に裏切られるばかりであろう。そのくせ、恋なしに、人生は成りたたぬ〉

二十六日付本紙の記事「交際相手なし　過去最高」を読み、この一節を思い出した。国立社会保障・人口問題研究所の調査によると、異性の交際相手がいない十八〜三十四歳の未婚者は男性61％、女性49％に上り、過去最高になったという。驚くのは、うち半数近くが男女とも「特に異性との交際を望んでいない」と答えていることだ。男女ともパートや派遣労働者が増え、経済的な余裕がなかったり、異性とうまく付き合えなかったりする人が増えているという。

安吾の「恋愛論」は、こう結ばれる。〈孤独は、人のふるさとだ。恋愛は、人生の花であります。いかに退屈であろうとも、このほかに花はない〉。

さすがの安吾も、若い男女の意識がここまで変わるとは思わなかったに違いない。社会の変化が〝人生の花〟を摘み取り、本能まで壊してしまわないか、気にかかる。

（2011・11・28）

音の歳時記

　詩人の那珂太郎（なか）さんに「音の歳時記」という詩がある。一月から十二月まで、それぞれの月の特色を音で表し、それを小見出しふうにあしらったユニークな作品である。

　一月＝しいん、二月＝ぴしり、三月＝たぷたぷ、四月＝ひらひら、五月＝さわさわ、六月＝しとしと、七月＝ぎよぎよ、八月＝かなかなかな、九月＝りりりりり、十月＝かさこそ、十一月＝さくさく、十二月＝しんしん――といった具合だ。

　「十二月　しんしん」は、こう書かれている。〈しんしん　しはすの空から小止みなく　白模様のす（こゃ）だれがおりてくる　しんしん　茅葺（かやぶき）の内部に灯りをともし　見えないものを人は見凝（みつ）める　しんしん　それは時の逝く音　しんしんしんしん　かうして幾千年が過ぎてゆく〉。

　街にジングルベルが流れ、買い物客でにぎわう十二月。だが、詩人の繊細な耳はジングルベルではなく、「しんしん」と時が過ぎゆく音を聴き取る。東日本大震災で多くの死者・行方不明者が出た今年の十二月にも「しんしん」はふさわしい。

　被災地では喪中はがきの注文が増えた一方、年賀はがきの購入が減っていると聞く。被災者宛ての年賀状に「おめでとう」「謹賀新年」などの賀詞が使えず、さてどう書けばいいものやら、頭を悩ませる県民も少なくないようだ。

　いつもの十二月とは違って、今年は格別、命のありがたさが「しんしん」と身に染みる。

（2011・12・2）

三木稔さん死去

徳島市出身の作曲家・三木稔さんが亡くなった。文化部の記者時代に二〇〇〇年十二月までの五年間続いた。価を問われているように思う〉。ハッとした。前立腺がんを公表したのは、それから間もなくのことだった。

最終回の原稿には、こうあった。〈先月、今ここに書けない大きな人生の転機を体験した。自分の真して以来のお付き合いだった。連載は一九九六年一月に始まり、

ちょうど新国立劇場から新作オペラを委嘱された時期と重なっていた。無事完成するかどうか。がん転移の不安と闘いながら作曲した「愛怨」は、日本ばかりでなくドイツでも絶賛された。

台本・瀬戸内寂聴さんとの同郷コンビによるこのオペラを三木さんは「徳島のオペラ」と呼んだ。「二人が高齢を押して作り上げた『愛怨』が上演できるホールを、徳島に造ってほしい」とも語った。願いはかなわなかった。海外で絶賛を浴びるほどの作曲家が出ていながら、そのオペラを故郷で上演すらできない。行政の怠慢としか言いようのないことだ。

今年の三月だった。三木さんの小編成オペラ「きみを呼ぶ声」が徳島市文化センターで上演されたのは。大腸がんの手術の痛みに耐えながら、病床で書いた作品だった。終演後に舞台あいさつをした三木さんは、満足そうな笑みを浮かべていた。その笑顔を今、悲しい気持ちで思い出す。

（2011・12・9）

西へ西へと逃げてゆく

〈子を連れて西へ西へと逃げてゆく愚かな母と言うならば言え〉——。一九八七年に歌集「サラダ記念日」で一世を風靡した俵万智さんの近作である。三月十一日の東日本大震災から数日後、シングルマザーの俵さんは八歳の男の子を連れて、それまで暮らしていた仙台から沖縄の離島に移住した。

その俵さんの新作「オレがマリオ」三十首やインタビュー記事を「短歌」十二月号が特集している。

それによると、俵さんは福島第一原発事故が起きたとき、「子どもを守らなきゃ」と、たまたま空席のあった那覇便に羽田空港から乗った。

冒頭の短歌には、批判も出た。「二度と仙台には来ないでください」「自分だけよければいいんですね」などと。その一方で、自身のツイッターでこの歌をつぶやくと、共感してくれる人も多かったという。

震災からきょうで九カ月。俵さん親子は島の暮らしにもすっかり溶け込んでいるようだ。〈オレが今マリオなんだよ」島に来て子はゲーム機に触れなくなりぬ〉、〈同い年の女に四人の孫あるを聞きつつ飲めり島の泡盛〉。

福島の原発から遠く離れ住む安心感は、こんな短歌にも読み取れた。〈汚染米を「おせんべい」と誤読して子は駆けゆけり秋の陽のなか〉。

不安や迷いもあるだろう。だが、俵さんの短歌はどこまでも前向きだ。その肯定感の明るさが、同じような境遇にある女性たちを慰め、励ます。

（2011・12・11）

268

クリスマスの思い出

作家の川上未映子さんは貧しい家庭に育った。朝から晩まで働く母親を見ていると、かわいそうで、あれが欲しい、これが欲しいとは言えない。クリスマスが来てもうれしくなかったという。

そんな子どものころの十二月のこと。母親とスーパーに出かけた。母親が食品売り場に行っている間、ワゴンに積まれた服の山を見ていた。小さなフリルがついた白いトレーナーが欲しくてたまらない。だが、母親の姿が見えたとたん、ワゴンの一番下に隠してしまう。

それから数日たったクリスマスの朝のこと。目が覚めると、そのトレーナーが枕元に置いてあった。涙が後から後からあふれて、それから毎日、そのトレーナーを着たという（「母とクリスマス」＝エッセー集「世界クッキー」より）。

きょうはクリスマスイブ。今年は東日本大震災で家族の絆が見直されたこともあって、家庭用の高価なツリーがよく売れたそうだ。百貨店では輸入ブランドの宝飾品などを買うカップルも目立つという。貧富の差は広がる一方だ。ささやかでも心のこもったプレゼントに、うれし涙を流す人もいるだろう。

かと思えば、生活保護の受給者が戦後の混乱期を上回るなど、貧富の差は広がる一方だ。ささやかでも心のこもったプレゼントに、うれし涙を流す人もいるだろう。

川上さんは言う。「わたしのたったひとつのクリスマスの思い出は、喜んだわたしを見て、本当に本当にうれしそうだった、母の顔」。幸福とは何か。このエッセーは考えさせる。

（2011・12・24）

心のこもった仕事

鉛筆の断面がなぜ六角形をしているのか、ご存じだろうか。丸いと机から転がり落ちて芯が折れてしまう。三角や四角だと指が痛くなる。そこで転がりにくく程よい握り心地の六角形に落ち着いた、と原研哉著「日本のデザイン」（岩波新書）にある。

デザインといえば、日本の工業デザイナーの草分けとして活躍した柳宗理さんが亡くなった。柳さんデザインのフォークやスプーン、鍋、やかんなどを、それと知らずに使っている人も多いのではなかろうか。それだけ柳さんのシンプルで美しいデザインが広く浸透しているということである。伝統の手仕事に「美」を見いだし、民芸運動を起こした父・柳宗悦の影響を受け、「用」と「美」を兼ね備えたモダンなデザインを数多く残した。

工業デザイナーといえば、いかにも冷たい印象だが、原さんによると、柳さんのアトリエには石膏で作った原寸大の模型がたくさん並んでいた。コンピューターを使わず、その模型をひたすら手でなでさすり、用途になじむ形を追求したという。

柳さんだけではない。今年鬼籍に入った著名人は、それぞれ心のこもった仕事を残した。小説家の北杜夫さん、作曲家の三木稔さん、コメディアンの坂上二郎さん……。

きょうの本紙「墓碑銘2011」に懐かしい人の名が並ぶ。心をこめた仕事だけが人の胸を打つのだと、その名が私たちに語りかけてくる。

（2011・12・30）

2022年(总第二五册)

「方丈記」八百年

〈ゆく河のながれは絶えずして、しかも、もとの水にあらず〉。この世の無常を書きつづった鴨長明の「方丈記」が、鎌倉時代初めの一二一二年に完成して今年で八百年になる。

「方丈記」は昨年の東日本大震災から注目を集め始めた。浅見和彦訳「方丈記」（ちくま学芸文庫）によると、災害を真正面から取り上げたわが国初の記録文学であると同時に、無常の世の生き方がつづられているからだ。

二十代から三十代にかけて、長明は京都で大火、竜巻、福原遷都、飢饉、大地震の五大厄災を見聞した。「方丈記」には、その様子が生々しく描かれる。たとえば元暦の大地震はこうだ。〈山はくづれて、河をうづみ、海はかたぶきて、陸地をひたせり〉。

五十歳で出家した長明は、そんな危険な都会に家を建てるのは愚かだとして、六十歳のころ京都郊外の山中に庵を結ぶ。その四畳半程度の暮らしを長明は愛した。そして言う。都に出て、わが身が乞食のようになっているのを恥じても、庵に帰れば、人が俗塵にまみれていることを気の毒に思う。もし、私の言うことを疑うのなら〈魚と鳥とのありさまを見よ。魚は水に飽かず。……鳥は林をねがふ〉と。

「方丈記」の時代は震災と原発事故の現代にも通じる。無常の世で人々が悩み苦しむ姿は、八百年の昔も今も変わらない。長明の達観した生き方から学べることは、今も少なくなさそうだ。

（2012・1・8）

成人とは人に成ること

〈成人とは人に成ること　もしそうなら／私たちはみな日々成人の日を生きている〉。谷川俊太郎さんの詩、「成人の日に」の一節である。

〈どんな美しい記念の晴着も／どんな華やかなお祝いの花束も／それだけではきみをおとなにはしてくれない〉。だから幾つになっても人に成り続ける努力が必要なのだと、この詩は言う。

きょうは、その「成人の日」。全国で百二十二万人（県内七千九百六十一人）が、〈人に成る〉ためのスタートラインに立つ。この数字は、第一次ベビーブーム世代が成人式を迎えた一九七〇年（二百四十六万人）の半分以下である。バブルがはじけた後に生まれた世代でもあり、長引く不況の影響で二十～二十四歳の失業率は９％と極めて高率だ。さらに東日本大震災と福島第一原発事故が、重苦しい閉塞感に追い打ちをかけた。きょうは震災後初の成人の日でもある。

被災地には、二十歳を待たずに震災で亡くなった人たちを悼んで、黙祷をささげる成人式もあったようだ。「地元で就職して少しでも復興に貢献したい」。涙ながらに話す新成人もいる。政治も行政も精いっぱい彼らを支援してほしいものだ。

被災地の現状を思えば、成人式で暴れたり騒いだりすることは、さすがに恥ずかしくてできないのだろう。そんなニュースを今年は聞かない。〈成人とは人に成ること〉。谷川さんの詩の一節が、今年は格別、重く響く。

（2012・1・9）

鳥のように飛ぶ

米国の詩人W・H・オーデンに、「見る前に跳べ」という詩がある。〈危機感を見失ってはならない／道は短くて急だ／ここからは緩やかに見え様とも／もしお前が望むなら見よ　でも君は跳ばなければならない〉（水崎野里子・訳）。

大江健三郎さんの小説「見るまえに跳べ」も、この詩からきている。行動の大切さを説いた詩だ。

十四～十八歳を対象にオーストリアで開催中の第一回冬季ユース五輪のジャンプ女子で、高梨沙羅選手が金メダルを獲得した。まだ十五歳、北海道の中学三年生である。

逃げ出したいような緊張感を抱え、スキーのジャンプ台に立つジャンパーたちにも当てはまるだろうか。

しかし、「驚くことではない」と渡瀬弥太郎コーチは言う。八日にドイツで開かれたジャンプ女子のワールドカップ（W杯）では、大人の選手に交じって銀メダルを獲得しているからだ。

試合後、外国のメディアにせがまれてサインした言葉は「鳥のように飛ぶ」。〈どんな鳥だって／想像力より高く飛ぶことは／できないだろう〉（寺山修司）といった言葉を裏切るように、高梨選手は自らの想像力を軽々と超えていく。

昨年一月、札幌・大倉山では女子最長不倒記録となる男子顔負けの141メートルをマークした。ジャンプ女子が正式種目になる二年後のソチ冬季五輪でも、鳥のような大ジャンプを見せてくれるだろう。恐るべき十五歳である。

（2012・1・16）

コルトレーンの祈り

「ジャズの巨人」と呼ばれたサックス奏者のジョン・コルトレーンは、四十年の短い生涯に一度だけ日本を訪れている。肝臓がんで亡くなる前年、一九六六年のことだ。

藤岡靖洋著「コルトレーン──ジャズの殉教者」（岩波新書）によると、公演は十六日間の滞在中に八都市・十五回に及んだ。その中には広島、長崎も含まれていた。「地球の平和」という自作の曲を全身全霊で演奏したという。

過密なスケジュールの合間を縫って長崎では平和公園も訪れ、被爆者の慰霊碑に祈りをささげている。火を噴くような演奏の背後には、黒人差別への怒りとともに平和への強いメッセージが込められていたことを藤岡さんの著書で知った。コルトレーンの葬儀が米国の教会で行われたときのこと。追悼演奏をしたサックス奏者のアルバート・アイラーは、悲しみのあまり二度も演奏を中断し、慟哭したという。コルトレーンがいかに敬愛されていたかを物語るエピソードだ。

オバマ米大統領が、おととい就任から三年を迎えた。日本と同様の〝ねじれ国会〟で思うように力が出し切れないのは分かるが、新型核実験を繰り返していることには心底、失望させられる。あの「核なき世界」宣言はどこへ行ったのか。

コルトレーンは「音楽が世界を変える」と信じ、力の限り広島、長崎で演奏した。その愚直なまでのひたむきさをオバマ大統領にも求めたい。

（2012・1・22）

徳島で没した薩摩治郎八

県立文学書道館三階常設展示室で開催中の「薩摩治郎八展」をのぞいた。薩摩（一九〇一～七六年）は、戦前のパリで画家の藤田嗣治ら多くの芸術家を支援する一方、留学生のための「日本館」をパリ国際大学都市に建設し、欧州社交界で「バロン・サツマ」と呼ばれた人である。

亡くなって三十六年になる今も評伝や研究書の出版が相次いでいるのは、語り尽くせぬ魅力に富むスケールの大きな人物であったからだろう。晩年の十七年間を徳島市で暮らすなど、本県との縁も深かった。

そのいきさつはこうだ。パリで財産を使い果たし、戦後帰国した薩摩は東京・浅草のアパートで暮らし始める。そこで浅草座のトップスターだった徳島市出身の利子さんと出会って結婚した。薩摩五十五歳、利子さん二十五歳のときだった。その三年後、夫妻で阿波踊り見物に訪れた薩摩は脳卒中で倒れる。病が癒えた後も東京には戻らず、七十四歳で亡くなるまで徳島市で暮らした。

なぜそうしたのか。瀬戸内寂聴さんの評伝「ゆきてかえらぬ」の中で、薩摩は語っている。〈徳島は好きなんですよ。……わたしの最初の乳母がね、徳島の女だったんですよ。……それにここは明るいから……地中海のように明るい空だし……女もやさしい〉。

パリにおける薩摩の活動の根底には、世界平和への願いがあったことも同展で知った。もっと徳島で語られていい人物である。

（2012・1・26）

三木稔「あしたまた」

昨年十二月に亡くなった徳島市出身の作曲家・三木稔さんに「あしたまた」という合唱曲がある。

東京の男声合唱団から「何か公演の最後に歌えるような歌を」と依頼されて作った曲だ。

三木さんに前立腺がんが見つかって一年ほどたった頃のこと。『さよなら』という言葉は嫌だから、違う言葉で書いてほしい」と那名子夫人に作詞を依頼。出来上がったのが「あしたまた」だった。

こんな詞だ。〈あしたまた とりのように さえずり／あしたまた ライオンのように たくましく／あしたまた はなのように うつくしく／あしたまた たいようのように あたたかく／あしたまた えがおで／あしたまた あしたまた〉。

三木さんもこの歌詞が気に入り、入院中、リハビリで散歩するときなどによく口ずさんでいたという。

先日、追悼公演として徳島市内のあわぎんホールで上演された三木さん作曲のオペラ「じょうるり」の舞台でも、最後に客席と一体となってこの曲が歌われた。

心が洗われるような、さわやかな曲だった。那名子夫人の舞台あいさつも胸に響いた。「主人は徳島が大好きで、いつも徳島のことを話していました。きょうの舞台もどこかで見てくれているはず。これからは作品の中で生きていくのだと思います」。

「さよなら」という言葉が嫌だった三木さん。だから、こう言っておこう。三木さん、あしたまた。

（2012・2・3）

山下菊二展

フクロウは古代ギリシャの時代から「森の賢者」と呼ばれ、英知の象徴とされてきた。夜でも見えるといわれる鋭い目で周囲を睥睨する様子は、なるほど孤独な哲学者を思わせる。

三好市井川町出身の画家・山下菊二（一九一九〜八六年）は、そのフクロウを家の中でたくさん放し飼いにしていた。昌子夫人によると「キャンバスの上に止まって制作中の夫を眺めたり、描いたばかりの絵にふんをしたりしていた」というから、よほどの鳥好きだったのだろう。

昨年、夫人から寄贈されていた山下の作品のうち約二百点を並べた特集展が、県立近代美術館で開かれている。反戦・反差別の画家として生きた山下の世界が、ぐるりと一望できる構成だ。

青年期に中国戦線に送られ、日本軍の残虐行為を目の当たりにした山下。自らも上官の命令で手を下さざるを得なかったことへの自責の念が、徹底した反戦・反差別へと向かわせた。

亡霊になっても前進する兵士をシュールレアリスム（超現実主義）の手法で描いた「骨肉病んで」、徴兵を拒否した元プロボクサー、ムハマド・アリへの共感がにじむ作品……。昌子夫人によると、山下は優しさと強さを併せ持つ人だった。

写真に見る山下の目は、フクロウのように深く澄んで鋭い。それは戦後、一貫して戦争と差別の闇を見据え、告発し続けてきた人ならではの曇りのない目だ。

（2012・2・10）

建築の力

建築家の伊東豊雄さんは、壊滅的な津波被害を受けた岩手県釜石市の依頼で、同市の新たな街づくりに取り組んでいる。その姿を追ったNHKのドキュメンタリー番組「希望の町のデザイン」を、ご記憶の方も少なくないだろう。

釜石市の人々は、古くから海や山の自然と向き合って暮らしてきた。そこに〝ミニ東京〟のような画一的な街は絶対に造らないこと、そして震災で断たれた住民の絆を取り戻すこと。それが復興の原動力になる、と伊東さんは考えた。

そうして提案したのは、自然が豊かで津波にも強い、合掌造りをモチーフにした集合住宅だった。屋上には広々とした共有のテラスが設けられ、住民の自由な語らいの場となる。

街の模型を見た途端、住民の顔が日を浴びたように輝き始めた。復興には何よりも将来への夢や希望が欠かせないことを、そのシーンが物語っていた。

震災から十一カ月。被災地の復興を担う復興庁が、ようやく発足した。平野達男復興相は、復興作業の迅速化を職員に指示した。しかし、ただ早ければいいというわけではない。じっくりと取り組んでほしい課題もある。街づくりもその一つだ。

阪神大震災の復興住宅は、高層建築が立ち並ぶ無味乾燥なものだった。それだけに東北の再生は、伊東さんのプランのように、住民に生きる希望を与えるものであってほしい。建築には、その力が十分ある。

（2012・2・13）

草間弥生展

　国際的に活躍する美術家・草間弥生さんの作品が、若い女性の人気を集めている。もともと前衛作家として知られた草間さんだが、近年の作品に頻繁に登場するカラフルな水玉模様や少女などのポップな感覚が、若い人たちを引きつけるようだ。

　草間さんの少女時代は、必ずしも幸福ではなかった。周囲の世界が水玉や網目に覆われているような幻覚に苦しんだ。母親には絵描きになることを反対され、絵を描いていると怒られたという。

　八十二歳になる今も神経症的な症状が続き、絶えず襲う自殺願望を絵を描くことで乗り越えてきた草間さん。その苦しみと表裏一体となった生命の賛歌が見る者を励ますのだろう。

　大阪・中之島の国立国際美術館で開催中の「草間弥生──永遠の永遠の永遠」も若い女性らでいっぱいだった。水玉や女性の横顔、ノコギリ歯のようなギザギザ模様。そんな図柄が繰り返し描かれ、画面を埋め尽くす即興的な作品は、生きる喜びを感じさせて飽きることがない。

　草間さんの詩「永遠の永遠の永遠」にこうある。〈私は生きたい……200年も500年も生きながらえて／平和と人間愛の行き着く所への不滅の志をもって／命の限り、たたかっていきたい〉。

　政治も経済も人間もすべてが疲弊した今、これほどエネルギッシュな人に出会う機会はまれだろう。芸術の力を、そこに見る思いがした。

（2012・2・16）

橋下徹大阪市長

ドイツの劇作家ブレヒトに、「ガリレイの生涯」という戯曲がある。地動説を唱えたガリレオ・ガリレイと教会とのあつれきをテーマにしたブレヒトの代表作の一つである。

その中に有名なせりふが登場する。ガリレイの弟子アンドレアが〈英雄を持たぬ国は不幸だ！〉と言う場面。それに対して、ガリレイはこう答える。〈ちがうぞ。英雄を必要とする国が不幸なのだ〉。

まるで日本の現状を言い表したような言葉だ。停滞の長いトンネルから抜け出せないでいる日本の政治。それに挑戦状を突きつけた橋下徹大阪市長が人気を集めている。共同通信の最新の世論調査でも、橋下氏率いる「大阪維新の会」の国政進出への期待が61％にも上った。

坂本竜馬の国家構想「船中八策」になぞらえ、次期衆院選の公約集「維新八策」を発表した橋下氏。そのこと自体は悪くないが、教育への政治介入と批判の強い教育基本条例案や違法性が指摘される市職員への政治活動調査などは、あまりにも強引で、問題が多い。

橋下氏の断定的な物言いも人気の一因なのだろう。だが、評論家の小林秀雄はかつてこう言った。

〈勇ましいものはいつでも滑稽だ。人間の真実な運動が勇ましかったためしはないのである〉。

アイドル歌手への熱狂は罪がないが、政治家への熱狂は国を危うくしかねない。混沌とした時代にこそ、粘り強く冷静な判断力が求められる。

（2012・2・24）

田中慎弥「共喰い」

先日、芥川賞を受賞した田中慎弥さんの小説「共喰い」が二十万部を超すベストセラーになっているという。仏頂面での記者会見などが話題を呼び、純文学作品としては異例の売れ行きになったようだ。

暴力で女性を支配する父親と、自分にも同じ血が流れているのではないかとおびえる息子——。受賞作は地方の川辺の町を舞台に、人間の心の奥底に潜む暴力性に目を据えた作品だ。

山口県下関市に生まれ、工業高校を卒業後、職には就かずにコツコツと小説を書いてきた田中さん。「文学界」三月号での作家の黒井千次さんとの対談によると、アカデミックな文学教育は受けておらず、小説の執筆も若い世代には珍しい手書きという。

それもファクス用紙の裏やカレンダーの裏に鉛筆で書き、原稿用紙に清書するというやり方だ。そういえば、受賞作の文章にも鉛筆の先端がゴリゴリと紙に食い込んでいくような力強さが感じられた。

パソコンは書き足しや消去が簡単にできて便利だが、安易に書いたり消したりしてしまう落とし穴も潜んでいる。現代の私たちは、便利さと引き換えに大事な何かを失い続けているのかもしれない。

物書きとして腰の据わった覚悟も感じられる田中さんの受賞作。ベストセラーのきっかけが何であれ、多くの人に読まれるのはいいことだ。そこには、人が生きることのどうしようもない悲しみが描かれている。

〈2012・2・25〉

第五福竜丸

戦後、日本人が放射線被曝（ひばく）を経験したのは福島第一原発事故が初めてではない。一九五四年に太平洋のビキニ環礁で米国が行った核実験で、静岡県焼津市の遠洋マグロ漁船「第五福竜丸」の乗組員二十三人が「死の灰」を浴びたのが最初だった。

第五福竜丸の船体や乗組員からは強い放射性物質が検出された。当時、大阪市立大助教授の故・西脇安氏は、米原子力委員会に「汚染を除去する方法を教えてほしい」と手紙を送ったが、握りつぶされたという。

被曝から約半年後、無線長の久保山愛吉さん（当時40歳）が死去する。そのときも日本の医師団は死因を「放射能症」と発表したが、米側は否定した。そして、事件をきっかけに高まった反核・反米感情を封じ込めようと、米国は日本の「原子力の平和利用」を加速させ、原発導入へと至った。

きょう三月一日は第五福竜丸が被曝した「ビキニ・デー」。これを前に、東京で講演した第五福竜丸の元乗組員・大石又七さんは政府をこう批判した。「私たちは内部被曝し、たくさん病気を抱えているが、政府が当時原発導入を急いだため被害が過小評価され、切り捨てられた」。

福島第一原発事故は、唯一の被爆国である日本の政府が第五福竜丸事件を軽視したことの帰結といえる。「核という恐ろしいものはなくしていくべきだ」。大石さんの訴えに、政府は今度こそ耳を傾けるべきである。

（2012・3・1）

283　2012年（平成24年）

ひな祭りの悲しい光景

〈幾万の雛わだつみを漂へる〉。俳人・長谷川櫂さんの「震災句集」にそんな句があった。東日本大震災の大津波で流された無数のひな人形が、三陸の海を漂っている。幾万の「雛」は「人」でもあろうか。悲しい光景である。

きょう三月三日は「ひな祭り」。とはいえ、被災地には家もろともひな人形を流された家庭が多いだろう。それどころか、祝うべき女の子を亡くした親も少なくない。そんな家族にとっては、余計に迎えたくない〝きょう〟である。

昭和三陸地震は一九三三年の三月三日午前二時半ごろに起きた。ひな祭りを楽しみに、ひな人形を飾った部屋で寝ていた親子もいただろう。最大二十八・七メートルの津波が三陸を襲い、三千人を超す死者・行方不明者を出した。

その三陸の海でワカメの収穫作業が始まったという。明るい話題だ。徳島県水産研究所が宮城県に提供していた養殖ワカメの種苗が、気仙沼湾で元気に育ったのだという。収穫したばかりのワカメを高々と掲げ、笑顔を見せる漁業関係者の写真も心に残る。気仙沼といえば、長谷川さんの句集に、こんな句もあった。〈燎原の野火かとみれば気仙沼〉。震災発生時、津波と火災の両方に襲われた気仙沼。復興への歩みは遅いが、一歩一歩、前へ進んでいるのがうれしい。

徳島から気仙沼へ——。ひな祭りのぼんぼりに明かりを入れるように、希望の灯をともし続けたい。

（2012・3・3）

増える「孤立死」

　詩人の天野忠さんに「あーあ」という詩がある。こんな書き出しだ。〈最後に／あーあというて人は死ぬ／生れたときも／あーあというた／いろいろなことを覚えて／長いこと人はかけずりまわる／それから死ぬ〉。

　同じ〈あーあ〉でも、そのニュアンスは人それぞれだ。あーあ、もっと長生きがしたかったとか、あーあ、もっと人生を楽しめばよかったとか……。さて、この人たちの口から漏れたのは、どんな〈あーあ〉だったか。誰にも気づかれず、都会の片隅で「孤立死」していった人たち——。

　東京・立川市の都営アパートの一室で、九十五歳の認知症の女性と介護していた六十三歳の娘とみられる二人の遺体が見つかった。ともに死後一カ月くらいたっていた。同市では先月も、障害がある四十五歳の男児と四十五歳の母親がマンションで死亡しているのが見つかったばかりだ。男児の胃の中は空っぽで、母親が急死した後、食事を取れずに衰弱死したとみられている。

　そんな孤立死が札幌市、さいたま市などでも相次いだ。職もなく福祉の手も届かずにひっそりと息絶える。その、ため息のような〈あーあ〉を思うと胸が痛む。一人暮らしの孤独死も相変わらず少なくないようだ。

　孤立死や孤独死には、新聞がたまっていたり電気・ガス料金を滞納していたり、何らかの異変があるはずだ。それを見逃さず、悲しい〈あーあ〉を一人でも多く救いたい。

（2012・3・12）

吉本隆明さん死去

吉本隆明さんといっても、若い人はピンとこないかもしれない。作家のよしもとばななさんのお父さんといった方が、通りがいいだろうか。「戦後最大の思想家」と呼ばれた評論家で詩人の吉本さんが、八十七歳で亡くなった。

吉本さんといえば、若いころの詩「ちいさな群への挨拶」を思いだす。〈あたたかい風とあたたかい家とはたいせつだ／冬の背中からぼくをこごえさせるから／冬の真むこうへでてゆくために／ぼくはちいさな微温をたちきる〉。さらにこう続く。〈ぼくの孤独はほとんど極限に耐えられる／ぼくの肉体はほとんど苛酷に耐えられる／ぼくがたおれたらひとつの直接性がたおれる／もたれあうことをきらった反抗がたおれる〉。この詩に、どれだけ多くの人が励まされてきたことか。

戦時中、軍国少年だったことへの反省を思想の出発点とした吉本さん。常に大衆の側に立ちながら、しかし決して迎合することなく、独自の思想を紡ぎ出す生き方がすがすがしかった。

二、三年前になるだろうか。NHKの番組で、自宅でのインタビューを終えた吉本さんが廊下をはうようにして奥に消える姿に深い感銘を受けた。普通なら撮らせない映像である。これが老いの姿だと身をもって示したのだろうか。

亡くなるまで時代と切り結ぶように発言し続けた吉本さん。羅針盤のない時代だけに、もっと生きていてほしい人だった。

（2012・3・17）

286

震災復興願い 歩き遍路

お遍路さんをよく見かけるようになった。「遍路」といえば春の季語。菜の花畑や麦畑を縫うように歩く白装束の遍路は、阿波路を代表する春の風物詩でもある。詩人の大木惇夫は昭和の初め、そんな遍路の風景を「阿波の春」と題して、こううたった。

〈杉の花のほろろ散るや／かなた街の屋根はしづか、／河は流れ山は青み／菜種咲きて霞む遠野、／み寺めぐる人ら行きて／阿波の春よ、鐸は鳴りつつ〉。花粉症の人にはいささかつらい書き出しかもしれないが、描かれた風景は絵のように美しい。

最近は外国からのお遍路さんも増えている。先日の本紙地域面には、パリ在住のフランス人男性、ニコラ・シェンヌさん（27）が東日本大震災の復興を願い、歩き遍路に挑戦しているという記事が載っていた。

生後間もなく右足が不自由になったニコラさん。補助具のつえを突き、歩き通すことで津波や原発事故の被害を受けた東北の人たちを励ますことができれば、と決意したそうだ。

全長千二百キロの行程を七十日で歩くのは、いくら知人の同行があるとはいえ、容易なことではないだろう。だが、手や膝に痛みが出たり心が折れそうになったりしながら二十三番札所・薬王寺まで到達したというから頭が下がる。

寺では「東北の皆さんに笑顔が戻りますように」と手を合わせるニコラさん。無事の結願とニコラさんの幸せを心から祈りたい。

（2012・3・30）

憲法は世界に誇る文化遺産

作家の瀬戸内寂聴さんが関西電力大飯原発の再稼働に抗議して、東京の経済産業省前でのハンガーストライキに参加したという。

福島第一原発事故以来、脱原発を訴えてきた瀬戸内さん。再稼働への政府の動きを批判し、「九十年生きてきて、今ほど悪い日本はありません。このままの日本を若者に渡せない」と怒りをあらわにしたそうだ。

瀬戸内さんにとって、抗議のハンストは初めてではない。一九九一年にも湾岸戦争の即時停戦を祈って、京都の寂庵で七日間、断食をしている。その背景には太平洋戦争当時、徳島市の空襲で母親と祖父を失った体験や、自衛隊の海外派遣を検討していた政府への怒りがあった。

断食後にインタビューした際、瀬戸内さんはこう語った。「憲法を変えようという姿勢が見え見えったでしょう。あの憲法は私たちの世代が戦争で血を流してやっと勝ち取った世界に誇れる文化遺産。それをむざむざとなし崩しにしちゃいけませんよ」。

戦争放棄をうたったその憲法が、きょう施行から六十五年を迎えた。戦争の記憶が次第に風化する中、自民党や大阪維新の会などは改憲に前向きだ。政府も武器輸出三原則に基づく禁輸政策を緩和するなど、平和憲法の理念がなし崩しになりつつある。

「憲法は世界に誇れる文化遺産」――。憲法記念日のきょう、瀬戸内さんのこの言葉をいま一度、じっくりとかみしめたい。

(2012・5・3)

学力競争より助け合いを

内閣府の調査によると、成人男女の23％が自殺したいと思ったことがあり、二十代が28％と最も高いそうだ。なぜ、そんなに多くの人が自殺を考えるのか。桜井智恵子著「子どもの声を社会へ」（岩波新書）に、こんなくだりがあった。

経済成長を目標に〈がんばれと言い続けられた日本の国民は、うまく行かないとき自分を責め、病み、ときに自死に向かう〉。大人だけでなく子どもも同様と著者は指摘する。教育の目的が、助け合うことより学力競争に置かれるようになり、それが子どもを追いつめていると言う。国連子どもの権利委員会も、そんな日本の学校の在り方や教育制度を見直すよう勧告している──と。

著者は大学教授で兵庫県川西市の「子どもの人権オンブズパーソン」代表。いじめなどに悩む子どもの声を聞き、うまくいかなくなっている両者の関係に働きかけ、時には教育制度を改善するよう市に提言する。

そんな活動を通して見えてきたのが、学校も家庭も子どもも「学力向上」の掛け声に翻弄（ほんろう）され、傷つき、追いつめられている日本社会の姿。過剰な教育や働き方を緩め、多様な人々と助け合って生きる思想が必要と訴える。

〈子どもはいるだけでボランティア、存在だけで希望だ〉と著者。そんな子どもの声に耳を傾け、むやみに人と比べたり、孤立させたりしない社会でありたいものだ。きょうは「こどもの日」。

（2012・5・5）

原発事故と文明の岐路

ブラジルの元環境大臣、マリナ・シルバさんはアマゾンの奥地で育った。そのため十六歳まで読み書きができなかったが、メードをしながら教育を受け、今や自然保護のリーダーとして活躍している。

福島第一原発事故を受け、そのシルバさんが警鐘を鳴らす。〈人類は〝全能〟であるかのようなおごりを捨てるべきです〉。アマゾンのインディオが、自然の恩恵を受けながら自然を殺すことなく何千年も暮らしてきたように、自然との共存の道を模索すべきと訴える。

〈われわれは今、文明の岐路に立っています〉（共同通信社取材班編『世界が日本のことを考えている』）。アマゾンでの生活体験に裏打ちされたシルバさんの発言は、シンプルで力強い。

その言葉は、谷川俊太郎さんの詩「空に小鳥がいなくなった日」とも響き合う。〈森にけものがいなくなった日／森はひっそり息をこらした／森にけものがいなくなった日／ヒトは道路をつくりつづけた〉。

詩はこう結ばれる。〈空に小鳥がいなくなった日／空は静かに涙ながした／空に小鳥がいなくなった日／ヒトは知らずに歌いつづけた〉。

森から獣が消え、空に小鳥がいなくなる日——。原発事故後、それは空想の産物ではなくなった。小鳥の消滅は人類にも及ぶ。空に涙を流させないための、きょうから愛鳥週間。

（2012・5・10）

海野十三の警鐘

徳島中央公園に今が盛りと咲き誇るバラ園がある。その一角に、徳島市出身でSF小説の先駆者として活躍した海野十三（うんの・じゅうざ）（一八九七─一九四九年）の文学碑があるのをご存じだろうか。

今年、結成二十周年を迎えた海野十三の会（山下博之会長）が、九三年に建てたものだ。碑の上に彫刻家・河崎良行さんのモダンな立体作品「天体のオブジェ」、碑の右側には推理作家・江戸川乱歩の十三への賛辞がある。

注目されるのは、その隣に刻まれた十三のこんな言葉だ。〈全人類は科学の恩恵に浴しつつも、同時にまた科学恐怖の夢に脅かされている。恩恵と迫害との二つの面を持つ科学、神と悪魔との反対面を兼ね備えている科学に、われわれはとりつかれている〉。

戦前に書かれた文章だが、今これを読むと福島第一原発事故を思い起こさないわけにはいかない。原発事故はまさに科学の「悪魔」としての側面だし、広島・長崎への原爆投下もまた科学の「悪魔」性をむき出しにしたものだった。

十三はSF小説の先駆者というにとどまらず、予言者的な一面も併せ持っていた。十三の指摘を真摯（しんし）に受け止めていれば、あるいは原発事故も起きなかったのではないかと悔やまれる。

きのう、五月十七日は十三の命日。文学碑の前に立つと、十三が科学の暴走を食い止めようとして、徳島から世界へ、無言の警鐘を鳴らし続けているように思えてくる。

（2012・5・18）

吉田秀和さん逝く

クラシック音楽評論の第一人者、吉田秀和さんが亡くなったと聞き、二つの印象的な文章を思い出した。一つは戦時中の思い出、もう一つは二十世紀最高のピアニストとされるホロビッツの演奏についてである。

「こんな時に音楽なんか聴いてやがって」。隣近所から批判の声が聞こえてきた戦時中のこと。吉田さんは押し入れに蓄音機を入れ、そこに首を突っ込んでフォーレの室内楽などを聴いたという。若い頃にこの文章を読み、深い感銘を受けたものだった。

一方、ホロビッツが初来日したのは一九八三年のこと。吉田さんは演奏の衰えに失望し、こう批評した。「ひびの入った骨董だ」。ところが当のホロビッツ。怒るどころか、「東京の聴衆に気の毒なことをした」と不出来を認め、三年後に八十一歳で再来日した。

吉田さんはそのときの演奏を絶賛する。そしてこう書いた。〈自分の真の姿の記憶を残しておきたいと考えて、遠路はるばる再訪してくれたことに、心から感謝せずにいられない〉。ホロビッツもさすがなら、吉田さんもさすがだ。

その血の通った評論を通して、どれだけ音楽を聴く喜びを与えられたか。リズム感のある美しい文章を読んでいると、吉田さんも筆一本で音楽を奏でようとしたのではなかったかと思えてくる。こんな人はもう二度と現れないだろう。時代はあまりにも性急で、人もまた小さくなりつつある。

（2012・5・30）

新藤兼人監督死去

人生を全うするという。百歳で亡くなった映画監督の新藤兼人さんくらい、この言葉がふさわしい人はいないだろう。「石内尋常高等小学校　花は散れども」や遺作となった「一枚のハガキ」を振り返って、そう思う。

その最晩年の二作で、すべてを語り尽くし、巨木が倒れるように逝った。そんな印象だ。「花は散れども」では「うそをつくな」「本気でやれ」という言葉に影響を受けた小学校時代の恩師を描いた。

「社会に出て挫折したとき、その簡単な言葉が生きる支えになった」という。若いころ、溝口健二監督から「あなたのはシナリオではなく、ストーリーにすぎない」と言われても、くじけなかった。

近代劇全集四十三巻で「ハムレット」などを読むことから勉強し直し、人間をうわべだけで見ていたことに気づく。矛盾に満ち、清も濁も併せ持った人間。数々の映画を通して、そんな生命力あふれる人間を描いた。その頂点が戦争の悲劇を描いた「一枚のハガキ」だった。

自ら「最後の作品」と呼んだこの映画には、生涯のテーマとした戦争への激しい怒りが渦巻いていた。年老いて枯れるどころか、「枯れたりなんかしちゃおれませんよ。生きてるんだから」と、映画への情熱を最後まで燃やし続けた。

恩師の言葉を胸に刻んで、百年を生き切ったその人生にも、深く感動させられる。

（2012・6・1）

エンディングノート

　自分が死んだときに備え、希望する葬儀の内容や家族への伝言などを書き記す「エンディングノート」。書店には多種多様なノートが置かれていて、中高年世代の関心を集めているようだ。

　東日本大震災の津波で一瞬にして多くの命が奪われたのがきっかけだが、それだけではない。砂田麻美監督のドキュメンタリー映画「エンディングノート」（二〇一一年制作）がブームに拍車をかけた。

　きのうこの映画が上映された徳島ホールも観客で埋まった。映画の主人公は監督の父親で六十九歳の砂田知昭さん。会社を退職し、第二の人生を歩み始めた矢先に末期がんの宣告を受け、残される家族のためにエンディングノートをつける。

　猛烈サラリーマン時代、"段取り命"だった主人公。死後の段取りの徹底ぶりにも目を見張らせるものがある。自らの人生に一区切りをつけた安心感からか、がん告知の半年後、主人公は静かに死を迎える。

　こんなふうに死ねたらいいな、と誰もが思ったことだろう。家庭を顧みず、一度は熟年離婚の危機にあった主人公と妻が、病床でしみじみと会話を交わすシーンが胸に染みた。

　エンディングノートをつける意味は、葬儀の段取りなどを書き残すことにとどまらない。人生の記憶をたどり、家族との絆を深く結び直すことにあるのだと、映画は教える。県内でも、エンディングノートをつける人が増えるだろう。

（2012・6・25）

空襲の無残な背中

「子は親の背中を見て育つ」などといわれる背中。それは時に人を冷たく拒絶するものであったり、恐怖の対象になったりするようだ。

例えば瀬戸内寂聴さんの自伝的小説「場所」。そこにはこんな場面が出てくる。一九四五年の終戦の翌年、〈私〉は夫と子どもの三人で北京から徳島に引き揚げてきた。そのとき、母親と祖父が徳島大空襲の際、防空壕の中で焼死したことを知る。そこに登場するのは、無残な背中だ。〈焼けた母の背中は、材木が焼けたように真黒になっていたが、祖父に掩いかぶさっていたので、腹の方が白かった〉。そう聞かされ〈私ははじめて全身に震えが走り、涙があふれた〉。

無残な背中は、八歳のとき、大阪から徳島に疎開していて空襲に見舞われた森内俊雄さんの小説「眉山」にも登場する。〈いまだに私は人の背中が嫌いだ。おだやかな気持で見れない。背中というものは、さびしく恐ろしいものだ。大阪の家の防空壕でうつ伏せに死んでいた人の、焼け焦げた背中の記憶が重なってもいる〉。

きょうは徳島大空襲の日。一九四五年七月四日未明の空襲で徳島市中心部は焦土と化した。死者は千人に上る。

その様子が瀬戸内さんや森内さんの小説に描かれているのは想像以上に貴重なことだ。たとえ語り部がいなくなっても、小説家のリアルなまなざしが戦争の悲惨と平和への思いを未来に伝えていく。

（1012・7・4）

半世紀ぶりの大規模デモ

首相官邸前で毎週金曜日の夕方に行われている反原発デモが活発になっているようだ。関西電力大飯原発の再稼働を目前に控えた先月二十九日には、約二十万人（主催者発表）に膨れ上がり、地鳴りのような「再稼働反対」の声が官邸を包んだという。

参加者は、サンダル履きの若者から赤ちゃんを抱いた母親、中高年まで、さまざまだ。中東の民主化運動「アラブの春」と同様、ツイッターやフェイスブックによる参加呼びかけが威力を発揮しているのだろう。

それにしても、こんなに大規模なデモは六〇年安保闘争以来五十二年ぶりという。日本から大きなデモが消えたのは、学生のデモがだんだん過激になり、一般市民を遠ざけた結果だった。

評論家の柄谷行人さんは、こう指摘する。〈地震の多い日本に大量の原発建設を許したのは、むしろデモができなくなったような日本の社会なのだ〉（「政治と思想」平凡社ライブラリー）。

民主主義が生きて機能するためには、選挙で国会議員を選ぶだけでは不十分で、反原発デモのような直接行動が必要と説く。問題は、原発再稼働に踏み切った野田佳彦首相が今回の大規模デモをどう受け止めるかだ。

その首相、傍らの警護官にこう言ったという。「大きな音だね」。音ではなく、国民の切実な「声」なのに。その「声」がますます大きく膨らめば、首相も悠長に構えてはいられなくなるに違いない。

（2012・7・5）

うちわが復活

「近代洋画の父」と呼ばれる画家の黒田清輝（一八六六—一九二四年）に「湖畔」と題する作品がある。箱根の芦ノ湖を背景に、うちわを持つ浴衣姿の女性を涼やかに描いた黒田の代表作の一つである。

七年前、県立近代美術館で開かれた「黒田清輝展」に展示されていたので、ご記憶の方も多いだろう。制作は明治三十年（一八九七年）。家庭に扇風機もエアコンもなかった時代だからこそ生まれた名作といえようか。

今では阿波踊りのときくらいしか手にする機会がなくなったうちわ。ところが昨年の原発事故以来、節電意識が高まり、製造業者にうちわの注文が殺到しているという。

明治初期創業の老舗、美馬市穴吹町の辻芳商店では熟練の職人さんが日に五千本も手作業で製作しているそうだ。その一つ一つが節電に一役買うことになるのだろう。

うちわは本来、涼を取るためだけの道具ではなかった。火をおこしたり、すやすや眠る赤ちゃんからハエや蚊を遠ざけたりすることにも使われた。〈聞き役に回り団扇の風送る〉森野経子。人間関係を円滑にする役割も果たしていた。

そういえば先日、九十五歳で亡くなった山田五十鈴さんも、黒田清輝の「湖畔」のように浴衣とうちわの似合う女優だった。文明は後戻りできないが、うちわなど伝統の良さを現代に取り入れることならできるだろう。節電の夏は、暮らしを見直す夏でもある。

（2012・7・12）

伝説の少女のスピーチ

一九九二年、ブラジルのリオデジャネイロで開かれた地球環境サミット。子ども代表として当時十二歳のカナダ人少女セヴァン・スズキさんが行ったスピーチが、満場の拍手を浴びた。

〈オゾン層にあいた穴をどうやってふさぐのか、あなたは知らないでしょう。死んだ川にどうやってサケを呼びもどすのか、あなたは知らないでしょう。……どうやって直すのかわからないものを、こわしつづけるのはもうやめてください〉。

九州北部の記録的豪雨が、熊本県などで多くの死者・行方不明者を出した。「これまでに経験したことのない大雨」と表現した気象庁は、地球温暖化の影響も指摘する。

森林を伐採し、物を買っては捨てる先進国の暮らし。スズキさんはブラジルで出会ったストリートチルドレンが「自分がお金持ちなら家のない子に食べ物や着る物、住む所をあげるのに」と言ったことにショックを受け、こう話した。

〈もし戦争のために使われているお金をぜんぶ貧しさと環境問題を解決するために使えば、この地球はすばらしい星になるでしょう〉。(『いまだから読みたい本──3・11後の日本』小学館)

「リオの伝説のスピーチ」からちょうど二十年。地球は少女の願いを裏切り、ますます〈すばらしい星〉から遠ざかりつつある。

(2012・7・14)

余白の美

俳人の黛まどかさんは、一昨年四月から一年間、文化庁の文化交流使としてフランスで暮らした。外から日本を眺め、あらためて見えてきたのは、能や狂言、生け花、俳句などの伝統文化の根底にある「余白の美」だった〈引き算の美学〉、毎日新聞社）。

物があふれ、過剰なサービスや包装、アナウンスなどに慣れた日本。〈言わないこと、省略することによって育まれる余白の豊饒を私たちは忘れてはいないか。物欲は次の物欲を生むだけで、決して充足感を与えてくれない〉と、余白の大切さを指摘する。

県立文学書道館で開かれている書道特別展「中林梧竹展──創られた余白」は、まさに「余白の美」にスポットを当てた展覧会である。すがすがしい余白、ぬくもりのある余白、幽玄な余白……。一口に余白といっても、梧竹の書の余白は実に多彩だ。

「左右に突き出した線が効果的に余白をつかんでいる」といった解説もある。それらに目を向けながら鑑賞すると、作品の魅力がよく分かって面白い。梧竹の入門には最適といえようか。

あるとき、梧竹の代表作「天照皇太神」を見たアメリカ人女性が、「ピュア」と感嘆の声を上げたそうだ。字は読めなくても、余白の美を感じることは可能なのだろう。

たまには梧竹の書と心静かに向き合ってみるのも悪くない。忙しい現代、そんな「心の余白」も求められる。

（2012・7・15）

戦没画学生の絵

「あと五分でも十分でも描いていたい」。そう弟に言い残し、出征した鹿児島県の日高安典さんは、フィリピンのルソン島で戦死した。二十七歳だった。幼いころから慣れ親しみ、出征が決まった日に描いていた桜島の絵が、無念の思いを伝えてくる。

太平洋戦争で亡くなった画学生らの作品を展示する長野県上田市の「無言館」。県人二人を含め、その収蔵作品を紹介する「戦没画学生 生命の絵」展が徳島県立近代美術館で始まった。

沖縄で二十七歳で戦死した埼玉県の渡辺武さんは「この絵の具を全部使い切ってから征きたい」と両親に言い、絵筆を置こうとしなかった。外には出征兵士を見送る「バンザイ」の声。「早く」とせかす父親のそばで、母親は泣いていたという。

絵描きになることを夢見ながら、戦争で命を断たれた若い画学生たち。その中には日本画家・小野竹喬の長男・春男さんもいた。息子を失った父親の失意は目を覆うばかりだったという（「生誕120年 小野竹喬展」図録）。

夕焼けを好んで描き、「茜空の画家」とも呼ばれた竹喬。茜色は長男への鎮魂の色とされる。戦死者の中には、生きていれば戦後の画壇をリードした人もいただろう。戦争はどこまでも残酷で、罪深い。

彼らが描き残した家族や恋人、故郷の風景は、この世で何が最も大切かを私たちに教える。若い人にぜひ見てほしい展示だ。

（2012・7・21）

300

震災がれき

きょうは二十四節気の一つ「大暑」である。暦の上では暑さが最も厳しい時季とされる。歳時記を繰っていると、こんな句が目に付いた。〈念力のゆるめば死ぬる大暑かな〉村上鬼城。

きのうは初ゼミの声を聞いた。いやが上にも暑さをかき立てるセミの声だが、子どもはどんな暑さもおかまいなしだ。夏休みに入って早速、海で水しぶきを上げた子どももいるだろう。暗いいじめのニュースが相次ぐ昨今、伸び伸びと過ごしてほしい夏休みである。

子どもといえば、県内のボランティア団体・ダッシュ隊徳島が、東日本大震災で被災した子どもたちを徳島市の阿波踊りに招待する計画が進んでいる。県や日本赤十字社県支部からの助成も決まり、子どもと保護者ら四十二人を招くことになった。

演舞場へは八月十三日に踊り込む。暑さが平気な子どもたちも阿波踊りの熱気には度肝を抜かれるだろう。そして、徳島に招かれ阿波踊りを踊ったことを生涯忘れず、困った人がいれば手を差し伸べられる大人になっていくに違いない。

阿南市富岡地区社会福祉協議会も、津波被害に遭った宮城県・閖上（ゆりあげ）小中学校の子どもら十七人を近く招待する。阿波踊りや大谷焼を楽しんでもらうという。

放射能汚染を広げる恐れのある震災がれきは受け入れられなくても、仮設住宅で暮らす子どもたちなら喜んで受け入れる。これも被災地への立派な貢献である。

（2012・7・22）

301　2012年（平成24年）

吉村萬壱さんの講演

作家の吉村萬壱さん（51）は松山市生まれだが、父親が小松島市出身。本人も幼いころは毎年のように来県していたという。二〇〇三年の芥川賞受賞作「ハリガネムシ」にも、小松島市が「Ｋ市」として登場する。

高校教師の「私」と風俗嬢との関係を通して、人間の内面に潜む暴力性を見据えたこの小説。暴力の描写の背後に、人間のどうしようもない悲しみやいとおしさがにじむ。「人間とは何かが僕の小説のテーマです」。先日、県立文学書道館で行った講演で吉村さんはそう語った。

「二十世紀は人間同士が殺しまくった時代。ヒトラーやポル・ポトらに殺された人は百年間で一億人」と吉村さん。そんな人類を金星人が見れば「非常に残虐な生物と判断せざるを得ないだろう」と言う。

福島第一原発事故についても、こう話した。「原発をコントロールできないことが人間の知能の限界かなと考えている」。作家ならではの直感的な洞察力を感じさせる言葉だ。

芥川賞受賞後も大阪の養護学校教諭との二足のわらじを履いてきた吉村さん。来春には教師を辞め、筆一本の生活に入ることも講演で打ち明けた。

世界を見渡せば、二十一世紀になってもテロや紛争がやむ気配はない。いじめや虐待など、人間の残虐性もむき出しになる一方だ。そんな時代と人間をどう描くか。徳島と縁のある吉村さんの仕事が、ますます楽しみになってきた。

（2012・7・25）

三木睦子さん死去

阿波市出身の故・三木武夫元首相夫人、睦子さんが亡くなった。九十五歳だった。一九四〇年に二十二歳で十歳年上の三木さんと結婚して以来、約五十年間、夫の政治活動を支えたが、単なる〝夫唱婦随〟ではなかった。

夫の首相時代、睦子さんに用意された公用車を使わず、地下鉄で首相官邸に通い、電車内や街で耳にした国民の声を自分の意見を交えながら夫に聞かせていたという。昭和電工などの創立者・森矗昶さんの次女に生まれ、自由に物を言い合う両親の姿を見て育ったのが大きかった。

「女が出しゃばらないと政治はよくならない」とも語っていた。思い出すのは、作家の大江健三郎さんや哲学者の梅原猛さんとともに二〇〇四年に結成した「九条の会」の活動だ。

当時、小泉純一郎首相が自衛隊のイラク派遣を断行した中、「小泉さんは終戦当時ヨチヨチ歩きだったので戦争の悲惨さも戦後の苦しみも知らない」と指摘。改憲の動きについても厳しく批判した。

その原点には、結婚後、空襲から逃げ惑った自らの戦争体験があった。子どもたちにつらい思いをさせたくない、平和な世の中をつくってやりたい——その一心だった。

芯が強い半面、晩年は陶芸に親しむなど、女性らしさもうかがわせた。千葉県生まれだが、「徳島が私の古里」と語った睦子さん。その古里にも、大江さんらとまいた護憲の種は、しっかりと根づいている。

（2012・8・4）

ジョー・オダネル写真展

占領軍のカメラマンとして原爆投下後の広島、長崎などを撮影したことで知られる米国の写真家ジョー・オダネルさん。その最も有名な作品は、死んだ幼い弟を背中にくくりつけ、川岸の焼き場を訪れた長崎の少年の写真だ。

血がにじむほど唇をかみしめ、気を付けをして前を見据える少年。係員が背中の弟を燃え盛る火に入れても直立不動の姿勢を崩さない。オダネルさんは少年の肩を抱いてやりたいと思った。

そうしなかったのは、悲しみを必死でこらえる少年の心の平衡を崩してしまうと考えたからだった。

「私はなすすべもなく、立ちつくしていた」と写真集「トランクの中の日本」(小学館) にある。

この写真を含むオダネルさんの写真展「トランクの中の日本」が、そごう徳島店で始まった。原爆で背中を焼かれた少年や、爆音で聴覚を失った少女の写真もある。公務とは別に、個人のカメラで撮っていたものだ。

当時二十三歳だったオダネルさんは、その悪夢のような写真のネガを戦後ずっとトランクに封印していた。二十年ほど前、原爆の悲劇を伝えるために封印を解いた写真は世界各地で大きな反響を呼んだ。

長崎はきょう六十七年目の原爆の日を迎える。くしくもこの日は、二〇〇七年に八十六歳で死去したオダネルさんの命日ともなった。焼き場にたたずむ少年の写真は、今も癒えない長崎の悲しみを切々と伝えてくる。

(2012・8・9)

304

戦没作曲家・尾崎宗吉

県立近代美術館で開催中の「戦没画学生　生命（いのち）の絵」展が静かな反響を呼んでいる。長野県上田市の美術館「無言館」の収蔵作品を展示したものだが、志半ばで戦争に命を絶たれたのは画学生ばかりではない。

作曲家の尾崎宗吉（そうきち）も、そんな一人だった。胸をえぐるようなチェロとピアノのための曲「夜の歌」を遺言のように残し、一九四五年、出征先の中国で病死した。三十歳だった。

無言館館主・窪島誠一郎さんの新刊「夜の歌──知られざる戦没作曲家・尾崎宗吉を追って」（清流出版）によると、静岡生まれの尾崎は三四年に東洋音楽学校に入り、作曲家の諸井三郎に師事。迫り来る戦争の足音にせき立てられるように、矢継ぎ早に作品を発表して注目を集めた。

過酷な軍隊にあっても、尾崎はピアノを弾くための指を守り、作曲のことで頭がいっぱいだったという。だが、戦争は残酷だ。前途有望な作曲家の命を容赦なく奪っていった。妻と幼い子どもを残して。

その無念の思いを、窪島さんの著書はよく伝える。もちろん、戦死したのは画学生や作曲家ばかりでなく、その何万倍、何十万倍もの無名の人々が戦争に命を奪われた。一枚の絵、一曲の楽譜どころか、一片の骨すら残さずに……。

終戦記念日のきょうは、阿波踊りの最終日でもある。生きたくても生きられなかった戦死者の分まで、今宵（こよい）は存分に踊り尽くそう。

（2012・8・15）

中上健次没後二十年

　ぶらりと入った書店で、作家の中上健次さんを特集した「別冊太陽」に出合った。表紙に、たばこをくわえた大きなモノクロ写真と「中上健次」の文字、その横に小さく「没後二〇年」とある。二十年か──。懐かしさが込み上げてきた。

　故郷・紀州の被差別部落を舞台に血の宿命を描いた「岬」で、戦後生まれ初の芥川賞を受賞したのは一九七六年のこと。恒例の記者会見で、こう語った話は有名だ。「あんたら東大出たエリートなんだろう。俺はそんな奴らのために小説を書いてるわけじゃないよ」。

　その後も「枯木灘」など、故郷の〈路地〉を舞台にした小説を発表し、戦後世代を代表する作家に成長していった。その中上さんにインタビューしたのは九〇年、「讃歌」を刊行したときだった。

　中上さんには、酒場で口論になった編集者の頭を瓶で殴り、十九針も縫うけがをさせた〝武勇伝〟がある。だが、目の前の中上さんは繊細で優しい人だった。大きな体に似合わず、笑うと人なつっこい顔になった。

　亡くなったのはその二年後の八月十二日。四十六歳、腎臓がんだった。それを境に、日本の文壇はたこの糸が切れたように弛緩していった。中上さんがいかに大きな存在であったか、その一事が物語る。

　東日本大震災、原発事故、混迷する政治……。中上さんが生きていれば、どんな言葉を発したか。聞いてみたい作家の不在が、何より悲しい。

（2012・8・18）

306

女性ジャーナリストの死

四年前、アフガニスタンで支援活動をしていた伊藤和也さんが殺害されたとき、女性ジャーナリストの山本美香さんは本紙にこう書いていた。

〈降りしきる雨の中、伊藤さんは無言の帰国をした。アフガンの人々の力になりたいと願った青年の情熱、そして共に汗を流した地元住民のささやかな未来への希望が非情な暴力によって断たれたことが残念でならない〉

そのとき、自身がまさか無言の帰国をすることになるなどとは思いもしなかっただろう。いや、死と隣り合わせの戦場である。その覚悟を心の隅に置いていなかったはずはないが、激しい内戦が続くシリアで取材中、山本さんは政権側とみられる部隊に銃撃され、死亡した。四十五歳だった。

二人は紛争地取材のパートナーであったばかりでなく、人生の事実上のパートナーでもあったと後で知った。

行動を共にしていた佐藤和孝さんが「最愛の人を失い……」とテレビで漏らした一言が耳に残った。

山本さんの遺体と対面した佐藤さんが「顔はきれいでした」と語ったのも、単なるリポートではなかったのである。山本さんの死が孤独でなかったことは、せめてもの救いといえようか。

その死が本当に報われるのは、世界から戦火が消え、彼女の願い通り、女性や子どもたちが平和に暮らせるようになった時である。だが、トンネルの向こうに見える光は絶望的なほど小さく、暗い。

（2012・8・23）

カワウソが絶滅種に

徳島市立動物園に行くと二頭のカワウソに会える。昨春完成した水中トンネルのような水槽で、餌のドジョウを飛ぶように追いかける姿が子どもたちの人気を集めている。

もっともこのカワウソ、東南アジアからヒマラヤにかけて生息するコツメカワウソという小型の種類とされる。一方、国の特別天然記念物であるニホンカワウソはといえば、先日、環境省から「絶滅種」に指定された。

三十年以上も生息が確認できなかったため、「絶滅危惧種」から変更されたのだという。戦前までは全国各地に生息していたものの、毛皮目的の乱獲や河川の汚染で生息地が破壊されたのが原因とみられる。

ニホンカワウソが最後に目撃されたのは一九七九年、高知県須崎市内の新荘川。徳島県内ではその二年前、小松島市赤石町の立江川堤防で車にはねられ、死んだ状態で見つかった。翌年の調査で、仲間の足跡やふんが発見されたが、その後は情報がぷっつりと途絶えている。

今回、九州地方のツキノワグマも「絶滅」とされた。このほか、ゲンゴロウやハマグリも新たに絶滅危惧種に加えられたというから驚く。私たちが口にしているハマグリは、中国や韓国から輸入される外来種という。

環境破壊のツケが、ブーメランのように回ってきたわけである。この分だと、ヒトが絶滅危惧種に指定されるのも、そう遠い未来の話ではないのかもしれない。

（2012・8・31）

農村舞台の魅力

本紙朝刊一面の移動編集局・徳島市「勝占のチカラ 多家良のタカラ」に先日、八多町の犬飼農村舞台が取り上げられていた。それを見て、一九九二年に米国在住の芥川賞作家・米谷ふみ子さんと夫の脚本家ジョシュ・グリーンフェルドさんを現地に案内したこともあるグリーンフェルドさんが、シナリオに取り入れようと東京で文楽を鑑賞。それに飽き足らず、阿波人形浄瑠璃を見てみたいと犬飼農村舞台を訪れたのだった。

芥川賞作家の目は、さすがに鋭かった。「木の緑と色鮮やかな舞台が一遍に目に入ってきて、とてもきれい。文楽のように形式張ったところがなく、生活の一部のようにエンジョイしている雰囲気がてもいい」と農村舞台の本質を瞬時に見抜いた。

グリーンフェルドさんも、襖からくりに「すごい、すごい」と感嘆の声を上げた。その様子を見て、一流の文化人を喜ばせる農村舞台の魅力を再認識したものだった。

今月開幕した国民文化祭では、十六日の那賀町・川俣農村舞台を皮切りに八つの農村舞台で公演が行われる。現代アートや音楽などを組み合わせ、農村舞台の新たな可能性を探る試みもある。

伝統だけでは、いつか行き詰まる。そこに現代感覚が加わって初めて、農村舞台は未来へと生き続けるのだろう。

（2012・9・13）

老いの歌

病院や福祉施設で、赤ちゃん言葉で話しかけられるのを嫌う高齢者は少なくない。私は子どもでは

ないと怒り出す人もいるという。〈老いの内面はそれぞれ多様なのだ〉。歌人の小高賢さんが「老いの

歌——新しく生きる時間へ」（岩波新書）にそう書いている。

〈三秒だけ待ってください履けるのです飛んできて靴を履かせないで〉田中喜久子。病気、孤独、老

老介護、伴侶との死別。新聞や雑誌の歌壇に、そんな老年の思いをつづった短歌が急速に増えている

と著者は言う。

短歌が〈青春の文学〉であった人生五十年時代にはなかった現象で、〈老いの文学〉が生まれつつあ

る——と。かつて経験したことのない超高齢社会に突入した証しだろう。

六十五歳以上の高齢者が三千七十四万人と初めて三千万人を突破した。「団塊の世代」の先頭である

一九四七年生まれの人が高齢者の仲間入りをしたためだ。高齢者は総人口の24％というから四人に一

人の割合だ。

"老後"は最長四、五十年も続く。社会保障をどうするかといった論議もさることながら、長い老後

をいかに生くべきかも問われる。高齢者の状況は一人一人異なるため、容易に答えの出ない問題だ。

「老いは無限に広がる新しい場所」と小高さんは言う。ならば、老いから目をそらさず、真っすぐに

向き合ってみたい。若いころには味わえなかった人生の豊かな果実に出合えるかもしれない。

（2012・9・18）

グレン・グールド生誕八十年

「あいつは変人だけど天才だ」。名指揮者のジョージ・セルがそう言ったという。「あいつ」とはカナダ生まれのピアニスト、グレン・グールド（一九三二―八二年）。この二十五日に生誕八十年、来月四日に没後三十年の節目を迎える。

「変人」ぶりには事欠かない。夏でもセーターにマフラー、コート姿で手袋をはめていた。演奏用の椅子は極端に低く、その調整のため、指揮者とオーケストラ、聴衆を三十分待たせたというエピソードもある。

一方、歯切れの良い独創的な演奏で「天才」の名を欲しいままにしたグールド。二十二歳のとき、バッハの「ゴールドベルク変奏曲」でレコード・デビューするや否や音楽界にセンセーションを巻き起こした話は有名だ。

それぞれが独立したように、自在に動く十本の指。レコードを聴いた名ピアニストのリリー・クラウスは「あれ本当に弾いているの？　信じられない」と言い、ルービンシュタインも「グールドの手をもって生まれたい」と語ったそうだ（青柳いづみこ著「グレン・グールド――未来のピアニスト」）。

三十二歳でコンサート活動をやめ、レコード製作に専念したグールドだったが、再録音の「ゴールドベルク変奏曲」が発売された直後に急死してしまう。五十歳だった。

世紀の名演とされるこのＣＤ、クラシックを聴かない人にもお薦めだ。秋の夜長、グールドの奏でるアリアが心に染みるだろう。

（2012・9・21）

日本語は難しい

巌谷大四著「本のひとこと」に、実業家で名随筆家でもあった渋沢秀雄さんのエッセー「ああ日本語よ」が出てくる。言葉の乱れを嘆いた内容だ。こんな例が登場する。

〈マア先生。よくお似合いですこと！　馬子にも衣裳ネ！〉〈先生！　枯れ木も山のにぎわいだから出席して下さい〉。笑い話では済まないときもあるだろう。日本語は難しい。

文化庁の国語世論調査でも、快諾するという意味の「二つ返事」を「一つ返事」と誤った人が46％いた。「舌先三寸」を「口先三寸」と間違えた人も57％に上った。

最近よく耳にする若者言葉では、「ハンパ（半端）ない」（中途半端でない）を使う人が十六～十九歳の68％に、「真逆」（正反対）が同63％に上った。ただ若者言葉がすべて定着するかといえば、必ずしもそうではないようだ。「みたく」（みたいに）や「全然」（とても）を使う人は二割程度で、昨年より少し減ったという。

言葉は生き物だから、時代とともに変わるのは避けられない。ただ、渋沢さんは書いている。〈品物を粗末に扱う生活態度がよろしくないのと同様、言葉を無神経につかい捨てるのもよろしくない筈だ〉

やっかいなのは、間違った使い方をしていても遠慮して、あまり注意してくれないことだ。かく言う筆者も若者「みたく」誤用しているケースがあるかもしれない。お互い、気をつけたいものである。

（2012・9・23）

虫の秋

「暑さ寒さも彼岸まで」とは、よく言ったものだ。昼間の日差しの容赦なさは相変わらずだが、朝晩は半そでの腕が肌寒く感じられる。そんな先日、遅い夏休みを取って愛媛県内子町で一泊した。離れの部屋が五棟、木々に囲まれて立つ閑静な宿である。

本県出身のガラス作家・辻正昭さんの作品が、部屋の間仕切りに使われていた。俳人の黒田杏子さんの句「むらさきのあふちは天にあふれつつ」（あふち＝栴檀）をあしらったモダンな作品だ。

テレビのない部屋でくつろいでいると、外の闇ですだく虫の音が「リーン、リーン」と耳に届く。

部屋にあった黒田さんの本『暮らしの歳時記』（岩波書店）をめくる。「虫の音　虫の秋」の項に、こうあった。〈もしも秋の虫が鳴かなかったなら、虫の声がこの世に無かったとしたら、どんなに淋しいだろう。どれほど味気ない人生となることだろう〉。

だが、西欧では事情が違うという。ブドウ畑でホタルが舞っていても、農場主は全くの無関心。自然を征服しようとしてきた西欧人と、自然とともに暮らしてきた日本人のDNAの違いなのだろう。

さて、あすは十五夜、中秋の名月である。台風17号の動きが気になるが、ときには心静かに虫の音を聞きつつ、秋の月をめでたいものである。

（2012・9・29）

スダチを知らない食通

　知人からスダチをたくさんもらった。オレンジの輸入自由化に伴い、ミカンからスダチ栽培に切り替えていたのだという。しかし、両親がだんだん年を取り、山の斜面で足を踏ん張って収穫するのがつらくなってきた。いつまで続くことやらと知人は話していた。

　事情はどことも変わらないようだ。本県のスダチの生産量が年々減っていると、きのうの本紙朝刊が報じていた。二〇一〇年は五千七百八十八トンで、〇七年に比べ20％の減。一九九〇年に比べると35％も落ち込んでいる。

　生産者の高齢化が進み、栽培面積が減ったのが原因だ。県議会経済委員会でこの問題が取り上げられ、後継者の育成やPRの強化を訴える声が上がったという。

　スダチといえば、こんな川柳を思い出す。〈食べ方を書いてあるかと聞くすだち〉田中潮風。昔、ある人が東京にスダチを送ったところ、酸っぱくて食べられないと畳の上に転がしてあったという話もある。今ではさすがにそんな人はいないだろう。そう思っていたら、秋田県にはスダチのことを知らない食通がいるようだ。一日付本紙文化面に、那賀町出身の作家・殿谷みな子さんが書いていた。

　「スダチ、知らないんですか」と驚く殿谷さんに、食通の友人は「知らないなあ」「カボスみたいなものかな」と言ったという。スダチをしっかりPRしているつもりでも、まだまだ不十分なのではなかろうか。

（2012・10・3）

山中教授にノーベル賞

うれしいニュースが飛び込んできた。山中伸弥・京都大教授のノーベル医学生理学賞受賞だ。まだ五十歳。若きノーベル賞学者の誕生である。心から「おめでとう」と申し上げたい。

事故や病気で失われた体の機能を回復する再生医療や新薬開発への利用が期待される新型万能細胞（iPS細胞）。山中教授は二〇〇六年にマウスで、翌年は人の皮膚細胞から作ることに世界で初めて成功した。

iPS細胞の医療への応用を目指す研究は世界各国で進む。全身の筋肉が徐々に動かなくなる難病「筋萎縮性側索硬化症（ALS）」やアルツハイマー病などの治療薬開発、失われた視力や歯の再生、不妊治療などへの期待が高まる。

山中教授は昨夜の記者会見で「できるだけ多くの患者の役に立ちたい」と話した。そうなれば、どんなに患者が喜ぶだろう。まさに〝夢の再生医療〟である。

その山中教授も整形外科医を目指した研修医時代は人一倍、鈍くさかった。普通は二十分で済む手術に二時間もかかり、教官から「じゃまなか君」と呼ばれていた。それで研究者に転身したのだから何が幸いするか分からない。

いかにも頭のキレそうな風貌だが、青白きインテリではない。神戸大の学生時代に柔道やラグビーに熱中したスポーツマンでもある。さわやかで謙虚。新型万能細胞を開発し、世界を驚かせたノーベル賞学者は、人間的にも「万能」だ。

（2012・10・9）

在宅死もいいな

　英国の調査会社が、世界四十カ国・地域を対象にした「死の質ランキング」を二〇一〇年に発表している。それによると、最も「豊かな死」を迎えられるのはホスピスが普及したケアが難しい」との評価だ。「医療システムは高度だが、在宅医療など患者や家族に寄り添うケアが難しい」との評価だ。日本は二十三位。

　先日、あわぎんホールで開かれた日本臨床内科医学会主催の市民公開講座「いのちに寄り添う」を聞いて、なるほどと納得させられた。講演した名古屋市の柏木哲夫・金城学院長によれば、日本のがん患者が死を迎える場所は病院の84％に対し、在宅はわずか7％……。

　「もっと在宅死を増やさないと、人は幸せにならない」と柏木さんは訴えた。鳥取市で在宅医療に取り組むもう一人の講演者、徳永進・野の花診療所院長も同じ考えだ。

　「在宅だと患者がリラックスでき、話も自然。まな板の音や街の声が聞こえるのもいい」と徳永さん。さらに「家族がそばにいること。それが大事だ」とも語った。

　政府の「高齢社会対策大綱」の改定素案にも、在宅医療や訪問看護の充実が盛り込まれている。しかし、狙いは医療費の抑制。在宅医療推進の方向性は同じでも、徳永さんらの患者本位の考え方とは随分違う。

　「在宅には生き生きとしたものがある。看護の原点は在宅にあり」と徳永さん。在宅死もいいな。二人の講演を聞きながら、ふとそう思った。

（2012・10・11）

沖縄の女性たちの悲鳴

「正気の沙汰ではない」。仲井眞弘多知事は、そう言って激怒したという。沖縄県でまた米兵二人が集団強姦致傷容疑で逮捕・送検される事件が起きた。八月にも那覇市で米海兵隊員が強制わいせつ致傷容疑で逮捕されたばかりだ。まさに“狂気の沙汰”である。

一九九五年、米海兵隊員ら三人が小学生女児を暴行した事件を思い出す。このときの県民総決起大会で、普天間高校三年・仲村清子さんが行った怒りの決意表明を、ご記憶の方も多いだろう。

「いつまでも米兵におびえ、事故におびえ、危険にさらされながら生活を続けていくことは、私は嫌です。私たちに静かな沖縄を返して下さい。軍隊のない、悲劇のない、平和な島を返して下さい」

叫ぶような訴えにもかかわらず、その後も米兵による暴行事件は後を絶たなかった。九五年の小学生女児暴行事件では県民の怒りが爆発し、普天間飛行場移設問題にまで発展したのは記憶に新しい。

だが、移設は一向に進まず、それどころか、墜落の危険がある新型輸送機オスプレイが強行配備される始末。県民が基地の撤廃を求めるのも無理はない。

「空にはオスプレイ、地上には歩く凶器がいる。県民はどこを歩けばいいのか」。市民団体「ジェンダー問題を考える会」の安次嶺美代子代表は声を震わせたという。沖縄の女性たちの悲鳴に、政府はもう耳をふさいではいられない。

（2012・10・18）

マララさんの勇気

ひどいことをするものだ。先日、パキスタンで起きた少女銃撃事件である。覆面の男がバスを制止して乗り込み、名前を確認して銃撃。少女は頭に銃弾を浴び、重傷を負った。今は英国の病院に入院中だが、重体が続いているという。

少女は、マララ・ユスフザイさん、十四歳。女性への教育を否定し、女子校への爆弾テロなどを続けている同国のイスラム武装勢力「パキスタンのタリバン運動」（TTP）を三年ほど前からブログで批判していた。

TTPに脅迫されても女性への教育の必要性を訴え続け、その勇気ある活動は複数の欧米メディアで取り上げられていた。国連の潘基文事務総長をはじめ、TTPの銃撃を非難する声が高まったのも当然だ。

日本では当たり前になった男女同権だが、「女性に教育はいらない」とする考え方が根強い国もある。戦前までの日本もそうだった。高等教育を受けたくても許されず、諦めざるを得なかった女性も少なくない。

戦後、それが変わったのは、男女同権をうたった憲法によるところが大きい。その一方で、明治末に女性だけの文芸誌「青鞜」が創刊されて以降、自らの不利益も顧みず、女性解放を訴える女性たちがいたことも忘れてはならないだろう。

時と場所は違えど、マララさんもそんな一人だ。病状の回復と併せ、その勇敢な行動が世界に自由と平等の風を吹き込むことを祈りたい。

（2012・10・21）

エレベーターの日

見知らぬ人とエレベーターに乗り合わせるのは、気詰まりなものだ。移りゆく階の数字を黙ってにらんでいるしかない。それが嫌で作家の沢木耕太郎さんは、エレベーターに乗り込んできた宅配便の若者に声をかけた。

配達の苦労を知った沢木さん。別れ際に「頑張って」と言うと、若者は帽子を取って軽く会釈しながら「ありがとうございます」と言った。気持ちのいい朝になった、と沢木さんは言う（『こころに響いた、あのひと言』岩波書店）。

こんな話も紹介している。沢木さんの父の葬儀に幼い男の子を連れた若い母親が来た。母親は男の子にも焼香させると、こう言った。〈お父様は、エレベーターでご一緒になると、いつもこの子に声を掛けてくださっていたんですよ。それがこの子にはとても嬉しかったようで……〉。

かと思えば金沢市のホテルでは先日、清掃会社のパート従業員の女性がエレベーターに乗ろうとして死亡するという痛ましい事故が起きた。扉が開いたままかごが上昇し、かごの床と扉の上部に胴体を挟まれたという。

時には心温まる会話を生むエレベーター。それが突然牙をむくのでは安心して乗れなくなる。きょうは「エレベーターの日」だそうだ。一八九〇年、東京・浅草で日本初のエレベーターが公開された記念の日という。今年は、二度と悲惨な事故を起こさないための「誓いの日」でありたい。

（2012・11・10）

森光子さん逝く

〈花の いのちは みじかくて　苦しきことのみ 多かりき〉。作家の林芙美子は色紙に好んでそう書いたという。その芙美子の若き日の自伝「放浪記」の舞台で主役を演じた女優の森光子さんが亡くなった。九十二歳だった。

戦前は時代劇映画の娘役や歌手として長い下積み生活を送ったが、劇作家の菊田一夫に見いだされ、一九六一年、菊田作・演出の舞台「放浪記」の主役に抜てきされた。四十一歳になっていた。以来、二〇〇九年まで半世紀近く主役を務め、演じること二千十七回。その功績で女優では初の国民栄誉賞に輝いた。もし菊田に見いだされていなければ、大女優としての森さんはなかっただろう。

出会いの大切さを思わずにはいられない。

努力も並大抵ではなかった。「放浪記」の見せ場の一つ「でんぐり返し」。共演した米倉斉加年さんによると、八十歳を過ぎて「でんぐり返し」に失敗した森さんは、二度三度と試み、観客から万雷の拍手を浴びた。その新劇の研究生のような真摯な姿を目の当たりにして、米倉さんは涙が止まらなかったという。

面倒見がよく、芸能界の「お母さん」としても慕われた。

林芙美子の 〈花の いのちは みじかくて……〉 は 〈……苦しきことのみ 多かれど　風も吹くなり　雲も光るなり〉 が原詩ともいわれる。前半生で苦労した分、後半生で光を得た森さん。思えば、幸せな女優人生だったのではなかろうか。

（2012・11・16）

「徳島版画」十年

赤い地に鮮やかな帽子の青が冴える。「徳島で買った藍染の僕の帽子」という詩的な題が付いた阿南市出身の版画家・吹田文明さんのモダンな作品だ。

徳島大教授・平木美鶴さんの木版画「見上げると空」には、東新町商店街のアーケード越しに広がる空の美しさが優しい色合いで表現されていた。

徳島市内の阿波銀プラザで開催中の十周年記念「徳島版画」展。多様な技法を駆使した会員の作品が、この十年間で徳島に版画文化が生き生きと根付いたことを物語る。

「徳島版画」会長の武市勝・鳴門教育大教授や平木教授らが、大学の公開講座などで後進を育ててきた成果といえる。県展で版画作品の入賞が増えてきたことも、この会の活動のたまものだ。

同展の一環として、近くのギャラリーM＆Mで開催中の近藤幸・木版画展ものぞいた。夜空を思わせる初期の濃い藍色から近作の優しい藍色へ、繊細な洗練を加えてきたことがうかがえる。

このほか徳島市内のギャラリー喫茶グレイスでは鈴木良治さんのリトグラフ展、ギャラリーロンシャンでは吹田さんの個展も始まった。眉峰ギャラリーでも版画の小品展を開催中だ。

それらを巡って、県人の美しい版画作品に触れてみるのも楽しいだろう。この殺伐とした時代に、人間への温かな信頼の灯をともしてくれる。

（2012・11・18）

九十六歳のチェリスト

バッハの「無伴奏チェロ組曲」は〝チェロの聖典〟といわれる名曲だ。しかし、二十世紀最高のチェリスト、スペイン生まれのカザルスが一八九〇年に楽譜を発見し、二十代で演奏するまで、二百年近くうずもれたままになっていた。

高度な技巧が要求されるからである。その録音に九十歳を過ぎて挑む姿を追ったドキュメンタリー映画「自尊を弦の響きにのせて──96歳のチェリスト青木十良」を徳島ホールで見た。

九歳で両親を亡くした悲しみを音楽で癒やし、演奏家・指導者として生きてきた青木さん。体調不良で録音を一時中断しながらも、八十五歳で「無伴奏チェロ組曲」六番、九十一歳で五番、九十四歳で四番のCDを完成させた。映画を見るうちに、その深々としたチェロの響きが、青木さんの人生の喜びや悲しみの響きであることが理解されてくる。選挙で勝つために、なりふり構わず節を曲げる。

そんな政治家とは対極の〝エレガンス〟を、そこに見る思いがした。

四番を録音した九十四歳といえば、カザルスが一九七一年、ニューヨークの国連本部で平和を祈り「鳥の歌」を演奏したのと同じ年齢である。そのときカザルスはこう言った。「私の故郷カタロニアの鳥はピース（平和）ピースと鳴くのです」。

青木さんの真摯な生き方は、そのカザルスを模範としたのではなかろうか。映画を見終わって、ふとそう思った。

（2012・11・21）

いい夫婦の日

　文芸評論家の川本三郎著「いまも、君を想う」(新潮社)は二〇〇八年、食道がんで亡くなった妻恵子さんとの日々をしのんだ本である。享年五十七。〈七歳年下の家内がこんなにも早く逝ってしまうとは夢にも思っていなかった。本当にこたえた〉という。

　恵子さんはファッション評論の仕事をしていた。おしゃれで、料理と猫が好きだった恵子さん。子どもはいなかったが、仲のいい夫婦だった。中年になってからも二人でよく旅行に行っていた。〈仕方がないから位牌や写真に向かって話しかける。子供がいなかったから夫婦の会話は他愛(たわい)のないものが多かった。いま思い出してみるとそれが楽しかった〉。驚くほど率直な告白が胸に染みる一冊だ。

　一人になったいま、最も寂しいのは無駄話ができなくなったこと、と著者は言う。

　死別した妻との日々を回想するこうした本が、最近よく評判になる。作家の三木卓さんの私小説「K」(講談社)もそうだ。自分勝手でわがままな妻Kとの暮らし。だが「ぼく」は妻が手術をしたあと、娘とハンバーグを食べながらボロボロ涙をこぼす。

　死なれてみて初めて分かる、かけがえのなさ。心に空いた穴。夫婦の多くは相手の存在価値に気づかないまま暮らしているようだ。

　それならせめて、年に一度くらいは互いの胸の内に思いをはせてみてはどうだろう。きょう十一月二十二日は「いい夫婦の日」。

(2012・11・22)

頑張る街の書店

　街の小さな書店がピンチだ。大型書店の地方への進出やネット書店の台頭、さらに電子書籍の登場もあって、全国的にその数を減らし続けている。

　日本書店商業組合連合会によると、加盟店は現在約四千七百店。ピークだった一九八六年の約一万三千店に比べると、二十六年間で三分の一に減ってしまった。読書離れや活字離れが進むのではないかといった懸念も真実味を帯びつつある。

　それだけに二十一日付本紙社会面「良い絵本届けたい――鷹匠町の小さな書店・徳島こどものとも社」の記事にはホッとさせられた。「移動編集局　徳島市西富田・鷹匠町・東富田」の関連記事である。二十平方メートルほどの広さに、えりすぐりの絵本三千作品、四千冊が並ぶ書店。経営は楽ではなさそうだが、店主の船田泰男さん（60）が二〇〇五年、一般書籍の販売をやめて、絵本の専門店に衣替えしたのだという。

　特筆すべきは、鳴門教育大大学院で幼児教育を学んだ松本崇史さん（28）を社員に採用したことだ。「絵本の仕事がしたかった」と松本さん。大企業志向ではなく、生きがいを求めて街の書店に就職した。その心意気にエールを送りたい。書籍の知識が豊かで、本と読者をつなぐ書店員の役割は決して小さくないからだ。

　そして、そんな書店で買う本は電子書籍で読むよりもはるかにぬくもりがあるだろう。文化の灯を守ろうと、頑張る街の書店を応援したい。

（2012・11・23）

知的障害者のそば店

十一月もきょうで終わって、あすから師走。毎年のことながら、一年がたつのは本当に早いものだ。

徳島市出身の作家・瀬戸内寂聴さんが清少納言を主人公に長編小説「月の輪草子」（講談社）を書き下ろしたが、その清少納言の「枕草子」にもこうある。

〈ただ過ぎに過ぐるもの　帆かけたる舟。人の齢。春、夏、秋、冬〉。人生があまりにも早く過ぎ去ってしまうことへの感慨は、昔も今もさほど変わらないのかもしれない。

師走といえば、JR徳島駅の二番ホームにある「麺家れもん徳島駅」という祖谷そばを看板メニューにした店が、あす十二月一日で一周年を迎える。石井町の社会福祉法人カリヨンが、障害者の就労支援のために開いた店だ。

今は軽度と中度の知的障害者が、一般就職を目指して働いているという。そばの香りのいい、熱々の祖谷そばを食べわそうで、きのうの昼に行ったときも先客が三人いた。毎日五、六十人の客でにぎると、冷えた体が芯から温まった。帰り際に、店で働く若い女性に声をかけた。「頑張って」と言うと、少しうなずいて、照れくさそうに笑った。温まったのは、体だけではなかった。

間もなく師走の街にジングルベルが流れるだろう。衆院選の選挙カーも走り出す。徳島駅のプラットホームにともる、小さなそば店の灯。弱者が幸せに暮らしていける社会を――と、政治に願わずにはいられない。

（2012・11・30）

中村勘三郎さん死去

「かなしい、さみしい、つらい。ありとあらゆる痛切なる言葉を総動員しても、今の気持ちを表現する言葉が見つかりません」と劇作家の野田秀樹さん。「人間的にあんなにチャーミングな人はいない」と女優の大竹しのぶさん。

歌舞伎関係者以外のコメントが、活動の幅広さを物語る。

中村勘三郎さん。古典から現代物まで、エネルギッシュに演じ、ニューヨークでも笑いと拍手で芝居が続けられなくなるほどの喝采を浴びた。

常に念頭にあったのは「昭和の名優」と呼ばれた人間国宝の父、十七代目勘三郎だ。その父が一九八八年に亡くなって間もなく襲名話があったが、受けなかった。「まだ何にもなっていないのに」と父に言われそうな気がしたからだ。襲名したのは二〇〇五年。芸に対する厳しさを物語るエピソードだ。

香川県・金丸座の「こんぴら歌舞伎」を復活させたのも勘三郎さんだった。

その舞台に出演していた三年前、先祖の墓がある三好市池田町の桂林寺を訪れたのも記憶に新しい。「こちらに来るたびにお参りしたい」。そう語り、阿波踊りも楽しそうに踊っていただけに、地元の人たちも悲しかろう。

食道がんの手術後、肺に疾患が見つかったと報じられたのは先月中旬。あまりのあっけなさに言葉を失う。こんなに早く召さなくてもいいのに、天も非情なことをするものだ。

（2012・12・7）

親子二代で「孤愁」完成

作家の新田次郎さんが心筋梗塞で急逝したとき、次男で作家の藤原正彦さんは、悲しみよりも怒りに震えたという。ポルトガル人作家・モラエスを主人公に、父が毎日新聞に精魂込めて連載していた小説「孤愁――サウダーデ」が中断してしまうからだ。

「父の無念を晴らしたい」。そう決意して三十二年。父の取材ノートを読み込み、モラエスゆかりの地を何度も訪ね、親子二代にわたって書き継ぐという、世界でもまれな労作「孤愁――」（文芸春秋）がようやく刊行された。父との共著という形をとった六百七十ページもの大冊で、うち約四割を藤原さんが執筆している。徳島の読者にとってうれしいのは、モラエスが神戸の領事時代に亡くした妻およねを追慕するため、妻の故郷・徳島市で暮らした晩年が新たに書き加えられたことだ。

雨の日も風の日も、およねの墓参を欠かさなかったモラエス。その一方で、同棲していたおよねのめい、コハルへの愛憎が切々とつづられているのも印象深い。

それにしても、著名だった父の作品を書き継ぐのは並大抵のプレッシャーではなかったはずだ。「あとがき」に、藤原さんは書いている。〈一つだけ確かなことは、父との約束を三十二年間かけて果たした安堵感である〉。

今年は父の生誕百年。その節目の年の完成を、父もきっと喜んでいるだろう。徳島県民にとっても、うれしい贈り物となった。

（2012・12・8）

中沢啓治さん死去

原爆投下後の広島を描いた漫画「はだしのゲン」の作者・中沢啓治さんは、六歳のとき国民学校に登校中に被爆した。父と姉、弟を失い、母や兄とともに廃虚の広島を生きた。その体験が、漫画を通して戦争や原爆を告発する原点になったという。

漫画家を志し、二十二歳で上京したころは原爆から逃げていた。変わったのは母が亡くなったときだ。「火葬したら灰しか残らなかった。原爆はおふくろの骨まで取っていきやがった」。はらわたが煮えくり返る思いを「はだしのゲン」などの作品にぶつけた。

「はだしのゲン」は、平和の教材としても活用されている。発行部数は一千万部以上。アニメ版が米国で公開されたとき、年配の女性が「原爆投下を知っていたら止めたのに」と涙を流したという。

肺がんの手術を受けたことを公表したのは昨年二月。被爆した友人が次々にがんで亡くなるなか、「いつか俺の番だ」といつも不安を抱いていた。その日が訪れたのは、この十九日。七十三歳だった。

「全米の子どもに読んでほしい。戦争や原爆の愚かさが世界中に伝わるまでゲンの役割は終わらない」。三年前に、「はだしのゲン」全十巻の英訳が完成したときの言葉だ。

野坂昭如さん原作のアニメ映画「火垂るの墓」とともに、子どもたちに戦争の悲惨さを訴え続けてきた「はだしのゲン」。中沢さんは亡くなったが、ゲンはまだまだ死ねない。

（2012・12・26）

二〇二三年（总第十五辑）

晴ればれと生きる

　元日の午後、徳島市内の金刀比羅さんと忌部さんに初詣に出かけた。穏やかな晴天に恵まれたせいか、人出も多かった。チワワだろうか。着ぶくれてボンレスハムのようになった小型犬が、長い石段をひょいひょいと上っていく。

　かと思えば、息を切らして石段の途中で座り込むおばあさんもいる。一人でお参りする、そんなお年寄りの姿が今年はいつになく目についた。家族に抱きかかえられながら、一段一段、重い足を運ぶおじいさんもいる。初詣の人波にも、高齢化社会の現実がまざまざと映し出されていた。

　晴れ着姿の娘さんや、着飾った人たちもほとんど見かけなかった。正月らしさが年々薄れつつあるためだろうか。あるいは、長引く不況が初詣の風景まで一変させてしまったのだろうか。

　ふと、年末に読んだ徳島ゆかりの作家・森内俊雄さんのエッセー集「徒然草覚え書」（フリープレス刊）の、こんな一節を思い出す。〈晴ればれとこの世を渡ってゆけばよいのである〉。

「前向きに」でもなく、「一生懸命に」でもなく、「晴ればれと生きる」。初詣の石段を上りながら、いい言葉だ、とあらためて思った。

　兼好法師が「徒然草」を書いた鎌倉時代も今も変わらぬ格差社会、出口の見えない不況……。だが、愚痴っぽい言葉がつい口から出かかるのを抑えて、今年はこうつぶやきたいものである。晴ればれと生きよう──と。

（2013・1・3）

九条は戦争が生んだ真珠

「女性が幸せにならなければ、日本は平和にならないと思った」――。日本国憲法に男女平等を盛り込んだ米国人女性ベアテ・シロタ・ゴードンさんの言葉である。そのベアテさんが昨年末、八十九歳で亡くなった。

連合国軍総司令部（GHQ）のスタッフとして、憲法の起草に携わったのは二十二歳のとき。世界各国の憲法を読み、それぞれの長所を生かした条文を作った。

「細かすぎる」と上司に削られるたびに、「不幸な日本人女性がそれだけ増える」と泣きながら抗議したという。そうまでしたのは、子どものころに暮らした日本で、家政婦の日本人女性から女性差別の現実を聞かされて育ったためだった。

一九九九年には徳島県など主催の「女と男の共生セミナー」で講演したのをご記憶の方も少なくないだろう。ベアテさんは日本の男女平等の生みの親であり、育ての親でもあった。戦争放棄をうたった憲法九条を「戦争が生んだ真珠」と呼び、亡くなるまで「憲法を粗末にしないで」とも訴えた。第二次世界大戦で親類がナチス・ドイツの強制収容所で殺されたり、戦死したりしたからだ。

そのベアテさんが、憲法改正に熱心な安倍政権の誕生と入れ替わるようにして亡くなったのは何とも皮肉なことである。日本の美しい「真珠」が、いつまでも輝きを失わないように見守り続けること――。

ベアテさんは、そんな宿題を日本人に残した。

（2013・1・5）

大島渚監督逝く

大島渚監督が亡くなったと聞いて、真っ先に浮かんだのは、映画「愛のコリーダ」の一シーンだ。定との情事にふける吉蔵が、あるとき軍隊の隊列とすれ違う。最初うつむき加減だった吉蔵が、やがて昂然と顔を上げて歩き始める。そんな場面だ。

愛情が極まって、定が吉蔵を殺す阿部定事件が起きたのは一九三六年。二・二六事件をへて日本が軍国主義へと突き進む、そんな時代だった。映画のテーマが、このシーンに見事に凝縮されていた。

だが、映画のスチール写真を収めた本をめぐり、大島監督もわいせつ文書図画販売罪に問われる。無罪になったが、公判でこう言い放った。「わいせつ、なぜ悪いと問いたい。わいせつは検察官の心の中だけにしかない」。

権威や権力にあらがい、「闘う監督」と呼ばれた大島さん。晩年は病とも闘い続けた。腸の手術を受け、おむつを余儀なくされたとき、「俺をバカにしやがって」と、むしり取って投げ捨てようとしたこともあった。

その悔しさや怒りを乗り越え、懸命にリハビリに励んだ。妻で女優の小山明子さんは、そんな夫を尊敬していたと、「しあわせ日和」(清流出版)につづっている。

最後まで闘い続けた大島監督には、大岡信さんの詩「高井戸」のこんなフレーズがよく似合う。〈もっともよく戦った者だけが、もっとも深く／眠る権利を有するのだ。おやすみ。消える友よ〉。

(2013・1・17)

七十五歳の芥川賞

横書きで平仮名を多用、固有名詞も会話のかぎかっこも出てこない。蚊帳は「やわらかい檻」だそうだ。なぜそう表現したのか。想像が止めどなく膨らんでいく。

史上最年長の七十五歳で芥川賞に決まった黒田夏子さんの「abさんご」。散文詩のような断章を連ねて、「子」が「親」との暮らしを振り返った小説は、全員が年下の選考委員から「言葉と言い回しの面白さの両面を溶け込ませた美しい作品」などと評価された。

七十五歳は過去最高齢だった森敦さんの六十一歳を大きく上回る。綿矢りささん十九歳、金原ひとみさん二十歳と、これまで若さが注目されてきた芥川賞。だが、考えてみれば超高齢化社会である。七十五歳の受賞者が出てきても何の不思議もないわけだ。

「若い人のおじゃまになったらいけないと思っていたんですけれども、（賞を）喜んでいただきます」「生きているうちに見つけてくださって、ありがとうございました」。

子どものころから、ひっそりと書き続けてきた人らしく、記者会見での受け答えが控えめで、凛とした風情を漂わせているのも好感が持てる。枝分かれするサンゴのように、分かれ道の意味が込められた受賞作は、近く出版される予定だ。

黒田さんの受賞で、あきらめずに書き続ける高齢者がたくさん出てくるだろう。それだけでも受賞の意義は大きい。おめでとう黒田さん。長年の努力が、報われましたね。

（2013・1・18）

就活の人間模様描く

今春卒業予定の大学生の就職内定率は75％（昨年十二月一日現在）と、前年同期をやや上回った。とはいえ、推計十万六千人がまだ内定しておらず、就職戦線の厳しさは相変わらずのようだ。

先日、戦後最年少の二十三歳で直木賞に決まった朝井リョウさんの「何者」（新潮社）は、そんな〝就活〟に励む大学生の姿を生々しく描いた小説だ。若手作家らしく、短いツイッターの言葉が効果的に生かされ、選考委員から「斬新で現代をきちんと描いている」などと評された。

採用試験を受けても筆記試験で落とされ、なかなか面接にまでたどり着けない主人公の「俺」。その「俺」によれば、就活がつらい理由は二つある。

一つは拒絶される体験を何度も繰り返さなければならないこと。もう一つは〈たいしたものではない自分を、たいしたもののように話し続けなくてはならないことだ〉。

自分とは「何者」か。その問いに、いやでも向き合わざるを得なくなる。部屋に集まって情報交換していた仲間の関係も次第に怪しくなっていく。そんな就活をめぐる人間模様を、著者は恐ろしいほどの観察眼で描き出す。

就職内定率75％の内実は、数字以上に厳しいものがあるようだ。どこにも採用されず自殺する人、非正規雇用で収入が安定せず、結婚もままならない人。アベノミクスでいくら株価が上がっても、そんな若者が減らなければ意味がない。

（2013・1・20）

山田洋次監督「東京家族」

一九五三年に公開された小津安二郎監督の映画「東京物語」は、日本の映画史に燦然（さんぜん）と輝く名作だ。

昨年、英国映画協会が世界の映画監督に呼びかけて行った投票でも史上最も優れた映画に選ばれているから、世界の名作といっても過言ではない。

その「東京物語」をモチーフにした山田洋次監督「東京家族」をシネマサンシャイン北島で見た。

瀬戸内海の小島で暮らす老夫婦が、子どもに会うために上京する。多忙な子どもとすれ違い、行き場を失う中、次男の恋人に心を開いていくといったストーリーは、小津作品とほぼ同じだ。

違うのは時代が戦後から現代へ、次男が戦死した息子から舞台美術の仕事をする今風の若者へと置き換えられている点だ。しかも、次男は東日本大震災のボランティアをしていて恋人と知り合う設定になっている。

山田監督は当初予定していた一昨年四月の撮影開始を震災の発生で一年遅らせ、脚本を書き換えたという。それによって震災で見直された家族の絆にとどまらず、人と人の絆の大切さを描くこの映画のテーマがより鮮明になったといえるだろう。

老夫婦役の橋爪功さん、吉行和子さんのほか、次男役の妻夫木聡さん、恋人役の蒼井優さんらの好演も光る。閉塞感漂う震災後の日本をどう生きるか。映画はそれを笑いと涙の中で指し示す。

人を思いやる、その温かさが胸に快く染みてくる作品だ。

（2013・1・26）

安岡章太郎さん死去

作家の安岡章太郎さんに、チェルノブイリ原発事故に触れたエッセーとも小説ともつかぬ短編「畏怖すべき光景」がある。「かたちのあるものは、必ず毀れるといふのは、常識であらう」と指摘したうえで、こんなエピソードを紹介する。

事故から一カ月以上たった農村で、七十五歳と八十四歳のおばあさんが納屋に隠れているのを発見された。「わたしらが居残らなかつたら、この羊や鶏の面倒を誰がみるか」という言葉に感動してこうつづる。

〈飼主である人間がいなくなつたあと、家畜たちがどのやうに苦しみながら死んで行くかといつた思ひやりは、私たちにはまつたく欠落してゐるのではないか〉（『酒屋へ三里 豆腐屋へ二里』福武書店）。

常に弱者に目を向けてきた安岡さんらしい指摘だ。学生時代は落第続き、戦後は脊椎カリエスと闘いながら、劣等感と向き合った私小説を発表した安岡さん。先日、九十二歳で亡くなった。

晩年にカトリックの洗礼を受け、遠藤周作さんの葬儀ではこんな弔辞を述べたという。「遠藤は『死ぬことは怖くない。天国でおふくろや兄貴が待つていてくれる』と言っていた。私はその言葉を信じよう」。

天国では遠藤さんや吉行淳之介さんら「第三の新人」の仲間が待ってくれている。彼らと久々に酒を酌み交わし、心ゆくまで文学談議に花を咲かせるのだろう。あの人なつっこい笑顔で。若い頃に帰って。

（2013・1・31）

わが国の遺跡数

(2013.2.1)

わが国の周知の埋蔵文化財包蔵地、いわゆる「遺跡」の数は、幾つあるのであろうか。〈遺跡という名前からは、古代の遺物を思い浮かべるかもしれないが、日本の場合、中世以降近世・近代の遺跡も数多く含まれている〉。すべての遺跡が調査され、周知されているわけではないが、土木工事等の際に調査対象となる周知の埋蔵文化財包蔵地の数である。「遺跡の数」というよりは「遺跡地点の数」といったほうがより正確なのかもしれない。

日本全国の周知の埋蔵文化財包蔵地の数は、平成二十三年三月三十一日現在で、四六万八八〇〇ヵ所とされる（一一〇一頁の第五十五年度埋蔵文化財関係統計資料〈平成二十三年度〉による）。

全国の埋蔵文化財包蔵地四六万余ヵ所のうち、現在、毎年九〇〇〇ヵ所ほどの遺跡が、調査の対象となっているのが実情である。記録保存のための発掘調査は、毎年の日々のスケジュールに追われ、貴重な埋蔵文化財を掘り進めていかなくてはならない。

テレビ還暦

テレビ草創期の一九五〇年代、プロレスやボクシングなどの中継が人気を博した。街頭テレビに人が群がり、実況アナはブラウン管の向こうの視聴者に向かってこう叫んだという。「危険ですから、押さないで下さい！」。

事実、五七年には力道山対ルー・テーズのプロレス中継を観戦中に民家の床が抜け、十四人が重軽傷を負う事故も起きている。〈この頃のプロレスは、茶の間の観客まで流血していた〉と泉麻人著「B級ニュース図鑑」（新潮文庫）にある。

筆者も子どものころ、近所の家によくプロレスを見に行ったものだ。地方に居ながらにしてスポーツ中継が楽しめる。そんな「夢の箱」に、誰もが夢中だった。

日本でテレビ放送が始まったのは五三年の二月一日。きのうでちょうど六十年、「還暦」を迎えた。当時、わずかな家庭にしかなかったテレビは、五九年の皇太子さまご成婚、六四年の東京五輪で一気に普及した。懐かしいのは「シャボン玉ホリデー」「てなもんや三度笠」など子どものころに見た番組だ。それが今は、ニュースやスポーツ、芸術番組くらいしか見なくなった。

娯楽が多様化した現代、テレビが再び「夢の箱」に戻るのは容易なことではないだろう。とはいえ、まだ「還暦」である。人間なら一花も二花も咲かせられる年齢だ。通俗なバラエティーなどではなく、良質で、床が抜けるほど面白い番組を見てみたい。

（2013・2・2）

ピロリ菌の除菌治療

胃酸が出て、強い酸性になる胃の中。そこには細菌がすめない、と考えられていた。その定説を破り、ヘリコバクター・ピロリ菌の存在を突き止めたのが西オーストラリア大学のバリー・マーシャル教授だ。一九八二年のことである。

それでも医学界は発見に懐疑的だった。そこでマーシャル教授は自ら患者のピロリ菌を培養して飲み、胃かいようを発症させて、ピロリ菌が胃炎や胃かいようの原因になることを実証した。

この研究で二〇〇五年、共同研究者のロビン・ウォーレン博士とともにノーベル医学生理学賞を受賞した。今では、ピロリ菌が日本人に多い胃がんの原因になるとも言われている。

その除菌治療が近く保険適用される見通しになった。朗報である。これまで胃かいようや十二指腸かいようなどにならないと利かなかった保険が、慢性胃炎でも適用される。それによって、胃がんの発症者が大幅に減る可能性が出てきた。

ピロリ菌は日本人の約半数、五十歳以上の七、八割が持っている。そこで日本ヘリコバクター学会は〇九年、胃がん予防のために除菌を勧める指針を発表し、厚生労働省に保険適用を拡大するよう要望していた。

「五十歳以上の全員が除菌すれば、五年後には日本の高齢者の胃がんも減ってくると思う」。二年前に来日したマーシャル教授は、そう言った。この言葉も国を動かす大きな力になったに違いない。

（2013・2・10）

出羽島アート展

先日、アート展でにぎわう牟岐町の出羽島を訪れた。この日は祝日とあって、連絡船がピストン輸送をしても積み残しが出るほどの盛況ぶりだった。

人口約百人。過疎と高齢化が進む出羽島は、路地の両側に軒の低い漁家が立ち並び、独特の雰囲気を醸し出している。道幅が狭いため、物を運ぶのはもっぱら手押しの猫車。カラフルな現代アートが、そんな島の暮らしによく似合っていた。

空き家に植物と極彩色の鳥を配置し、島の豊かな風土を表現した「出羽島自然美術館」、岸壁にずらりと並ぶ白い貝殻のような彫刻……。海陽町在住の染色家・谷育子さんと、牟岐町在住の画家・村上武士さんの二人展も心に残った。

自閉症の村上さんは、自宅のスプーンやフォーク、野菜などをクレヨンでシンプルに描いている。その原画をプリントし、谷さんが制作したTシャツやカーテンが所狭しと並んでいた。二人の心が温かく通い合う作品だ。

穏やかな日差しを浴びながら、捕れたばかりの魚を包丁でさばくおばあさんとも立ち話をした。島を離れた人たちがアート展を見にわが家に帰り、わが家が美しく飾られているのを知って感激することも少なくないという。

この出羽島アート展。一昨年の瀬戸内国際芸術祭のような洗練はないものの、島の暮らしと一体化した素朴な魅力が捨て難い。島はいま、大勢の見物客で沸いている。

（2013・2・14）

日韓の対立を超えて

本紙文化面に週一回ほど連載中の「響き合う言葉としぐさ──手紙が結ぶ日本と韓国」を楽しみに読んでいる。日韓の文化をめぐり、東北大大学院生の横山由香さんと韓国生まれで金沢大非常勤講師の尹秀美さんが交わす往復書簡が、その中身だ。

まずは初めて好きになった互いの国の言葉から。横山さんの場合は「情」という。〈「情」を感じる相手にうれしいことがあれば共に心から喜び、困っていればなんとかして助けようとしてくれる韓国人の温かさが私は好きです〉と横山さん。

それに対して、尹さんが最初に好きになった日本語は「どうぞ」。まだ韓国の大学生だった十二年前のこと。エレベーターの扉が開いたとき、一緒に待っていた日本人女性が「どうぞ」と声をかけてくれた。

そのとき、日本語の勉強を始めたばかりだった尹さん。本物の日本人に出会えたうれしさと、優しい言葉をかけてもらった喜びが重なり、この言葉が耳に残った。

〈短いのに思いやりのこもった「どうぞ」を持っている日本人がうらやましい〉とも尹さんは言う。

「情」と「どうぞ」。言葉は違っても、意味するところはほぼ同じだ。

領土問題や従軍慰安婦問題で深刻な対立が続く日本と韓国。互いの主張を一方的に繰り返すばかりで、「情」や「どうぞ」を欠く関係がいかに不毛か。ともに三十代と若い二人の往復書簡が、それを教える。

（2013・3・9）

峠三吉没後六十年

〈ちちをかえせ　ははをかえせ／としよりをかえせ／こどもをかえせ〉。峠三吉「原爆詩集」の序詩である。こう続く。〈わたしをかえせ　わたしにつながる／にんげんをかえせ《にんげんの　にんげんのよのあるかぎり／くずれぬへいわを／へいわをかえせ〉。

峠三吉（一九一七─五三年）は四五年、広島で被爆した。五〇年に始まった朝鮮戦争でも原爆投下が検討されていることを知り、翌年、「原爆詩集」を発行、原爆の悲惨さを訴えた。その一つ「仮繃帯所に<ruby>繃帯<rt>ほうたい</rt></ruby>て」は、何とも痛ましい詩だ。

〈あなたたち／泣いても涙のでどころのない／わめいても言葉になる唇のない／もがこうにもつかむ手指の皮膚のない／あなたたち〉〈ああみんなさきほどまでは愛らしい／女学生だったことを／たれがほんとうと思えよう〉。

「原爆詩集」の発行から二年後、三十六歳で亡くなった三吉。きょうが没後六十年に当たる。だが、戦後の長い歳月は三吉の願いを裏切り、核兵器を世界に拡散させた。中でも朝鮮戦争の当事国の一つ、北朝鮮が核保有国になるなどとは、さすがの三吉も思わなかっただろう。北朝鮮は先日、朝鮮戦争休戦協定の白紙化も宣言し、核兵器の使用をちらつかせている。あってはならないことだ。

あすは東日本大震災と福島第一原発事故から二年。〈くずれぬへいわ〉を願った三吉の没後六十年を核廃絶、脱原発の新たな出発点としたい。

（2013・3・10）

ＴＰＰ参加表明

　農業を志す若者が急増しているという。　農業に参入する企業が増え、農家の子どもでなくても就農できるようになったことや、就職難などが背景にあるようだ。

　農林水産省によると、二〇一〇年の農業就業人口は二百六十一万人。平均年齢は六十五・八歳と高齢化が進み、五年前に比べて二割以上減った。逆に農業経営体に雇用された従業員は十五万人を超え、五年前より二割増えたという。

　さらに昨年は、全国各地にある農業大学校の入学生総数二千人のうち、農家以外の出身者が過半数に達したそうだ。　農業は「家業を継ぐもの」というイメージから「就職先の一つ」へと変わりつつある。

　わずか39％という食料自給率を上げるためにも、明るい兆しといえるだろう。そんな中、安倍晋三首相がきのう、関税撤廃を原則とする環太平洋連携協定（ＴＰＰ）交渉への参加を表明した。

　コメや麦などの重要農産品を関税撤廃の例外とすることなどを最優先に交渉するというが、実現する保証はない。　政府の試算では、ＴＰＰに参加した場合、輸出の拡大などで実質国内総生産（ＧＤＰ）が三兆二千億円増える一方、農業生産額は三兆円落ち込む。

　農業関係者が強硬に反対するのも無理からぬことだ。　若者の農業志向の流れを断ち切ることにもなりかねない。　交渉参加を決断した以上、死力を尽くさないと、日本の農業は取り返しのつかない衰退を招く。

（2013・3・16）

上を向いて歩こう

坂本九さんが「上を向いて歩こう」（永六輔・作詞、中村八大・作曲）を初めて歌ったのは一九六一年のことだった。佐藤剛著『上を向いて歩こう』（岩波書店）によると、そのとき永さんは耳を疑った。

〈ウヘッフォムフフィテ　アハルコフホフホフホフ〉。なんだこの歌は！」と。永さんには、坂本さんがふざけているとしか思えず、中村さんも坂本さんもこの歌がヒットするとは思っていなかった。

だが、ＮＨＫ「夢であいましょう」で歌うとリクエストが殺到。レコードが発売されるや否や爆発的なヒットを記録した。そして六三年には「スキヤキ」のタイトルでビルボード誌の全米チャート一位、世界各国で大ヒットという歴史的快挙を成し遂げた。

あれから今年で五十年。一月には「風に吹かれて」「イマジン」などとともに、英ＢＢＣの「世界を変えた20曲」にも選ばれた。〈上を向いて歩こう　涙がこぼれないように……〉。東日本大震災後、テレビで流れたこの歌が被災者を励ましたのも記憶に新しい。

佐藤さんは言う。〈六〇年安保という時代の大きな節目の体験をもとに書かれた永六輔の歌詞には、未来への祈りのメッセージが込められていた。それが坂本九のヴォーカルを通して人びとに伝わった時に、希望のメッセージとなったのである〉。

涙がこぼれそうな人が世界にいる限り、この曲は歌い継がれていくのだろう。

（2013・3・28）

方言も大切な観光資源

〈徳島の方言の大きな特徴は、語尾に「〜じょ」をつけることか……〉。徳島市出身の漫画家・柴門ふみさんが「私の好きなお国ことば」（小学館）にそう書いている。

女性が主に使う「じょ」。〈私が高校生活を過ごした昭和四十年代も、堂々と「〜じょ」言葉で話すのは、ちょっとカッコ悪い（ダサイという言葉も無い時代だ）ことだったので、気取った連中はあまり「〜じょ」言葉を使わなかった〉とも言う。

そのせいかどうか、「じょ」は以前ほど聞かれなくなったように思う。その傾向は、阿波弁に限ったことではないだろう。それでも故郷を離れると、若いころは嫌だった方言が懐かしく感じられてくるから不思議だ。

柴門さんが原画を手がけた徳島市の二〇一三年度観光ポスターが完成した。そのキャッチコピーにも「じょ」が使われている。画面の中央に赤で大きく描かれた「（徳島）ええんじょ〜」の文字が、阿波踊りの踊り子の絵とともに真っ先に目に飛び込んでくる。

徳島といえば阿波踊りだが、このポスターはこう呼びかける。「阿波おどりだけとちゃうんよ」、ひょうたん島クルーズも徳島ラーメンも眉山の夜景も「ええんじょ〜」「きてみてみ」。

旅先でふと耳にする、その土地の言葉の面白さ。それがなくなれば、旅がどんなに味気なくなることか。方言もまた大切な観光資源の一つといえるかもしれない。

（2013・3・29）

未来が美しくなくては困る

詩人の吉原幸子さんに「むじゅん」という詩がある。平仮名で書かれた詩だ。〈とほいゆきやまがゆ
ふひにあかくそまる　（略）をさなごがふたりすんだそぷらのでうたってゐる／わたしはまもなくしんで
ゆくのに／せかいがこんなにうつくしくては　こまる〉。

「吉原幸子はこの詩を書いたころ、すでに難病におかされていたのかもしれない。約十年の闘病生活
の後、亡くなった」と詩人の高橋順子さんは言う（『現代日本女性詩人85』、新書館）。

詩はこう続く。〈とほいよぞらにしゅうまつのはなびがさく／やはらかいこどものののどにいしのはへ
んがつきささる／くろいうみにくろいゆきがふる／わたしはまもなくしんでゆくのに／みらいがうつ
くしくなくては　　こまる！〉。

この詩の〝遠い夜空に咲く終末の花火〟は、闇夜に砲弾の光が飛び交った湾岸戦争か。傷ついた子
どものイメージが痛々しい。

今年はイラク戦争の開戦十年。米兵の死者は四千四百人以上、民間人の死者は十一万人以上に上る。
だが、この戦争を真っ先に支持し、イラクに自衛隊を派遣した当時の小泉純一郎首相は口をつぐんだ
ままだ。安倍晋三首相は改憲へと突き進んでいる。

〈みらいがうつくしくなくては　　こまる！〉とうたった詩人の声は、為政者の耳には届かないようだ。
柔らかい子どものどに突き刺さる石の破片――。そんな残酷な光景は見たくない。

（2013・3・30）

346

この本は、「徳島新聞」朝刊一面のコラム「鳴潮」（2003年5月～
2013年3月）の中から三百二十本を選んでまとめたものです。

複眼の視野とその世界

森内 俊雄

この浩瀚な一冊は、どこから読んでも良い自由な精神に溢れた本である。いっとか時を問わず、どこででもよいし、どのような気持ちのときでもいい。精神の全天候型とでも言えるような内容の文章が詰まっている。

話題は文化、芸術、戦争、平和、教育、衣食住といった手広い範囲に拡がっている。そして、いずれの文章にも温かな、そして奥行きの深く広い視線が届いていて、安心の読書を楽しむことが出来る。

ところで、各篇にはタイトルが付けられているが、いずれも随筆として書かれたものではない。新聞朝刊第一面下を占める新聞のかなめ、毎日のコラムである。その十年にわたるものからの摘録であることが、この本の真面目である。いわば通読すれば、世の変化転変を見守った「眼の歴史」とも読める。

コラムと随筆は別物であって、随筆が書き手の気ままな、吉田兼好記すところの、心に移りゆくよしなし事を、そこはかとなく書き付けたものであるのに対して、一線を画している。

コラムの眼は、広範囲にわたる世界に向けられていて、視点も多岐におよび、勝手気ままな「私」がない。このコラム集の著者富永正志さんは、毎日の新聞の読者に向けての公平、冷静、寛容な短評が、その身上である。このコラム集の著者富永正志さんは、喧噪をきわめた現代にあって、得がたい静かな人である。また、おだやかな包容力に恵まれ

た新聞人である。この人が書いたどの一篇を読んでみても、心がなごむ。けわしい時代に生きていて、あやまることのない的確な知性に触れる思いがする。

明治新体詩の天才詩人『暮笛集』や『白羊宮』を残した薄田泣菫に『茶話』というコラム集がある。当時、コラムという言葉はなかったが、泣菫は日本最初のコラムニストでもあった。永井荷風、丸谷才一といった人たちが高く評価し、現在でも富山房百科文庫全三巻で、完本が読める。愛読者は今にいたるも絶えない。

富永正志さんのこのコラム集は、その系譜を引くものであるが、薄田泣菫のような人を刺す辛辣な皮肉、凍り付くような冷笑は、どこにもない。チャールズ・ラムに似た読後感は得がたいもので、この生きづらい社会にあって、読者はあらためて懐かしい郷愁のようなものを感じるにちがいない。まことに嬉しい一冊である。

読み手は誰しも、それぞれなりに、ここから尊いたくさんのものを汲み上げることが出来るだろう。

富永正志さんは大学を卒業して、記者生活一本筋の道を歩いてきた。その短くはない歳月の結晶が、このようなかたちの著書になった。一人の年々歳々が、それとなくうかがえる。意図されたものでないだけに、我一人ここにあり、としての謙虚な精神史である。

新聞人から各界へ進出した人たちの例は多い。富永正志さんの今後の活躍が楽しみである。

（もりうち・としお　作家）

349　　複眼の視野とその世界

あとがき

この本には、二〇〇三年五月から一三年三月までの十年間に徳島新聞朝刊一面「鳴潮」欄に書いたコラム約千八百本の中から三百二十本を選んで収めた。

論説委員会での最初の三年半は社説も書いていたので、コラムは毎月六本、後の六年半はコラムのみを毎月二十本のペースで書いた。「毎日、大変でしょう」とよく言われたが、「大変」と思ったことは一度もない。翌日のテーマが決まらず、なかなか寝付けない夜や目覚めの早すぎる朝もなかっただろう、おおむね楽しんで書いた。大変だ大変だとばかり思っていては、長続きしなかっただろう。それに、筆者が楽しんで書いていないコラムを読者が楽しんでくれるはずがない、とも思っていた。

新聞社に勤めた三十九年間のうち約二十年間を文化部で過ごしたので、取り上げるテーマや引用もおのずと文化・芸術関係が多くなったが、これも日々のニュースによって〝書かされるコラム〟ではなく〝書きたいコラム〟でなければ読者の胸に届かない、と考えたからである。より多くの読者に、この国ではあまり重要視されない文化や芸術に親しんでほしいとの願いもあった。

振り返れば、コラムを担当した十年間は、人と世界が急速に壊れていった時代と重なる。多くの市民が犠牲になったイラク戦争、テロの拡大、地球温暖化の進行、自殺や無差別殺人、児童虐待の増加……。二〇一一年三月十一日の東日本大震災と福島第一原発事故が、それに追い打ちをかけた。

350

だが、この国の政治はほとんど変わらなかった。爆発した原発が放射性物質を広範囲にまき散らし、海や田畑を汚染し、深刻な健康被害が懸念されているにもかかわらず、政府は経済成長最優先の姿勢を改めることなく、原発再稼働の方針を打ち出した。そこには人間的な感性も知性も理念も、何ひとつ感じることができなかった。

そんなこともあって、最後のコラムには十年間の締めくくりとして吉原幸子さんの詩「むじゅん」を使うことを決めた。本書にも収録したが、詩はこううたっている。〈わたしはまもなくしんでゆくのに／みらいがうつくしくなくては　こまる！〉。このコラムには、テロや戦争、いじめや虐待のない世界で、子どもたちが文化や芸術を友としながら心豊かに育ってほしいとの願いを込めた。その思いは、ペンを置いた今も変わらない。この本のタイトルを「希望の在りか」としたのも、そのためだ。

最後になったが、本書に身に余る言葉を寄せていただいた徳島市出身の作家、瀬戸内寂聴さん、徳島ゆかりの作家、森内俊雄さんに心からお礼を申し上げたい。さらに出版の労を取ってくださった共同通信社編集委員・論説委員の小山鉄郎さん、徳島新聞社情報出版部の皆さん、論創社の編集者、松永裕衣子さんにも感謝を申し上げる。

二〇一四年早春

富永　正志

〔著者略歴〕

富永正志（とみなが・まさし）
1951年、徳島県生まれ。関西学院大学経済学部卒。74年徳島新聞社入社。
文化部記者、社会部記者、共同通信社文化部（出向）、文化部長、論説委員
長などを務め、2013年退職。14年4月から徳島県立文学書道館館長。

希望の在りか──徳島新聞コラム「鳴潮」

2014年5月10日　初版第1刷印刷
2014年5月20日　初版第1刷発行

著　者　富永　正志

発行者　森下　紀夫

発行所　論　創　社

　　　　東京都千代田区神田神保町2-23　北井ビル
　　　　tel. 03(3264)5254　　fax. 03(3264)5232
　　　　http://www.ronso.co.jp/
　　　　振替口座 00160-1-155266

装　幀　奥定　泰之

印刷・製本　中央精版印刷

ISBN978-4-8460-1326-4　C0095　　©Masashi Tominaga　Printed in Japan